1001 PIADAS
PARA LER ANTES DE MORRER... DE RIR

Paulo Tadeu

1001 PIADAS
PARA LER ANTES DE MORRER... DE RIR

© 2012 - Paulo Tadeu
Direitos em língua portuguesa para o Brasil:
Matrix Editora
www.matrixeditora.com.br

Ilustração da capa:
Felix Reiners

Projeto gráfico:
Marcela Meggiolaro

Dados Internacionais de Catalogação na Publicação (CIP)
SINDICATO NACIONAL DOS EDITORES DE LIVROS, RJ.

Tadeu, Paulo, 1964-
    1001 piadas para ler antes de morrer de rir / Paulo Tadeu. - São Paulo: Matrix, 2010.

    1. Anedotas. 2. Humorismo brasileiro. I. Título. II. Título: Mil e uma piadas para ler antes de morrer de rir.

10-2192.   CDD: 869.97
                CDU: 821.134.3(81)-7

Se rir é o melhor remédio, troque a farmácia pela livraria.
Divirta-se.

O autor

De uma prostituta a um policial, ao ser levada para a delegacia:
– Sabe, seu guarda, eu não vendo sexo.
– Ah, não? – replica o guarda, com um sorriso sarcástico. – E o que é que você vende, então?
– Eu vendo preservativos e ofereço demonstrações gratuitas, só isso!

Uma mulher estava na sala de bate-papo da internet quando alguém com um apelido meio estranho perguntou:
– Quer teclar?
– Você é homem ou mulher?
– Você quer ou não quer teclar?
– Depende... Você é homem ou mulher?
– Adivinhe!
– Ok! Cite cinco marcas de cerveja.
– Brahma, Kaiser, Skol, Antarctica e Bavaria.
– Ótimo. Agora me diga cinco marcas de camisinha.
– Jontex, Olla... Hum... É difícil!
– É, você é homem!
– Sou, sim! Mas como você descobriu?
– Fácil! Você bebe mais do que transa!

A mulher procura um médico, pois está preocupada com as rugas, e ouve o doutor falar:
– Eu tenho um tratamento revolucionário para acabar com suas rugas. Coloco um parafuso no topo da sua cabeça, escondido no couro cabeludo. Aí, sempre que você perceber alguma ruga, basta dar um pequeno giro no parafuso que sua pele é puxada pra cima e ela desaparece. Quer experimentar?
– Claro, doutor! Isso é o máximo!
Seis meses depois, a mulher volta para uma consulta:
– Doutor, essa técnica do parafuso é ótima, mas apareceram essas bolsas horríveis embaixo dos meus olhos. O senhor deveria ter me avisado sobre esse efeito colateral.
– Minha senhora, essas bolsas embaixo dos olhos são seus seios. E, se a senhora não deixar esse parafuso quieto, em quinze dias terá barba.

O sorveteiro morreu e, antes de entrar no céu, tinha que cortar o pênis. Primeiro, entrou um homem que gritou muito. O segundo não gritou nada. Então, chegou a vez do sorveteiro. Quando ele entrou, viu uma anja linda e perguntou a ela:
– Por que o primeiro homem gritou tanto?
E ela respondeu:
– É que ele era marceneiro, então, usei um serrote.
– E o segundo?
– Ele era médico, então, dei anestesia.
Então, ele desabotoou a calça e, olhando para ela, disse:
– Pode chupar até o final!

A fim de conquistar mais alguns fiéis para sua paróquia, o padre colocou um cartaz diante da porta da igreja: "Se você está cansado de pecar, entre!".
No dia seguinte, alguém escreveu: "Mas, se ainda não estiver, me telefone. Cristina: 9999-9999".

Um sujeito chega num bar e pede seis uísques duplos.
– Uau! – exclama o *barman*. – Você deve ter tido um dia péssimo!
– Nem me fale – responde o sujeito. – Fiquei sabendo que meu irmão mais velho é gay.
No dia seguinte, o mesmo sujeito chega e pede mais seis uísques duplos. O *barman* pergunta o que aconteceu dessa vez e o sujeito responde:
– Acabei de saber que meu irmão mais novo também é gay!
No terceiro dia, o sujeito volta a pedir seis uísques duplos.
– O quê? – pergunta o *barman*. – Será que ninguém gosta de mulher na sua família?
– Sim, minha esposa.

O cara, 54 anos, recém-divorciado, sai para a noite numa tentativa de refazer sua vida social. Num bar, ele conhece uma mulher, cinquentona, ainda bonita, relativamente bem conservada e com uma conversa interessante.
Papo vai, papo vem e o assunto chega ao sexo. Ele sugere uma transa e ela se mostra interessada e pergunta o que ele acha de sexo a três, com mãe e filha.
O cara acha o máximo e diz que não tem problema. Então, eles vão para a casa dela. Eles entram no apartamento e o cara já está mais que excitado. Ela tranca a porta e chama:
– Mamãe, cheguei!

Depois de cumprir cinco anos de prisão por um crime que não cometeu, o sujeito volta pra casa e é recebido de braços e pernas abertas pela esposa:
– Amor, eu sei que você sofreu muito na cadeia, por isso, nesta noite, farei qualquer coisa pra te satisfazer!
– Formidável, amor! Então, eu quero duas coisinhas – pediu ele.
A mulher aceitou, um pouco curiosa.
– Primeiro, quero que você fique de quatro no chão da sala!
Ela ficou um pouco assustada, mas resolveu atender o pedido do marido.
– Pronto! – disse ela, já posicionada. – E agora? Qual é seu próximo desejo?
– Você se importa se eu te chamar de Jorjão?

Um sujeito vai ao médico e se queixa por estar com uma coloração alaranjada no pênis.
– Muito estranho – diz o médico. – Esse é um sintoma muito raro. O senhor trabalha com pesticidas?
– Não – responde o homem.
– Bem, o senhor tem algum contato com produtos químicos em seu trabalho?
– Não, doutor. Eu sou aposentado. Não trabalho mais.
O médico continua:
– O senhor tentou lavar essa cor laranja?
– Sim, doutor, mas não sai.
– O que é que o senhor faz o dia todo? – pergunta o médico.
– Assisto filme pornô comendo Cheetos...

O filho chega para a mãe e fala:
– Mãe, hoje eu fiz uma boa ação!
– É mesmo, filho? O que você fez?
– Eu estava sentado com o papai no ônibus lotado, quando entrou uma moça e o papai disse para eu dar o lugar para ela sentar.
– E o que você fez, filho?
– Saí do colo do papai e dei o lugar para a moça!

– O que o senhor achou dos classificados do nosso jornal?
– Eficientíssimos! Bastou anunciar que precisava de um vigia noturno e assaltaram minha loja na mesma noite.

Depois de muito tempo insistindo, o sujeito consegue levar a secretária gostosíssima para um motel. Mal chegaram, ele tira a roupa, pula em cima dela e... nada. Tenta de tudo quanto é jeito e nada. Até que, por fim, ele desiste e leva a garota embora.
Mais tarde, já em casa, enfia-se debaixo do chuveiro. Dez segundos depois, está com o pinto duro como uma pedra.
– Filho da puta! – diz ele, olhando para o meio das pernas. – Só agora você resolve se manifestar? Depois da vergonha que me fez passar, ainda tem coragem de ficar aí, olhando pra cima, rindo da minha cara? Demorei mais de seis meses pra convencer aquela mulher a se deitar comigo e você me apronta uma dessas?
Nisso, deixa escapar um peido barulhento, vira-se para trás e bronqueia:
– E você aí, vê se fica quieto porque seu passado não é dos melhores!

Helena e Gilda, duas solteironas, são donas de uma farmácia. Um dia, entra um homem e pede uma camisinha. Helena traz uma de tamanho padrão.
– Essa não serve, é pequena – diz o homem.
Ela, então, pega uma maior.
– Não, essa também é pequena.
Helena pega a maior que tem no estoque. Mas o cliente diz que ainda é pequena. Então ela grita para a sócia, que estava lá nos fundos da loja:
– Gildaaa! Este homem precisa de uma camisinha ainda maior, o que eu posso oferecer a ele?
E Gilda responde:
– Casa, comida, roupa lavada e sociedade na farmácia!

Dois velhos amigos se encontram:
– Como vai o novo casamento? – pergunta um deles.
O outro responde:
– Rapaz, nem te conto! Minha mulher é uma fera na cama, fazemos amor todos os dias e de tudo quanto é jeito. E você?
– Ultimamente, eu e minha mulher só fazemos estilo cachorrinho.
– Já sei! Você pega ela por trás?
– Não exatamente! Eu fico sentado com cara de coitadinho, ela deita e se finge de morta.

Dois amigos se encontram no bar:
– Que cara triste é essa, rapaz?
– Nem queira saber, estou numa fossa danada.
– Bobagem. Tenho um remédio ótimo para isso: quando estou assim, vou para casa, dou duas bem dadas com minha mulher e no dia seguinte estou ótimo.
– Grande ideia, cara! Será que sua mulher está em casa agora?

O empregado chega para o patrão e diz:
– É melhor o senhor me dar um aumento!
O patrão pergunta:
– Por quê?
O empregado responde:
– Várias empresas estão atrás de mim!
O patrão, com ar desconfiado, pergunta:
– Quais são elas?
O empregado responde:
– Empresa de água, luz, telefone...

O médico interroga o senhor Antônio:
– Senhor Antônio, quantas vezes por semana o senhor faz sexo com sua esposa?
– Duas vezes, doutor!
– Duas? Mas outro dia a sua esposa esteve aqui e disse que fazia sexo de dez a quinze vezes por semana!
– Sim, é verdade, mas é só até a gente terminar de pagar o apartamento.

Dois amigos se encontram e conversam:
– Tudo bem com você, Luiz?
– Tudo, e com você?
– Ah, eu estou num emprego novo.
– É mesmo? E como são as coisas por lá?
– Você não vai acreditar! Lá tem um monte de mulher dando em cima de mim!
– Nossa, que maravilha! E onde é que você trabalha?
– No porão de um motel.

Na sala de aula, a professora pergunta:
– Aninha, o que o seu pai faz?
– Meu pai é dentista, professora!
– Juquinha, e o seu pai?
– Médico, professora!
– Joãozinho, e o seu?
– Traficante, professora!
– Nossa! – reagiu a classe.
Na hora do intervalo, um amigo vira para o Joãozinho e pergunta, indignado:
– Mas você não falou que o seu pai era deputado?
– Sim... Mas é que tenho vergonha de dizer isso na frente de todo mundo.

Entra o vendedor na casa da dona Marocas para fazer uma demonstração. Despeja um enorme saco de lixo sobre o tapete da sala e sentencia, solenemente:
– Minha senhora, eu comerei qualquer pedacinho de lixo que esse maravilhoso aspirador de pó não consiga apanhar.
E a dona Marocas, nervosa:
– Só um instantinho, vou buscar uma colher, pois está faltando energia no bairro.

O cara vai até o oftalmologista e diz:
– Doutor, eu ando vendo umas manchas diante dos olhos.
O médico o examina e sugere:
– Experimente estes óculos.
O cara põe os óculos e diz:
– Ah! Agora estou vendo as manchas muito melhor!

Dois amigos se encontram:
– Caramba! Que relógio legal você comprou, hein?
– Não comprei, não, ganhei em uma corrida.
– Que legal, cara! E quantas pessoas participaram dessa corrida?
– Três!
– Só isso?
– Sim... Eu, o antigo dono do relógio e um policial.

O sujeito bate à porta da casa e é atendido por uma moça muito atraente e elegantemente trajada:
– Bom dia, eu sou o afinador de piano.
– Mas eu não mandei chamar um afinador de piano! – responde a moça.
– Eu sei! – diz o afinador. – Foram seus vizinhos que ligaram!

Um dia, no escritório, um homem reparou que seu colega, muito conservador, estava usando um brinco:
– Não sabia que você gostava desse tipo de coisa – comentou.
– Não é nada de especial, é só um brinco – replicou o colega.
– Há quanto tempo você está usando ele?
– Desde que minha mulher o encontrou no meu carro.

Um belo dia, em uma multinacional, a secretária atende ao telefone:
– Bom dia! Eu poderia falar com o doutor Marcelo?
A secretária responde:
– Desculpe-me, senhor, mas no momento ele está cagando.
O cara fica horrorizado, desliga o telefone e, mais tarde, decide contar ao sujeito como fora tratado pela secretária:
– Doutor Marcelo, hoje de manhã, liguei para o seu escritório e sua secretária me disse que o senhor estava cagando. Isso é um absurdo, o senhor é presidente de uma multinacional, lida com pessoas importantes. Sua secretária deveria ter mais educação!
O doutor Marcelo responde:
– Muito obrigado pelo toque! Vou falar com ela; é novata, muito esforçada, com o tempo ela aprende.
Passados alguns dias, o cara liga novamente para o escritório e a secretária atende:
– Bom dia! Em que posso ajudá-lo?
– Bom dia! Eu poderia falar com o doutor Marcelo?
A secretária responde:
– No momento, o doutor Marcelo está ocupado.
Ele gostou da resposta, viu que a secretária havia aprendido. Então ele pergunta:
– E ele vai demorar muito?
A secretária responde:
– Ah... Do jeito que ele passou peidando por aqui, vai, sim.

A secretária daquela empresa vira-se para a recepcionista e comenta:
– Você já reparou como nosso chefe se veste bem?
– Sim! E você já reparou como ele se veste rápido?

Num voo comercial, o piloto liga o microfone e começa a falar aos passageiros:
– Bom dia, senhores passageiros, neste exato momento estamos a 9 mil metros de altura e estamos sobrevoando a cidade de... Oh, meu Deus!
E os passageiros escutam um grito pavoroso, seguido de um barulho infernal:
– Nãooo!
Segundos depois, ele pega o microfone e, sem graça, explica:
– Desculpem-me, esbarrei na bandeja e minha xícara de café caiu em cima de mim. Precisam ver como ficou a parte da frente da minha calça!
E um dos passageiros gritou:
– Ô, filho da puta! Você precisa ver como ficou a parte de trás da minha!

O sujeito entra numa agência de empregos às 11 horas, com uma tremenda cara de sono, e começa a bocejar na frente do entrevistador.
– O senhor não tem vergonha de vir pedir emprego com uma cara dessa?
– Mas o emprego não é pra mim, não.
– Pra quem é, então?
– É pro meu irmão.
– E por que ele não veio pessoalmente?
– Ele preferiu ficar em casa dormindo!

A empregada chama o jardineiro:
– Zé, você me ajuda a botar o *remédio* no buraco do rato?
– Tudo bem, mas você segura o rato?

A faxineira diz para o gerente do banco:
– Estou me demitindo. Ninguém aqui confia em mim.
– Como assim? A senhora trabalha aqui há dez anos. Até as chaves do cofre ficam em cima da minha mesa, sem precisar guardar!
– Eu sei! Mas é que nenhuma delas funcionou...

O médico para o paciente:
– Não consigo descobrir o motivo das suas dores, meu caro. Só pode ser por causa da bebida.
– Não tem importância, doutor. Eu volto quando o senhor estiver sóbrio.

O homem está tomando cerveja num bar, quando chega um sujeito dizendo:
– O senhor esteve aqui há três meses!
– Pode ser, mas como você tem certeza disso?
– Reconheci seu guarda-chuva!
– Há três meses eu nem tinha esse guarda-chuva!
– Mas eu tinha!

Um sujeito entra no bar e diz ao garçom:
– Me traga vinte doses do seu melhor uísque, e rápido!
O garçom serve as bebidas e o fulano bebe tudo de uma vez. O garçom comenta:
– Nossa! Eu nunca vi alguém beber tão rápido!
O sujeito responde:
– Você também beberia, se tivesse o que eu tenho.
– Oh, meu Deus! – exclama o garçom. – O que é que o senhor tem?
– 50 centavos!

O sujeito chega em casa de madrugada, completamente bêbado, e começa a bater na porta, mas sua mulher não quer abrir.
– Abre a porta! Deixa eu entrar! Eu trouxe uma flor para a mulher mais bela do mundo!
Sensibilizada por esse detalhe romântico, a mulher resolve abrir a porta. O bêbado entra e se joga em cima do sofá.
– E a flor, cadê? – a mulher pergunta.
– E a mulher mais bela do mundo, cadê?

Ao chegar à empresa, o chefe vê a sua secretária trabalhando feito uma condenada e pergunta:
– Nossa, dona Priscila! Desde quando a senhora trabalha desse jeito?
– Desde que eu vi o senhor descendo do carro.

Igreja lotada, o padre interrompe o sermão e pergunta:
– Quem deseja ir para o céu levante a mão!
Todo mundo levanta a mão, menos um sujeito sentado na primeira fila, caindo de bêbado.
– O senhor não quer ir para o céu quando morrer? – pergunta o padre.
E o bêbado:
– Ah... Quando morrer, eu quero! Pensei que o senhor tava organizando a caravana pra hoje!

O bêbado chega na estação e pergunta ao segurança:
– Que horas passa o último trem?
O segurança responde:
– Às 23h30.
E o bêbado insiste:
– E que horas são?
E o segurança, ainda calmo:
– São 22h00.
O bêbado se deita num banco e cochila; o segurança o faz perder o trem e avisa, às 23h31:
– Rapaz, o último trem acabou de sair!
E o bêbado responde:
– Ótimo! Agora eu posso atravessar!

Um bêbado estava conversando com um padre e falou:
– Eu sou Deus!
O padre, curioso, retrucou:
– Então, me mostre!
O bêbado foi caminhando pela rua, passou a primeira casa, a segunda, a terceira...
Na quarta casa, o bêbado bateu na porta. Uma mulher gorda abriu e disse:
– Ai, meu Deus, você de novo?

O bêbado entra em um ônibus, senta-se ao lado de uma mulher e diz:
– Mulher, mas como tu é feia!
A mulher, irritada, responde:
– Pior é você, seu bêbado!
– É, mas amanhã eu tô melhor.

Um bêbado se meteu em uma briga no boteco onde bebia e acabou sendo capado. Ele foi imediatamente a um médico e disse:
– Doutor, eu estava em uma briga quando de repente me caparam! O senhor pode me ajudar?
– Calma, amigo, é só você me entregar seu órgão que lhe direi se temos ou não condições de colocá-lo de volta.
O bêbado coloca as mãos no bolso e diz:
– Achei, achei! Está aqui.
Quando o bêbado tira o pinto do bolso, o médico percebe que não é bem o que ele imaginava.
– Mas, amigo, isso aqui é um charuto!
O bêbado bate na testa e diz:
– Puta que pariu! Fumei meu pinto!

O bêbado estava na igreja, quando os peitos de uma irmã saltam para fora. Então, o padre disse:
– Quem olhar para os peitos dela vai ficar cego!
E o bêbado, nada besta, falou:
– Vou arriscar pelo menos um olho...

Um bêbado chega num velório e ouve a viúva chorando e dizendo:
– Era um homem tão bom! Morreu como um passarinho!
Logo depois, chega outro bêbado e pergunta:
– Ele morreu de quê?
E o primeiro bêbado responde:
– Parece que foi de estilingada.

No interior, o caipira passou uns tempos internado no hospício porque cismou que era um grão de milho. Foi tratado, teve alta e, num belo dia, quando ia andando por uma estradinha de terra, viu uma galinha no meio do caminho e estacou. A mulher dele estranha:
– Ué! Ocê parô pur quê? Agora ocê sabe que não é um grão de mio!
– Puis é! Sabê, eu sei! Mas e a galinha, será que ela já sabe?

No fim do expediente de um bar, um bêbado bate na porta. Já irritado com a insistência, o garçom manda-o entrar.
– O que você quer? – pergunta o garçom, sem dar muita atenção.
– Quero um metro de pinga!
O garçom dá um sorriso e pensa: "Vou sacanear esse bêbado". Então, ele pega a garrafa de pinga, derrama sobre o balcão e diz:
– Aí está sua pinga.
O bêbado, apoiado no balcão para não cair, diz:
– Agora embrulha que eu vou levar!

O guarda para um carro que estava trafegando em alta velocidade. Quando aborda o motorista, percebe que ele está bêbado, mas, mesmo assim, pede-lhe a habilitação, ao que o homem responde:
– Xiii, seu guarda! Nem adianta mostrar, pois está vencida.
O policial, irritado, pede para ver os documentos do carro e recebe a seguinte resposta:
– Nem adianta! O carro é roubado.
O guarda saca a arma e manda o bêbado descer e abrir o porta-malas, ao que o motorista retruca:
– Não posso! A dona do carro está amarrada lá dentro...
O guarda chama reforços. O coronel chega ao local e vai conversar com o motorista.
A habilitação não estava vencida, os documentos estavam em ordem e o porta-malas, vazio. O coronel, irritado, pergunta:
– Mas que palhaçada está acontecendo aqui?
O bêbado responde:
– Sei lá! Só falta agora esse guarda dizer que eu estava dirigindo bêbado e em alta velocidade...

O cara era conhecido por tentar ganhar dinheiro em tudo o que fazia. Certo dia, ele apareceu na casa de um velho amigo e disse:
– Pereira, meu amigão! Aposto que você não adivinha o que eu vim fazer aqui!
– É muito simples – disse o amigo, calejado. – Você só veio aqui tentar arrancar dinheiro de mim!
– Imagina, Pereira... Só passei aqui pra te dar um abraço... Viu? Você perdeu a aposta! Pode ir me passando a grana!

Na aula de ciências, a professora diz:
– Anotem a lição de casa, crianças. Vocês vão ter que pesquisar o *habitat* das setenta espécies de animais que estão na página 23. Além disso, vocês terão de dizer qual o país de origem de cada animal, seus predadores, suas presas, seus costumes e fazer uma redação sobre cada um... Falando em animais, Martinha, o que dão as ovelhas?
– Lã, professora.
– Muito bem! Pedrinho, o que dão as galinhas?
– Ovos, professora!
– Parabéns! Joãozinho, o que dão as vacas?
– Lição de casa!

No cinema, o sujeito nota, logo à frente, um cachorro que ri muito do filme. Espantado, comenta com o dono:
– Rapaz! Seu cachorro está rindo do filme!
– Também estranhei. Ele detestou o livro.

O Joaquim chega na farmácia e pergunta ao balconista:
– Você tem termômetro colorido?
– É claro que não! Pra que é que alguém iria querer um negócio desses?
– É que a Maria está desconfiada de que o nosso filho esteja com febre amarela.

Um sujeito bate à porta de uma distinta senhora.
– Bom dia, a senhora tem filhos?
– Não, senhor.
– Tem cachorro ou gato?
– Não, senhor.
– Tem rádio ou alto-falante potente?
– Também não.
– Toca algum instrumento?
– Não... Mas será que eu posso saber por que tantas perguntas? O senhor é fiscal?
– Não, minha senhora. É que eu estou interessado em comprar a casa ao lado!

Um homem e uma mulher foram entrevistados num programa de televisão, pois estavam casados havia cinquenta anos e nunca tinham brigado.
O repórter, todo curioso, pergunta à mulher:
– Mas vocês nunca brigaram mesmo?
– Nunca – responde ela.
– E como isso aconteceu?
– Bem, quando casamos, meu marido tinha uma égua de estimação. Era a criatura que ele mais amava na vida. No dia do nosso casamento, fomos para a lua de mel em nossa carroça, que era puxada pela égua. Andamos alguns metros e a égua, coitada, tropeçou. Meu marido olhou bem firme para a égua e disse: "Um". Mais alguns metros e a égua tropeçou de novo. Meu marido, então, encarou a égua e disse: "Dois". Na terceira vez que ela tropeçou, ele sacou a espingarda e deu uns cinco tiros na bichinha. Eu fiquei apavorada e perguntei: "Mas por que é que tu fizeste uma coisa dessas, homem?". Ele me encarou e disse: "Um". Depois disso, nunca mais brigamos.

Um grupo de empresários ia pescar no Pantanal todo ano e, para as férias ficarem completas, cada um levava uma dessas mocinhas pouco apegadas aos preceitos morais e muito apegadas ao dinheiro.
Essa rotina se repetiu durante anos, até que um belo dia as esposas dos empresários decidiram acompanhá-los e não houve cristo que as fizesse mudar de ideia.
Como de costume, assim que chegaram à pousada, o gerente veio recepcioná-los:
– Caramba! Desta vez vocês arranjaram umas putas feias pra cacete, hein!

O pai do Joãozinho ficou apavorado quando o menino lhe mostrou o boletim:
– Na minha época, as notas baixas eram punidas com uma boa surra!
– Boa, pai! Que tal pegarmos o professor na saída amanhã?

No hospício, um doido estava sentado na cadeira segurando um balde de água, com uma varinha de pescar mergulhada nele. O médico, então, perguntou:
– O que você está pescando?
O doido responde:
– Otários, doutor.
O médico fala:
– Quantos você já pescou?
– O senhor é o quinto!

O cara bebeu todas e, na tentativa de voltar pra casa, acabou se deitando na porta de uma igreja evangélica.
De repente, sai uma mulher maravilhosa, dizendo em voz alta:
– Aleluia! Aleluia! Ontem eu estava nos braços do capeta e hoje estou nos braços de Jesus!
O bebum levanta a cabeça e pergunta:
– E pra amanhã, você já tem compromisso?

A velha no consultório do gastro:
– Doutor, vim aqui para que o senhor me tire os dentes.
– Mas, minha senhora, não sou dentista, sou gastro. E vejo que a senhora não tem nenhum dente na boca.
– É claro. Engoli todos.

A filha de pais separados faz 18 anos e o pai está todo feliz por emitir o último cheque da pensão que paga à ex-mulher.
Ele se encontra com a filha, faz o cheque e pede que ela lhe conte a cara da mãe ao dizer-lhe que é o último cheque que verá da parte dele.
A filha entrega o cheque à mãe e volta à casa do pai para lhe dar a resposta.
– Diga, filha, qual foi a reação dela? – pergunta ele, curioso.
– Ela mandou dizer que você não é o meu pai.

Dois casais decidem ir ao motel. Um dos sujeitos dá a sugestão, só para variar, de trocarem os pares. Todos aceitam. Depois de umas duas horas de sexo, um deles diz:
– Puxa, faz muito tempo que não faço sexo tão bom! O que será que as mulheres estão achando?

Dois loucos conversavam sobre correspondências, quando um deles disse:
– Mandei uma carta para mim mesmo.
– Puxa, que legal! O que ela dizia?
– Como vou saber, se ainda não recebi?

Um zarolho passou pelo outro e disse:
– Oi, turma!

Eram dois irmãos peraltas, um de 10 e outro de 8 anos. A mãe dos dois já sabia que qualquer coisa errada que acontecesse na cidade em que moravam tinha o dedo deles.
Um dia, ela descobriu que perto de sua casa morava um padre com fama de disciplinar meninos levados, e mandou que o filho mais novo fosse vê-lo.
Logo que o menino entrou na igreja, o padre perguntou:
– Minha criança, onde está Deus?
O menino ficou ali, parado, sem dizer nada.
– Onde está Deus? – repetiu o padre, em tom mais sério.
Nisso, o menino saiu correndo da igreja, foi para casa e se escondeu debaixo da cama. Ao encontrá-lo ali, o irmão mais velho perguntou:
– O que houve?
– Agora estamos ferrados! Deus sumiu e estão achando que é culpa nossa!

Num exame de rotina, o médico do hospício pergunta para um de seus pacientes:
– E então, Napoleão, o que foi que você inventou dessa vez?
– Eu inventei um objeto que permite que você veja através das paredes.
– É mesmo? – pergunta o médico, cético. – E como se chama esse objeto?
– Janela.

Era uma vez um cidadão que tinha um bafo de onça horrível.
Um dia, ele foi acampar com dois amigos e os três dormiriam juntos na mesma barraca. Os amigos, sabendo do famoso bafo, disseram:
– Se você for falar algo, nos cutuque para enfiarmos a cabeça debaixo da coberta, assim evitamos esse seu bafo cruel.
Ele concordou e os três foram dormir.
Certa hora da madrugada, ele cutucou os amigos e eles esconderam-se debaixo das cobertas. O camarada do bafo fedido disse:
– Peidei!

O padre Valdemar, após sua habitual sesta da tarde, entra na igreja, vindo de seus aposentos, e encontra uma jovem ajoelhada diante do altar da Virgem, orando. Era uma garota lindíssima, trajando um microvestido justíssimo e um decote supergeneroso, totalmente provocante e revelador. Padre Valdemar se dirige a ela:
– Minha filha, me perdoe por interromper suas preces, mas tenho que lhe pedir que cubra seus seios ou terá que se retirar da igreja.
A moça não se deixa intimidar. Levanta-se subitamente e enfrenta o sacerdote, encarando-o:
– Padre, o senhor não pode me expulsar da igreja! Eu tenho o direito divino!
Responde o padre, vidrado, quase babando:
– Eu sei, minha filha. E o esquerdo também.

Uma mulher extremamente ciumenta vai a uma cartomante:
– Tenho duas notícias ruins, minha senhora – diz a cartomante. – O seu marido tem uma amante e a senhora vai ficar viúva muito em breve.
– Então, vê aí se eu vou ser absolvida.

Toda tarde, quando saía do trabalho e ia para o ponto de ônibus, Nélio via um desconhecido passar de carro e gritar:
– Aê, corno manso!
Depois de uma semana escutando tais desaforos, ele ficou desconfiado e foi pedir explicações à mulher:
– Não se preocupe, meu bem – tranquilizou ela. – Deve ser algum desocupado que faz isso em todo ponto de ônibus!
No dia seguinte, Nélio vai para o ponto e espera por seu ônibus normalmente, até que o mesmo sujeito passa gritando:
– Aê, corno manso! Além de corno é fofoqueiro!

Um sujeito se vira para o outro e diz:
– Perdi o controle do carro.
– Bateu?
– Não... Minha mulher aprendeu a dirigir!

Havia três morceguinhos e o pai deles estava ensinando-os a chupar sangue.
O primeiro morceguinho voltou com a boca toda suja de sangue e disse:
– Pai, você viu aquele boi lá?
– Vi, meu filho!
– Chupei todo o sangue dele.
Chegou o segundo morceguinho com a boca toda suja de sangue e disse:
– Pai, você viu aquela ovelha lá?
– Vi, meu filho!
– Chupei todo o sangue dela.
Chegou o terceiro morceguinho com a boca toda suja de sangue e disse:
– Pai, você viu aquele muro lá?
– Vi, meu filho!
– Eu não!

Um velho foi ao médico para marcar uma consulta para sua mulher e o doutor lhe pergunta:
– De que se queixa sua esposa?
– De surdez. Não ouve nada.
– Então, o senhor vai fazer o seguinte: antes de trazê-la, fará um teste para facilitar o diagnóstico. Sem que ela esteja olhando, o senhor, a uma certa distância, falará em tom normal, até que perceba a que distância ela consegue ouvi-lo. Depois, o senhor volta aqui.
À noite, quando a mulher estava preparando o jantar, o velhote decidiu fazer o teste. Mediu a distância que estava em relação à mulher e pensou: "Estou a 15 metros de distância. Vai ser agora".
– Maria, o que temos para jantar?
Nada... Silêncio.
Então, ele fica à distância de 5 metros:
– Maria, o que temos para jantar?
Nada... Silêncio.
Ele fica à distância de 3 metros:
– Maria, o que temos para jantar?
Silêncio.
Por fim, encosta-se às costas da mulher e volta a perguntar:
– Maria! O que temos para jantar?
– Frango, porra! É a quarta vez que eu te respondo!

Dois amigos se encontram:
– Você sabia que o Arnaldo está hospitalizado? – comenta um deles. – O cara está mal, nem dá pra reconhecer o rosto dele direito.
– Não pode ser! – diz o outro, aflito. – Ainda ontem eu vi o Arnaldo num baile de carnaval, dançando com uma loira deliciosa!
– Pois é, justamente... A mulher dele também viu.

O inteligente e o burro estão fazendo uma brincadeira, cujas regras são: cada um faz perguntas ao outro e, se o burro não sabe a resposta, ele paga 1 real ao outro; se é o inteligente quem não sabe a resposta, ele paga 100 reais.
O inteligente começa:
– O que é que tem quatro patas e mia?
– Não sei. Toma 1 real.
– O que é que tem quatro patas e late?
– Não sei. Toma 1 real.
– Faz uma pergunta você – pede o inteligente.
– Tá bom! O que é que tem oito patas de manhã e quatro de tarde?
O inteligente pensa, pensa, pensa, mas depois de uma hora sem achar a resposta, tem que desistir:
– Não sei. Toma 100 reais. O que é, hein?
– Não sei. Toma 1 real.

– Posso ajudá-lo a fazer o pedido, cavalheiro? – pergunta o garçom.
– Sim. Como é que vocês preparam esse frango?
– Sem muita conversa mole, senhor. Nós vamos direto ao assunto e informamos que ele vai morrer.

A cartomante para o jovem cliente:
– Vejo que você vai ter uma profissão muito honrada.
– É mesmo? Que profissão é essa? – pergunta o rapaz, ansioso.
– Vão se formar filas para aguardar sua chegada – continua a cartomante.
– É mesmo? Que legal!
– E as pessoas ficarão muito felizes quando você chegar!
– Que maravilha! Que profissão é essa? – insiste o rapaz.
– Motorista de ônibus.

O amigo pega o outro mijando sentado no vaso sanitário:
– Mas o que é isso? Você sabe que homens mijam de pé, o que houve com você?
– É que segunda passada saí com uma loira, 1,80 m, seios fartos e uma bunda inacreditável, mas, na hora H, brochei. Na terça, saí com uma morena, 19 anos, ninfetinha, carinha de criança e, na hora H, brochei de novo. Na quarta, saí com uma ruiva, brochei. Na quinta, com uma coroa maravilhosa e brochei.
O amigo, indignado, diz:
– Tudo bem, brochar faz parte, mas por que mijar sentado no vaso?
– Depois de tudo isso, você ainda acha que eu vou dar a mão para esse filho da puta?

O jovem pai chegou ao pediatra, bastante aflito, com uma criança no colo:
– Doutor, meu filho está com seis meses e não abre os olhos!
O médico examinou bem, virou-se para o rapaz e falou:
– Quem deve abrir os olhos é o senhor, meu amigo. Seu filho é japonês!

O marido chega em casa e a mulher pergunta:
– Amor, cadê aquele livro que ensina a viver até os 100 anos?
O marido responde:
– Joguei no lixo.
E a mulher pergunta:
– Por quê?
E o marido fala:
– Por que sua mãe vem nos visitar amanhã e eu não quero que ela fique lendo essas bobagens.

O dia já estava nascendo, eram quase 6 horas, quando batem na porta. A mulher atende e vê o marido com aquela cara de que a noite foi boa: completamente bêbado, o cabelo bagunçado, a roupa amassada, cheio de marcas de batom e com um cheiro forte de perfume feminino.
Muito louca da vida, a mulher grita:
– Vai, canalha, fala! Agora eu quero ver você me dar UM, pelo menos UM motivo pra chegar às 6 horas em casa!!!
Ele responde, sem pensar duas vezes:
– Ué, o café da manhã!

Comenta um rapaz com seu amigo a respeito de uma visita que fizera a um sofisticado prostíbulo:
– Tinha três portas. Na primeira, estava escrito "loiras", na segunda, "morenas", e na terceira, "ruivas". Fui direto na primeira e abri.
– E então?
– Bom, tinha mais três portas: "olhos azuis", "olhos castanhos" e "olhos verdes". Escolhi a última.
– E aí?
– Tinha ainda mais três portas: "sem sacanagem", "pouca sacanagem" e "muita sacanagem".
– Já sei. Você abriu a terceira, certo?
– Certo. E dei de cara com a rua...

A mãe chegou em casa preocupada:
– Filhinha, é verdade que você repetiu de ano?
– Eu? Quem disse isso? Claro que não, mãe!
– É que hoje eu passei no colégio e todos me disseram que você tinha levado pau!
– Mas, mãe, uma coisa não tem nada a ver com a outra!

O cara chega no serviço todo arranhado, mordido, com o terno rasgado, a gravata torta, cheio de hematomas no rosto. Ao ver aquela figura grotesca, seu colega de escritório lhe pergunta:
– O que foi que aconteceu, cara? Sofreu algum acidente?
– Não, rapaz, acabei de enterrar minha sogra!
– E esses ferimentos?
– É que a velha não queria entrar no caixão de jeito nenhum!

O sujeito entra num banco e vê todo mundo andando de um lado para o outro, olhando para o chão à procura de alguma coisa. Para satisfazer a sua curiosidade, ele se vira para o único senhor que está em pé, parado, e pergunta:
– O que está havendo por aqui?
– Foi um rapaz que deixou cair uma nota de 100 reais e está todo mundo procurando!
– E o senhor? Por que não se mexe também?
– Porque o dinheiro está debaixo do meu sapato...

Um homem levou seu velho pai para um asilo. Lá chegando, sentou o velhinho num sofá, na sala de espera, e foi à recepção falar com os médicos. De repente, o velhinho começou a pender vagarosamente para a esquerda.
Um médico passou por perto e disse:
– Deixe-me ajudá-lo.
O médico empilhou várias almofadas no lado esquerdo do velhinho para ajudá-lo a manter-se direito. O velhinho começou a pender vagarosamente para a direita. Um funcionário percebeu e empilhou mais umas almofadas no lado direito dele. O velhinho começou a pender para a frente. Então, passou por ali uma enfermeira, que empilhou várias almofadas na frente dele.
A essa altura, o filho volta:
– E então, pai, este parece um lugar agradável, não?
O velhinho respondeu:
– Penso que sim, filho, mas eles não me deixam peidar.

Um sujeito dirige-se à funcionária de uma casa lotérica:
– Não tenho a menor ideia sobre qual número escolher para comprar um bilhete. Você pode me ajudar?
– Claro – disse ela. – Vamos lá! Durante quantos anos você frequentou a escola?
– Oito anos!
– Perfeito, temos um 8!
– Quantos filhos tem?
– Três!
– Ótimo, já temos um 8 e um 3. Quantos livros já leu até hoje?
– Nove!
– Certo, temos um 8, um 3 e um 9. Quantas vezes por mês faz amor com sua mulher?
– Caramba, isso é uma coisa muito pessoal – diz ele.
– Mas você não quer ganhar na loteria?
– Está bem, duas vezes!
– Só? Bem, deixa pra lá! Agora que já temos confiança um no outro, diga-me: quantas vezes você já tomou no cu?
– Qual é a sua? – diz o sujeito. – Sou muito homem!
– Não fique chateado. Vamos considerar, então, zero. Com isso já temos todos os números: 83920.
O sujeito comprou o bilhete que correspondia ao número escolhido. No dia seguinte, foi conferir o resultado e o bilhete premiado foi o de número 83921. Cheio de raiva, comentou:
– Puta que pariu! Por causa de uma mentirinha não fiquei milionário!

O cara ia todos os dias com seu macaco-prego ao barzinho do seu Zé.
Quando chegavam lá, o macaco ia de mesa em mesa e provava de tudo um pouco: comia e bebia o que queria.
Um dia, seu Zé colocou uma sinuca no bar, e quando o macaquinho chegou, correu para a mesa de sinuca e engoliu uma bola.
Passados alguns dias, o cara volta ao bar com seu macaco, pede um martíni com cereja e o macaco pega a cereja, coloca no cu e depois come.
Seu Zé olha para o cara e fala:
– Que macaco porco este seu!
E o cara responde:
– Também, depois daquela bola de sinuca que deu um trabalhão pra sair, agora, tudo o que ele come tem que medir antes!

O sujeito vai ao médico para fazer um *checkup*. Depois dos exames, o médico volta com os resultados.
– Você está em muito boa forma para 40 anos.
– Eu disse ter 40 anos? – pergunta o sujeito.
– Quantos anos você tem? – indaga o médico.
– Fiz 53 na semana passada.
– Poxa! E quantos anos tinha seu pai quando morreu?
– Eu disse que meu pai morreu?
– Oh, desculpe! Quantos anos tem seu pai?
– 74.
– 74? Que bom! E quantos anos tinha seu avô quando morreu?
– Eu disse que ele morreu?
– Sinto muito. E quantos anos ele tem?
– 103. E está muito bem de saúde.
– Fico feliz em saber. E seu bisavô? Morreu de quê?
– Eu disse que ele tinha morrido? Ele está com 124 e vai se casar na semana que vem.
– Agora já é demais! – diz o médico. – Por que um homem de 124 anos iria querer se casar?
– Eu disse que ele queria se casar?

Na escola, a professora explica:
– Se eu digo "fui bonita", é passado. Se digo "sou bonita", o que é, Joãozinho?
– É mentira!

Um paulistano, trabalhando duro, suado, de terno e gravata, vê um caipira deitado numa rede, na maior folga.
O paulistano não resiste e diz:
– Você sabia que a preguiça é um dos sete pecados capitais?
E, o caipira, sem nem se mexer, responde:
– A inveja também!

Um casal de meia-idade, com duas filhas adolescentes, extraordinariamente lindas, decidiu tentar, uma última vez, ter o filho homem com que tanto sonhava. Depois de alguns meses de tentativa, finalmente ela engravidou e, nove meses depois, deu à luz um menino.
O pai, jubiloso, correu ao berçário para ver seu filho. No entanto, quando o viu, ficou pasmo, pois nunca havia visto uma criança tão feia como aquela.
Voltou cabisbaixo ao quarto e, olhando nos olhos da mulher, perguntou a ela:
– Você jura que não me traiu?
Ao que ela respondeu:
– Dessa vez, juro que não!

Um dia, na escola, a professora pede aos seus alunos que levem equipamentos de primeiros socorros para a próxima aula.
No outro dia:
– Marininha, o que você trouxe?
– Eu trouxe um esparadrapo, professora.
– E quem te deu?
– Foi minha tia.
– E o que ela disse?
– Disse que é muito bom pra fechar um curativo.
– Muito bem, Marininha.
E assim foi com todos os alunos, até chegar na vez do Joãozinho...
– Joãozinho, o que você trouxe?
– Eu trouxe um balão de oxigênio, professora.
– E quem te deu?
– Foi minha avó.
– E o que ela disse?
– Devolve... Devolve...

Um senhor de 80 anos vai ao médico para seu *checkup* anual.
– Tudo parece estar em ordem – diz o médico após o exame. – E no que diz respeito à sua vida sexual?
– Bem... – diz o velhinho. – Digamos que não está nada mal, para minha idade. Para ser honesto, minha mulher não gosta mais de sexo, então tenho que me satisfazer em outros lugares... Na semana passada consegui pegar três garotas, e nenhuma tinha mais de 30 anos!
– Uau! Na sua idade, isso é um acontecimento! – responde o médico, impressionado. – Espero que o senhor tenha tomado suas precauções.
E o velhinho responde:
– Doutor, posso ser velho, mas ainda não estou senil: eu me apresento com um nome falso!

No concurso para carteiro, a primeira questão é: "Qual é a distância entre a Terra e a Lua?".
Um dos candidatos se levanta no ato e devolve a prova, em branco, ao examinador:
– Se é para trabalhar nesse percurso, eu desisto do emprego.

O velhinho de 90 anos acorda com o pau duro e na hora mostra para a esposa. Ela fica toda assanhada, abre as pernas e diz:
– Vamos aproveitar, meu velho!
Ele põe a roupa e diz:
– Que nada! Vou lá pro bar mostrar pra turma!

Três mulheres recém-mortas chegam juntas ao céu e vão para a sala de triagem.
– O que é que a senhora fazia lá na Terra? – pergunta São Pedro à primeira da fila.
– Eu era professora!
São Pedro vira-se para seu assistente e ordena:
– Entregue a ela a chave da sabedoria!
E, voltando-se para a segunda mulher:
– E a senhora, o que fazia na Terra?
– Eu era advogada!
– Entregue a ela a chave do direito! E a senhora, o que fazia na Terra?
– Eu fazia *striptease*!
– Entregue a ela a chave do meu quarto!

Um pastor-alemão entrou numa agência dos correios, pegou um formulário de telegrama e escreveu: "Au... Au... Au... Au... Au... Au... Au...Au...Au".
O atendente examinou o papel e disse:
– Só tem nove palavras aqui – ele disse. – Você poderia mandar outro "Au" pelo mesmo preço.
– Mas aí – respondeu o cachorro – perderia todo o sentido.

Um empresário marca audiência com um deputado em Brasília. Enquanto aguarda para ser atendido, é tratado com toda a solicitude pelo oficial de gabinete do político, na sala de espera.
Quando finalmente é recebido pelo deputado, o empresário sente falta de sua carteira, que estava no bolso do paletó. Fica superconstrangido, mas resolve levar o fato ao conhecimento do político:
– Eu não sei nem como lhe dizer, Excelência, mas minha carteira sumiu! Eu tenho certeza de que estava com ela ao entrar na sala de espera de seu gabinete. Eu tive o cuidado de guardá-la bem, após apresentar o RG lá na portaria. Eu não quero fazer nenhum tipo de insinuação, mas, na verdade, a única pessoa com quem eu estive, de lá para cá, foi com seu chefe de gabinete...
O deputado nem espera o empresário terminar de falar. Retira-se da sala, sem falar nada, e, segundos depois, retorna com a carteira desaparecida na mão.
Ao recebê-la de volta, o empresário comenta, completamente passado:
– Eu nem sei o que dizer, espero não ter causado nenhum problema entre o senhor e seu assessor, na hora em que o senhor pegou minha carteira de volta.
– Não se preocupe... Ele nem percebeu!

A mulher e seu filho de 5 anos pegam um táxi e passam por uma rua cheia de prostitutas:
– Mamãe, o que aquelas moças estão fazendo paradas ali na rua?
Constrangida, a mãe responde:
– Elas estão esperando seus maridos voltarem do trabalho, meu filho.
O taxista interrompe:
– O que é isso, madame? Tem mais é que falar a verdade! Menino, essas mulheres são umas putas, elas dão o corpo pra ganhar dinheiro!
Mesmo muito constrangida, a mulher se cala. Então, o menino pergunta:
– Mamãe, e o que os filhinhos dessas mulheres fazem?
– Eles dirigem táxi, meu filho!

Um alemão, um inglês e um português estavam fazendo exame para entrar para a CIA e, após vários testes, finalmente chegam ao último. O instrutor, então, explica:
– Atrás dessas três portas estão suas sogras sentadas em uma cadeira. Vocês devem entrar e matá-las.
O alemão foi o primeiro e, após pegar a arma, disse:
– Eu não posso fazer isso!
O inglês foi o segundo. Pegou a arma, entrou e, momentos depois, saiu berrando:
– Eu não aguento, eu não posso!
Chegou a vez do português. Ele tomou ar e entrou. Ouve-se o barulho de um tiro, depois, o barulho de algo se quebrando e, segundos mais tarde, o português sai da sala muito cansado e diz:
– Vocês poderiam ter me dito que a arma era de festim, pois tive de matar a velha a cadeiradas!

João e Maria estão lá pelos 80 anos de idade. João comprou um par de sapatos de jacaré e chegou em casa:
– Maria, o que você acha?
– Do quê?
– Você não está notando nada de diferente?
– Não...
João vai ao banheiro, tira toda a roupa e volta apenas com os sapatos.
– E agora? Você não está notando nada de diferente?
– Não, "ele" continua pendurado para baixo assim como estava ontem e como estará amanhã!
– E você sabe por que ele está pendurado para baixo?
– Por quê?
– Ele está olhando para os meus sapatos novos!
– Humpf! Você poderia ter comprado um chapéu novo...

Um cara entra na farmácia e compra uma caixa com três camisinhas dentro. Abre a caixa e joga duas fora. Indignado, o farmacêutico pergunta:
– Ei! Por que você jogou fora duas camisinhas?
– Estou tentando largar o vício...

O sujeito foi visitar, na UTI, o vizinho japonês, vítima de um grave acidente automobilístico.
Encontrou o japonês todo entubado. Era tubo e fio pra todo lado... Ele ficou ali parado ao lado da cama, vendo o japonês, de olhinhos fechados, sereno, repousando com todos aqueles tubos.
Em dado momento, repentinamente o japonês acordou, arregalou os olhos e gritou:
– SAKARO AOTA NAKAMY ANYOBA, SUSHI MASHUTA!
Dito isso, suspirou e morreu.
As últimas palavras do japonês ficaram gravadas na cabeça do sujeito.
Na missa de sétimo dia, o sujeito foi dar os pêsames à mãe do japonês:
– Olhe, dona Fumiko, o Sujiro, antes de morrer, me disse estas palavras: "SAKARO AOTA NAKAMY ANYOBA, SUSHI MASHUTA!". O que isso quer dizer?
Dona Fumiko olhou espantada para o sujeito e traduziu:
– "TIRE O PÉ DA MANGUEIRINHA DE OXIGÊNIO, SEU FILHO DA PUTA!".

Passeando com o marido na rua, a mulher lhe pede uma moeda.
– Pra que você quer uma moeda?
– Para dar para aquele cego ali – responde ela, apontando para um homem maltrapilho, de óculos escuros, sentado na calçada. – Ele me pareceu muito necessitado, pois me implorou: "Pelo amor de Deus, minha bela senhora, me dê uma moedinha!".
– Ele disse "bela senhora"?
– Sim!
– Toma, então! – disse o marido, entregando-lhe uma moeda. – Esse homem deve ser cego mesmo!

Dois amigos conversam:
– Cara, eu não posso escutar uma buzina...
– Por quê? – pergunta o outro. – É trauma de infância?
– Não, é que minha mulher fugiu com o motorista... E sempre que ouço uma buzina, penso que é o cara trazendo ela de volta!

O português senta-se, no trem, de frente para uma gostosa ruiva, que usava uma minissaia. Então, dá-se conta de que ela estava sem calcinha. A ruiva lhe diz:
– Você está olhando para a minha xoxota?
– Sim, desculpe – responde o portuga.
– Tudo bem – responde a mulher. – Olhe, vou fazer com que ela te mande um beijo! Incrivelmente, a xoxota manda um beijo.
O portuga, totalmente assombrado, pergunta que outra coisa sabe fazer.
– Posso também fazer com que te dê uma piscadela.
O portuga observa, assombrado, como a xereca lhe dá piscadelas.
A mulher, já excitada sexualmente, diz ao português:
– Você quer me enfiar um par de dedos?
Paralisado de assombro, o português responde:
– Puta que pariu! Ela também sabe assobiar?

Numa daquelas cidades silenciosas de faroestes, o sujeito amarra o cavalo em frente ao *saloon* e vai tomar um drinque, mas, na volta, descobre que seu cavalo foi roubado. Furioso, ele saca o revólver e entra no bar atirando para o alto.
– Quem foi o desgraçado que roubou meu cavalo?
Silêncio.
– Tudo bem! Eu vou tomar outro drinque e se o meu cavalo não estiver lá fora quando eu terminar, vou fazer aqui o mesmo que eu fiz no Texas!
Pediu uma cerveja e tomou-a tranquilamente, sob uma dúzia de olhares curiosos. Quando saiu, lá estava o cavalo, amarradinho no lugar. Um outro sujeito que estava próximo resolveu arriscar:
– Só por curiosidade, o que é que você fez no Texas?
– Voltei a pé para casa!

Um homem foi ao médico acompanhado da esposa.
– Doutor – diz ele –, estou com um problema muito sério! Todos os dias eu urino às 6 horas e evacuo às 7 horas, pontualmente!
– Eu não vejo problema nenhum – diz o médico. – Aliás, isso significa que seu organismo está muito bem regulado.
– O problema, doutor – intervém a esposa –, é que ele só acorda às 8 horas!

O sujeito liga para o médico para marcar uma consulta. A recepcionista diz que só tem horário para dali a três meses.
– Três meses? – diz o sujeito, indignado. – E se eu morrer até lá?
A recepcionista responde:
– Peça que sua esposa nos ligue para desmarcar.

O juiz interroga uma senhora:
– Qual a sua idade? – pergunta ele.
– Tenho 86 anos – responde a velhinha.
– Por favor, diga-nos, com suas próprias palavras, o que lhe aconteceu em abril do ano passado.
– Estava sentada no balanço de minha varanda, num fim de tarde suave de outono, quando um jovem sorrateiramente senta-se ao meu lado.
– A senhora o conhecia?
– Não, mas ele foi muito amigável.
– O que aconteceu depois?
– Depois de um bate-papo delicioso, ele começou a acariciar minha coxa.
– A senhora o deteve?
– Não.
– Por que não?
– Foi agradável. Ninguém nunca mais havia feito isso desde que meu marido faleceu, há trinta anos.
– O que aconteceu depois?
– Acredito que, pelo fato de não tê-lo detido, ele começou a acariciar meus seios.
– A senhora o deteve, então?
– Mas é claro que não!
– Por que não?
– Porque, Meritíssimo, aquilo me fez sentir viva e excitada. Não me sentia molhadinha assim havia anos!
– O que aconteceu depois?
– Ora, senhor juiz, o que faria uma mulher de verdade, ardendo em chamas, diante de um jovem ávido por amor? Estávamos a sós, e eu, abrindo as pernas suavemente, disse: "Me possua, rapaz!".
– Ele a possuiu?
– Não. Ele gritou: "1º de abriiil!". Foi então que eu dei um tiro no filho da puta.

– Mamãe, deixa eu usar sutiã?
– Não.
– Por favor, mamãe!
– Nunca.
– Mas eu já tenho 15 anos, mãe.
– Pare já com essa conversa, Paulo Roberto!

☠

Um tarado morava ao lado de uma velhinha viúva que tinha o hábito de fazer xixi agachada no quintal todas as noites.
Um dia, ao ver aquilo, o tarado pensou:
– Vou comer essa velha.
No dia seguinte, ele foi até o quintal da velhinha e ficou no exato lugar em que ela se agachava para o seu xixi noturno.
A velhinha sentou e o safado ficou quietinho e a comeu. Durante um mês, todos os dias foi a mesma coisa.
Um dia, ele não pôde ir e a velhinha agachou, não sentiu nada, procurou e disse:
– Molecada filha da puta! Já me arrancaram um pezinho de caralho que estava nascendo aqui!

☠

Um casal estava na cama conversando quando a mulher diz, bocejando:
– Vou dormir, boa noite!
– Já vai dormir? Logo agora que eu ia "abusar" de você... – lamenta-se o marido.
– Abusa, abusa – diz ela, já reanimada.
– Pega uma cervejinha e umas azeitonas pra mim?

☠

Uma mulher idosa contrata um pintor para fazer seu retrato. Ela pede:
– Por favor, eu gostaria que o senhor acrescentasse no retrato um par de brincos suntuosos com rubis e diamantes, um colar de diamantes e safiras, uma pulseira com rubis enormes e muitos anéis com pedras preciosas.
– Mas a senhora tem todas essas joias?
– Não, mas se eu morrer antes do meu marido, ele vai querer se casar de novo e eu estou curtindo a ideia de a nova mulher dele revirar a casa de cabeça para baixo para encontrar essas joias!

O velho estava à beira da morte e a família decidiu antecipar os preparativos para o velório. A esposa resolveu fazer biscoitos para oferecer a quem viesse. Do quarto, o velho sentiu o cheiro dos biscoitos e pediu que o neto buscasse alguns. O menino foi até a cozinha e voltou de mãos vazias, dizendo:
– A vovó respondeu que os biscoitos são só para o velório.

☠

Domingo à tarde, a mulher está inquieta e diz:
– Você não gosta mais de mim!
Lendo o jornal, o marido responde:
– Deixe de bobagem, querida! Por que não vai até o shopping e compra alguma coisa? Tenho certeza de que vai se sentir melhor!
Ela, de cara amarrada:
– Não, não quero comprar nada! Já tenho tudo!
– Quer que eu troque o seu carro? – pergunta ele.
– Não! A minha Mercedes ainda não tem nem cinco mil quilômetros rodados! – responde ela, aos prantos.
Comovido, ele sugere:
– Por que não passa uns dias na Europa?
– Você me odeia? Outra vez a Europa? Eu não aguento mais aquela gente!
E ele tenta resolver:
– O que você quer, então?
E ela, com os olhinhos brilhando:
– O divórcio!
Ele, um tanto desapontado:
– Bem, eu não estava pensando em gastar tanto!

☠

Dois amigos conversam:
– Eu sou um cara muito supersticioso, sabe? Daqueles que têm muita sorte... Então, eu nasci no dia 5 de maio às 5 da manhã... No meu aniversário de 55 anos, fui a uma casa lotérica, apostei no número 55.555 e ganhei 5 milhões de reais. Aí, peguei a bolada toda e apostei num cavalo número 5 no quinto páreo.
– Legal. E quanto você ganhou?
– Nada.
– Nada?
– O maldito chegou em quinto...

A mãe de Joãozinho volta para casa após sair da clínica onde teve gêmeos e é recebida pelo filho:
– Mamãe, mamãe! Eu contei para a professora que tive um irmãozinho e ela me liberou das últimas três horas de aula!
– E por que você não contou que eram dois irmãozinhos? – perguntou a mãe.
– Eu não sou trouxa, mãe! O outro irmãozinho eu deixei para a semana que vem!

☠

Muito a contragosto, o pai leva o filho ao psiquiatra por imposição da professora, que insistia em dizer que o menino era obcecado por sexo. Então, o psiquiatra pega uma folha de papel em branco, desenha duas retas paralelas e pergunta ao garoto:
– Que desenho é esse?
– É um casal fazendo 69!
O médico pega outra folha de papel e desenha um triângulo.
– E agora?
– São dois homens fazendo sexo com a mesma mulher! – responde o garoto.
Então, o psiquiatra chama o pai do garoto a um canto e comenta:
– Realmente, o seu filho tem obsessão por sexo... Eu lhe mostrei esses desenhos e ele disse...
– Ele tem obsessão por sexo? – interrompe o sujeito. – E quem foi que desenhou toda essa sacanagem aqui nesses papéis?

☠

Duas quarentonas conversando:
– Hoje estou furiosa! – disse a primeira.
– Ah, é? – perguntou a amiga. – Mas por quê, Gláucia?
– Ontem vi minha filha e o namorado dando os maiores amassos na sala da minha casa!
– Sério? Como foi? – perguntou a amiga, curiosa.
– Bem, primeiro ele colocou as mãos nos peitinhos dela. Até aí, tudo bem... Então, eu a vi com a mão no pinto dele. Até aí, tudo bem também. Depois, eu vi o garoto tirando a roupa, subindo em cima da minha filha... Tudo bem, até aí, sem problemas... Depois, foi a vez de a minha filha subir em cima dele. Isso eu também tolero...
– Ué, Gláucia... Mas se você é tão liberal assim, viu os dois transando e não se alterou, posso saber por que afinal você ficou nervosa?
– Ah, você acredita que depois de tudo aquilo o garoto teve a pachorra de limpar o pinto na cortina?

Pedro saiu para beber com os amigos e, depois de entornar todas, achou que estava com tesão, mas, sendo fiel à sua esposa, voltou para casa.
Lá chegando, encontra a mulher mergulhada em sono profundo, dormindo com a boca aberta.
Ele pega duas aspirinas e coloca gentilmente na boca da mulher, que acorda engasgada e pergunta:
– O que foi que você colocou na minha boca?
– Duas aspirinas – responde ele.
Ela, aos berros:
– Porra! Eu não estou com dor de cabeça!
E ele, feliz:
– Era isso que eu queria escutar!

☠

Um garoto de seus 18 anos entrou na igreja e, ao se aproximar do confessionário, foi logo dizendo:
– Padre, eu pequei.
– Conte-me seu pecado, filho.
– Padre, ontem à noite, todo mundo lá de casa saiu e só ficamos eu e minha namorada, então, o senhor sabe como é: papo vai, papo vem e acabamos transando.
– Meu filho, sexo antes do casamento é um pecado grave, por isso, reze dez pais-nossos e vinte ave-marias.
No outro dia, lá estava o garoto novamente:
– Padre, eu pequei... Ontem à noite, minha família toda saiu e ficamos apenas eu e a empregada em casa... Papo vai, papo vem e acabamos transando.
– Meu filho, reze vinte pais-nossos e quarenta ave-marias.
No dia seguinte:
– Padre, eu pequei... Ontem à noite, minha família toda saiu e só ficamos eu e minha prima em casa... Papo vai, papo vem e acabamos transando.
– Reze quarenta pais-nossos e sessenta ave-marias.
E nisso se foram dias e dias. Um dia era a tia, no outro a irmã, o irmão, a tia, a mãe, o pai, o avô, até que um dia...
– Padre, preciso falar com o senhor.
– De novo? Você não tem jeito mesmo, né?
– Padre, o negócio é o seguinte: hoje toda a minha família saiu de casa e fiquei sozinho... Então, resolvi vir aqui bater um papo com o senhor...

No escritório do advogado, a viúva ouvia a leitura do testamento de seu finado marido:
– Sinto muito, mas o senhor Euclides deixou tudo o que tinha para a Casa de Caridade da Viúva Pobre.
– Mas e eu? – choramingou a mulher.
– Bem, a senhora era justamente tudo o que ele tinha.

☠

Um homem entra na venda com um cão. Um sujeito vê e diz:
– Bonito cão...
– Bonito mesmo... quer ver uma coisa? Coça o focinho dele.
O outro coçou e ficou esperando.
– Ué, ele não fez nada!
– Pois é...
– Então por que você mandou eu coçar o focinho dele?
– É que eu achei esse cachorro ali na estrada e não sabia se ele mordia!

☠

Um sujeito estava se recuperando de uma cirurgia. O médico vai visitá-lo e diz:
– Tenho uma notícia boa e uma ruim.
– Me dê primeiro a ruim, doutor.
– Nós amputamos a perna errada.
– Ah, não! E qual é a notícia boa?
– A outra perna está bem melhor.

☠

O veterinário atende ao telefone no meio da madrugada e ouve uma voz aflita do outro lado da linha:
– Doutor, é a minha cachorrinha! – começa a senhora, com a respiração ofegante.
– Um vira-lata entrou no meu quintal e subiu em cima dela. Como eu faço para separá-los?
– A senhora faz o seguinte – explicou o veterinário, sem disfarçar o mau humor –, coloque-os perto do aparelho telefônico, vá até o orelhão mais próximo e disque para sua casa. Quando ouvirem o telefone tocar, eles vão se separar.
– O senhor acha que isso realmente funciona? – perguntou a mulher, incrédula.
– Bem, pelo menos comigo funcionou!

Na feira de arte, o turista estava olhando o trabalho artístico do Sérgio Maria e escolhe um quadro:
– Gostei! Vou levar este!
– O senhor fez uma ótima escolha! Essa tela me custou dez anos de vida! – diz Sérgio Maria.
– Caramba! Dez anos? Deve ter dado um trabalhão! – diz o comprador.
– Ora se deu!... Foram dois dias para pintar e o resto para conseguir vender!

☠

Um dia, o contador está examinando a declaração de imposto de renda de um jovem executivo e, na lista de dependentes, consta um filho.
– Espera aí! – diz o contador. – Filho como, se o rapaz é solteiro?
O contador liga para o cliente:
– Olha, estou aqui com as informações para fazer sua declaração e consta que o senhor tem um filho. Imagino que deva ser um erro da sua secretária, não?
– Nada! – responde o cliente, tragicamente. – O erro foi dos dois!

☠

O sujeito se apresenta para um emprego de lenhador numa empresa desmatadora da Amazônia gabando-se de ser o melhor lenhador do mundo. O entrevistador olha para a sua figura meio franzina e pergunta, desconfiado:
– Onde o senhor já trabalhou como lenhador?
– No Saara!
– Mas o Saara é um deserto!
– Agora é...

☠

O gago queria vender bíblias. No primeiro dia, o supervisor lhe deu dez bíblias para vender. No final do dia, ele voltou à empresa de mãos vazias. O supervisor, então, ficou impressionado e deu mais vinte bíblias para que o gago vendesse no dia seguinte. Mais uma vez, ele vendeu todos os exemplares. O supervisor chamou-o e disse:
– Se você vender essas cinquenta bíblias até o final do dia, eu te dou um aumento.
E assim aconteceu. O supervisor, curioso, perguntou:
– Como você faz para vender tantas bíblias?
O gago respondeu:
– É-é o-o seguinte-te: e-e-eu ba-ba-bato na po-porta da pe-pessoa, ela a-atende e e-e-eu pe-per-pergunto: "va-va-vai com-comprar ou quer que eu le-leia?".

– Doutor, o meu marido pode assistir ao parto?
– É claro que sim! O pai deve sempre assistir ao parto.
– Ah, então deixa pra lá. Ele e o meu marido se detestam.

☠

A tartaruguinha faz um grande esforço e começa a subir numa árvore. Depois de horas, ela consegue alcançar um galho bem baixo, mas escorrega e despenca no chão. Mas ela não desiste. Depois de se recuperar, se arrasta até a árvore e faz mais uma tentativa. Depois de subir uns três centímetros, pá! Cai no chão, onde fica agitando as patinhas, desesperada.
Enquanto isso, no topo da árvore, um casal de pombos conversa:
– Querido – diz a fêmea, com os olhos cheios de lágrimas –, será que não está na hora de contarmos que ela é adotada?

☠

O caipira queria começar uma criação de porcos em sua fazenda, com alguns poucos porcos e porcas que tinha comprado. Depois de algum tempo, ele foi notando que as porcas não emprenhavam. Então, ele ligou para o veterinário pedindo ajuda e este o aconselhou:
– Faça uma inseminação artificial.
– Certo, doutor! Farei isso amanhã mesmo – disse o caipira, que não tinha a menor ideia do que era aquilo, mas não queria demonstrar ignorância. – Mas como eu faço para saber se elas estão prenhas?
– Quando elas estiverem prenhas, elas vão parar de andar por toda parte e vão ficar mergulhando na lama.
Então, o fazendeiro desligou e, depois de algum tempo pensando, chegou à conclusão de que inseminação artificial significava que ele mesmo teria de emprenhar as porcas.
Decidido a iniciar sua criação, ele colocou as porcas na sua Kombi, foi para o meio do mato, transou com cada uma delas e voltou para a fazenda.
Na manhã seguinte, ele foi ver as porcas e elas continuavam andando por toda parte. Então, ele concluiu que teria de repetir a dose, e assim fez, mas novamente não teve sucesso, pois na manhã seguinte elas continuavam andando por toda parte.
Ele não desistiu e repetiu a operação, dessa vez em uma dose reforçada.
Na manhã seguinte, ele estava muito cansado e pediu à esposa que verificasse se as porcas estavam na lama. Ela foi e, depois de alguns segundos, voltou dizendo:
– Não, elas não estão na lama! Estão todas dentro da Kombi e uma delas não para de buzinar!

Da aeromoça para o passageiro:
– O senhor aceita jantar?
– Quais as opções?
– Sim ou não.

☠

Uma professora universitária estava acabando de dar as últimas orientações para os alunos acerca da prova final que ocorreria no dia seguinte.
Finalizou alertando que não haveria desculpas para a falta de nenhum aluno, com exceção de um grave ferimento, doença ou morte de algum parente próximo.
Um engraçadinho que sentava no fundo da classe perguntou, com aquele velho ar de cinismo:
– Entre esses motivos justificados, podemos incluir o de extremo cansaço por atividade sexual?
A classe explodiu em gargalhadas, com a professora aguardando pacientemente que o silêncio fosse restabelecido. Tão logo isso ocorreu, ela olhou para o palhaço e respondeu:
– Isso não é um motivo justificado. Como a prova será em forma de múltipla escolha, você pode vir para a classe e escrever com a outra mão...

☠

Noite alta, um senhor bem vestido, chegando de viagem, toma um táxi no aeroporto e pede ao motorista para levá-lo para casa. No caminho, vê uma senhora, também muito bem vestida, entrando numa boate chamada "Dito e Feito".
Reconhecendo a mulher, ele pede ao taxista que retorne à porta da boate. Tira do bolso um maço de notas e diz:
– Aqui estão 2 mil reais. São seus se você tirar de dentro da boate aquela mulher vestida de vermelho que acaba de entrar. Mas vá tirando e cobrindo de pancadas, sem explicações, porque aquela desgraçada é minha esposa.
O taxista, que andava numa dureza daquelas, aceita de cara e entra na boate.
Cinco minutos depois ele sai, arrastando uma mulher pelos cabelos, com o rosto sangrando, toda desgrenhada, e gritando todos os impropérios que se possa imaginar. O senhor no táxi vê a cena e percebe, horrorizado, que a mulher está vestida de verde e sai correndo para alertar o taxista do erro.
– Pare! Pare! O senhor errou. Como o senhor confundiu vermelho com verde? O senhor é daltônico?
Ao que o taxista retruca:
– Daltônico é o cacete! Esta é a minha esposa... Já volto lá pra pegar a sua!

A patroa dá explicações para a empregada:
– Maria, nós tomamos café às 6 horas da manhã, todos os dias!
– Tudo bem, patroa... Mas não precisa me acordar. Eu só tomo café mais tarde!

☠

Aquela senhora tinha o nariz mais empinado do bairro. Durante o jantar, ela chama a cozinheira:
– Maria, o que foi que você nos serviu hoje?
– Língua – responde a empregada.
– O quê? – exclama a patroa. – Como você ousa me servir algo que esteve na boca de uma vaca?
– Desculpe, senhora – responde a empregada. – Quer que lhe sirva ovos?

☠

O psiquiatra incentiva o paciente:
– Pode me contar tudo desde o princípio.
– Pois bem, doutor: no princípio, eu criei o Céu e a Terra...

☠

Alfredo conta para um amigo que foi visitá-lo no hospital:
– O doutor me garantiu que, depois da cirurgia, eu iria voltar a andar!
– E acertou?
– Em cheio! Tive que vender o carro para pagar a operação!

☠

A mulher vai buscar o resultado dos exames do marido no hospital e a doutora alerta:
– O seu marido está com cirrose, gastrite, tuberculose e pneumonia... A senhora não acha que ele anda bebendo demais?
– Ai, nem me fale, doutora! Aquele homem só pensa em beber, beber e beber!
– Mas isso tem solução! – consola a médica. – Sabia que o meu ex-marido era igualzinho?
– Não me diga...
– Digo, sim! – continua ela. – Ele tinha um teor altíssimo de álcool no sangue! Mas eu descobri que o maior problema dele era falta de fósforo!
– Que interessante! – exclamou a mulher. – Então a senhora usou vitaminas para curá-lo?
– Não! Eu só risquei um fósforo perto dele!

Num vagão de metrô, um anão começou a escorregar pelo banco e um outro passageiro, tentando ser solidário, colocou-o de volta. Pouco depois, lá ia o anão escorregando e o mesmo passageiro o endireitava no assento. Quando a situação se repetiu pela quinta vez, o homem, já irritado, esbravejou:
– Será que você não consegue ficar sentado direito?
Ao que o anãozinho respondeu:
– Meu amigo, há umas cinco estações estou tentando desembarcar e o senhor não deixa!

☠

O sujeito chega na padaria e pede um maço de cigarros. Joaquim, o proprietário da padaria, pega o maço, mas, antes de entregar, lê a advertência na embalagem: "O Ministério da Saúde adverte: cigarro pode causar impotência sexual".
Então, ele entrega o maço ao cliente e, para ser educado, sugere:
– Olha, esse aqui brocha, mas se você quiser eu posso trocar por este outro que só causa câncer!

☠

Três escoteiros comunicaram ao seu chefe que já haviam praticado sua boa ação do dia.
– Ajudamos uma velhinha a atravessar a rua – disseram eles.
– Isso foi uma boa ação – declarou o chefe, sorrindo satisfeito. – Mas por que foram necessários vocês três para ajudá-la a atravessar a rua?
– Porque ela não queria atravessar – explicou um dos escoteiros.

☠

O sujeito bate na porta de uma casa e, assim que um homem abre, ele diz:
– O senhor poderia contribuir com o Lar dos Idosos?
– É claro! Espere um pouco que eu vou buscar a minha sogra!

☠

Durante uma prova de redação, a amiga loira pergunta à morena:
– Amiga! Sabe um sinônimo pra "muitos"?
– "Vários".
– Tá! Mas eu só quero um!

Estressado, o alto executivo de uma multinacional, seguindo conselhos médicos, vai passar umas férias numa fazenda.
Para passar o tempo, resolve ajudar nas tarefas cotidianas.
No primeiro dia, o capataz da fazenda lhe sugere que espalhe um caminhão de esterco sobre o campo, para prepará-lo para o plantio.
Em poucas horas, o executivo está de volta. O capataz confere o trabalho e fica impressionado, pois está perfeito.
– Agora, eu gostaria que o senhor selecionasse essas batatas e dividisse-as em três tamanhos diferentes: pequenas, médias e grandes! Com a sua esperteza, vai conseguir terminar antes do final da tarde.
No final da tarde, quando o capataz volta, fica estupefato ao ver o executivo sentado no chão, pensativo, com uma batata na mão e três montinhos minúsculos à sua frente.
– Puxa! – Comenta o capataz, coçando a cabeça. – Eu não entendo como o senhor pode ser tão esperto em uma tarefa e tão lerdo na outra.
Ao que o executivo justifica:
– É que espalhar merda é comigo mesmo, mas tomar decisões...

☠

Dois homens estavam consertando as cercas de um rancho quando um deles deu falta do alicate.
– Acho que deixei lá do outro lado, a uns cinco quilômetros daqui – disse ele ao colega. – Você pode ir lá ver?
Passadas algumas horas, o outro volta, suado e ofegante:
– Sim, sim, está lá, pode ir buscar.

☠

Dois homens saem de um cassino. Um está completamente nu, e o outro, apenas de cueca. O que está nu diz ao outro:
– Eu o admiro muito, Chico. Você sempre sabe quando é hora de parar.

☠

Um português entrou numa padaria e pediu uma cerveja em lata. O balconista entregou-lhe a cerveja e ficou surpreso quando viu o portuga sacar um abridor de latas do bolso e começar a abrir a lata.
– Tá maluco, cara?! – exclamou, inconformado. – Você não sabe pra que serve essa argolinha em cima da lata?
– Ora pois, mas é claro que sei! É para aqueles que esquecem de trazer o abridor!

Um cara chegou no inferno e o diabo lhe perguntou em qual porta ele queria passar a eternidade.
Abriu a primeira e viu um cara sendo espancado.
Abriu a segunda e viu um cara sendo chicoteado.
Abriu a terceira e viu uma diabinha, muito gata, fazendo uma chupeta para um velho amarrado.
– É nessa que eu quero passar a eternidade!
O capeta disse:
– Amor, pode sair, arranjei um substituto pra você!

☠

Havia um índio nos Andes que era famoso por sua incrível memória. Um turista foi lá para conferir. Ele chegou para o índio e perguntou:
– O que você comeu no café da manhã de 12 de dezembro de 1956?
– Ovos.
Como só era permitida uma pergunta por pessoa, o turista saiu meio desconfiado. Vinte anos depois, esse mesmo turista, andando pelas ruas de Nova York, encontra o mesmo índio sentado na rua.
Surpreso, ele exclama:
– Mas como?!
– Fritos.

☠

Dois amigos inseparáveis sempre jogavam futebol juntos.
Como acreditavam que existe vida após a morte, fizeram um juramento que, quando um deles morresse, voltaria à terra para contar ao amigo vivo o que acontece do outro lado da vida.
Por uma fatalidade, um deles morreu. Uma semana depois, enquanto dormia, Zé (o sobrevivente) ouviu uma voz cavernosa chamando:
– Zé! Acorda, velho!
– É você, João?
– Sim, sou eu, Zé! Vim lhe trazer uma notícia boa e uma ruim.
– Bem, primeiro, me diga a boa.
– A notícia boa é que tem futebol onde eu estou agora!
– Excelente! E qual a notícia ruim?
– É que você foi escalado para o jogo de domingo.

Um cientista de Lisboa pega uma aranha, arranca duas patas dela e grita:
– Anda, aranha!
Ela anda. Então, ele tira mais duas e grita de novo:
– Anda, aranha!
Ela anda. Então, ele tira mais duas e grita a mesma frase:
– Anda, aranha!
Ela anda. Por fim, ele tira as duas últimas patas da aranha e grita:
– Anda, aranha!
Ela não anda. Ele conclui:
– Fiz uma descoberta científica! Quando a aranha não tem nenhuma pata, ela fica surda!

☠

O cara tinha um pau de 60 centímetros e, por isso, todas as mulheres que ele arranjava ficavam com medo de transar com ele.
Certa vez, ele estava conversando com um amigo e comentou:
– Pô, cara, eu tenho um pinto de 60 centímetros e não consigo comer ninguém. Tenho que diminuir o tamanho.
E o outro:
– Eu conheço um sapo que mora lá no riacho. Cada vez que ele fala "não", seu pau diminui 10 centímetros.
– Beleza! Vou lá!
O cara chega no riacho e encontra o sapo. Ele começa a dialogar com o bicho:
– E aí, sapo? Você é veado?
E o sapo responde:
– Não.
Aí o pau do cara diminui 10 centímetros.
– Quer andar de bicicleta?
– Não.
40 centímetros...
O cara quer ficar até seu pinto chegar aos 20 centímetros.
– Quer transar comigo?
E o sapo:
– Não.
O cara pensa: "Beleza! Só mais uma vez e pronto. E vou fazer a mesma pergunta, já que eu sei que ele vai dizer 'não', mesmo".
– E aí, sapo? Quer transar comigo?
E o sapo:
– Não! Não! Já disse que não!

O caipira foi ao médico:
– Doutor, antes de mais nada, queria dizer-lhe que fui ao farmacêutico primeiro.
– Ah, é? E que besteira ele mandou fazer?
– Disse que era para procurar o senhor.

☠

Numa estrada do sertão nordestino, o jegue de Severino empaca e não há nada que faça o bicho se mexer. Nisso, aparece um veterinário em visita a uma das fazendas da região que se compadece da situação de Severino, abre a sua maletinha, tira uma seringa e dá uma injeção no jegue, que sai chispando a toda velocidade. Admirado, Severino vira-se para o doutor e pergunta:
– Quanto custa essa injeção?
– Cinco reais!
– Caramba, então vai rápido e me dê logo duas que eu tenho de alcançar esse jegue!

☠

Num acampamento, o líder, que era gago, disse:
– Hip, hip!
E todos, sem entender nada, falaram:
– Hurraaa!
De novo ele falou:
– Hip, hip!
E todos:
– Hurraaa!
De repente veio um hipopótamo e atropelou todo mundo.

☠

Na sala de aula, a professora pergunta:
– Pedrinho! O que você quer ser quando crescer?
– Médico – responde ele, com convicção.
– E você, Lucas? O que quer ser quando crescer?
– Advogado! Que nem o meu pai!
– Muito bem! E você, Mariazinha? Já sabe o que quer ser quando crescer?
– Eu vou ser modelo ou professora!
– Nossa! – exclama a professora. – Duas profissões bem diferentes... Você pode explicar para a classe por que pensou nessas duas opções?
– Claro, professora... Tudo depende de como vai ficar o meu corpo!

O sujeito vai se confessar.
– Padre, eu quase tive um caso com uma mulher!
– Como "quase" teve um caso?
– É que nós fomos para um motel, ficamos pelados e eu fiquei esfregando o meu negócio no negócio dela, mas não enfiei...
– Esfregar é a mesma coisa que enfiar, meu filho. Reze dez ave-marias, dez pais-nossos e deposite 10 reais na caixinha da igreja.
O sujeito vai até o altar, ajoelha-se e reza. Pouco depois, levanta-se, tira 10 reais do bolso e esfrega na caixinha de esmolas.
Já está na porta quando o padre o alcança.
– Ei, você não colocou o dinheiro na caixinha!
– Ué, o senhor não disse que esfregar é a mesma coisa que enfiar?

☠

Dois amigos conversando:
– Hoje eu acordei me sentindo um lixo! Um trapo! Tava tão mal que decidi me suicidar tomando duzentas aspirinas!
– Tá brincando! – exclamou o amigo, assustado. – Acabou desistindo dessa ideia maluca?
– É que no segundo comprimido eu já comecei a me sentir bem melhor!

☠

No chá das cinco, as duas amigas conversam:
– Hoje de manhã, meu marido me disse que eu sou a oitava maravilha do mundo – diz uma delas.
– É mesmo? E o que foi que você respondeu?
– Eu pedi pra ele se livrar das outras sete!

☠

A adolescente volta da aula de golfe, chorando:
– O que aconteceu? – pergunta o pai, preocupado.
– Fui picada por uma abelha!
– Em que lugar?
– Entre o primeiro e o segundo buraco!
– Vou falar com seu professor. Ele precisa avisar você de que está jogando com as pernas muito abertas.

O peão de obra descansava na hora do almoço no último andar daquele arranha-céu de quarenta andares, tentando olhar as pessoas, que pareciam formigas, e notou um vulto lá embaixo, acenando e pedindo para ele descer.
O peão desceu pela escada e, chegando ao térreo, muito cansado, deu de cara com um mendigo pedindo:
– Uma esmola, por favor, ou um prato de comida.
O peão olhou para o pobre homem e pediu a ele que o acompanhasse até o quadragésimo andar.
Subiram os quarenta andares a pé. Chegando lá, o peão falou para o mendigo:
– Não tenho!

☠

O fazendeiro resolve trocar seu velho galo por outro que desse conta das inúmeras galinhas. O velho galo, percebendo que perderia as funções, foi conversar com seu substituto:
– Olha, sei que já estou velho e é por isso que meu dono o trouxe aqui, mas será que você poderia deixar pelo menos duas galinhas para mim?
– Que é isso, velhote?! Vou ficar com todas.
– Mas só duas... – insistiu o galo velho.
– Não. Já disse! São todas minhas!
– Então, vamos fazer o seguinte – propõe o outro. – Apostamos uma corrida em volta do galinheiro. Se eu ganhar, fico com pelo menos duas galinhas. Se eu perder, são todas suas.
O galo jovem mede o velho de cima a baixo e pensa que certamente ele não será capaz de vencê-lo.
– Tudo bem, velhote, eu aceito.
– Já que de fato minhas chances são poucas, deixe-me ficar vinte passos à frente – pediu o galo.
O mais jovem pensou por uns instantes e aceitou as condições do galo velho.
Iniciada a corrida, o galo jovem dispara para alcançar o outro galo.
O galo velho faz um esforço danado para manter a vantagem, mas rapidamente vai sendo alcançado pelo mais novo. O fazendeiro pega a sua espingarda e atira sem piedade no galo mais jovem.
Guardando a arma, comenta com a mulher:
– Num tô intendendo, uai! Já é o quinto galo boiola que a gente compra esta semana! Ele largô as galinha e tava correndo atrás do galo velho, vê se pode!

Num convento de freiras, daqueles bem ortodoxos, a madre superiora levanta da cama e exclama:
– Que noite linda! Hoje estou tão feliz que vou até tratar bem as freiras!
Então, ela sai do quarto e encontra uma freira no corredor:
– Bom dia, irmã Josefa. Está com boa aparência. E que bela camisola está a tricotar!
– Obrigada, madre. A senhora também está muito bem, mas parece que se levantou do lado errado da cama, não?
A madre não gostou nada do comentário, mas seguiu em frente.
Mais adiante, ela encontrou outra freira:
– Bom dia, irmã Maria! Você me parece muito bem! E seu bordado está ficando lindo! Parabéns!
– Obrigado, madre. A senhora também está com bom aspecto. Mas vê-se que hoje se levantou do lado errado da cama!
A madre superiora ficou furiosa, mas seguiu seu caminho.
Porém, todas as freiras diziam o mesmo. Assim, quando chegou à quinta freira, já estava irritadíssima e resolveu tirar a história a limpo.
– Bom dia, irmã Leonor. Por favor, seja sincera. Eu estou com ar de quem se levantou hoje do lado errado da cama?
– Sim, madre...
– E posso saber por quê?
– É que a senhora calçou as sandálias do padre Antônio, madre!

☠

Um guarda flagra um bêbado entrando numa casa:
– Está querendo roubar, seu gatuno?
– Imagina, seu guarda! A casa é minha!
– Sua coisa nenhuma! Vamos agora para a delegacia.
– Mas, seu guarda, eu moro aqui! A casa é minha, o senhor quer ver?
O bêbado vai entrando e mostrando os cômodos:
– Aqui é a sala... Ali é o quarto dos meninos, que estão dormindo. Aqui é o meu quarto.
Na cama, estavam dormindo sua mulher e outro homem. Animado, o bêbado aponta:
– Aquela é minha mulher e aquele sou eu!

☠

Uma freira, na hora da morte, pediu para escreverem em seu túmulo: "Nasci virgem, vivi virgem e morri virgem".
O coveiro achou que eram muitas palavras e escreveu: "Devolvida sem uso".

O padre pediu ao sineiro que tocasse os sinos para chamar os fiéis para a missa e ele responde:
– Padre, não seria mais prático telefonar para os três?

O genro chega perto da sogra e a surpreende com a seguinte frase:
– Sogrinha, eu gostaria muito que a senhora fosse uma estrela!
Ela, não cabendo em si de felicidade, responde:
– Quanta gentileza, genrinho. Por que você diz isso?
– Porque a estrela mais próxima está a milhões de quilômetros da Terra!

Três amigos estão no meio de uma pescaria.
– Esta pescaria vai me custar caro – comentou o primeiro. – Tive que prometer à minha mulher que iria almoçar com a mãe dela neste final de semana.
– Pra mim, vai custar mais caro ainda – comentou o segundo. – Tive que prometer à minha mulher lavar a louça do jantar durante uma semana.
– Pra mim, saiu de graça – emendou o terceiro. – Assim que acordei, eu disse à minha mulher: "Hoje eu gostaria de passar o dia inteiro trepando ou pescando, o que você prefere, meu bem?".

Numa cidade pequena, surgiu um corcunda que apanhou todas as garotas, todas só falavam dele, que ele era maravilhoso, que ele era demais etc. O pessoal da cidade começou a ficar curioso, pois o tal corcunda era muito feio. Um dia, num bar, um dos rapazes foi ao banheiro e encontrou o corcunda fazendo xixi. O rapaz, sem querer olhar muito para o pinto do corcunda, perguntou:
– Por que é que a mulherada anda sempre atrás de você, se você é tão feio que chega a doer?
– Feio eu sou mesmo, mas o que a mulherada quer é o meu pinguelo.
O rapaz dá uma olhada e diz:
– Que coisa! Grande, hein? Se eu tivesse um desse tamanho, passaria a vida me chupando!
– E como você acha que fiquei corcunda?

Um cara tinha problemas com gases e no consultório explicou ao médico que peidava o dia todo sem parar, percebendo que os gases não faziam barulho e não tinham cheiro.
– Fique tranquilo – disse o médico. – Vou te passar esse remédio. Depois de quinze dias, volte aqui.
Depois do tratamento, o cara volta ao consultório dizendo:
– Doutor, sinto muito, mas o seu remédio não fez efeito algum. Os gases continuam e estão piores ainda. Agora eles têm um cheiro terrível...
– Engano seu – responde o médico. – O remédio curou o seu olfato. Agora, vamos curar o seu ouvido...

☠

Uma mulher estava na estação ferroviária esperando o trem, quando sentiu vontade de ir ao banheiro. Quando voltou, o trem já havia partido, e ela começou a chorar. Nesse momento, chegou um mineirinho, que perguntou:
– Uai, de que a senhora tá chorando?
– É que eu fui mijar e o trem partiu.
– Ó, dona! Mas a sinhora já num nasceu com o trem partido?!

☠

Num asilo, um velho se dirigiu a uma colega:
– Não podemos ter sexo, eu sei. Mas gostaria de ter alguém para segurar o meu pinto, não creio que isso faça mal.
A colega concordou e, durante dois meses, eles se encontraram para tomar sol no terraço. Ele colocava o dito cujo para fora e ela pegava.
Um belo dia, ele desapareceu. Ela procurou por toda parte e finalmente encontrou-o no quintal, sentado ao lado de outra velhinha, que segurava o seu membro viril. A antiga companheira ficou indignada:
– Durante dois meses eu segurei seu pinto sem problemas, e agora você me deixa por outra. O que ela tem que eu não tenho?
O velhinho retrucou, sorrindo:
– Mal de Parkinson!

☠

– Seguiu o meu conselho e dormiu de janela aberta? – pergunta o médico.
– Segui... – responde o paciente.
– E a asma desapareceu?
– Não, mas o relógio, a TV, o iPod e o laptop sumiram...

Uma garota entra no confessionário e diz ao padre:
– Padre, hoje eu peguei uma moedinha do meu pai e chamei minha irmã de boba.
– Tá bom, minha filha, Deus te perdoa, Deus tem piedade no coração... Você não tem nenhum pecado mais grave?
A menina pensou e falou:
– Padre, eu dei a bunda para o meu namorado.
– Meu Deus! – disse o padre. – Isso é blasfêmia! Espere, minha filha, vou consultar o livro dos pecados para descobrir a penitência para esse tipo de coisa.
Alguns minutos após o padre sair, a menina vai embora envergonhada e chega um homem no lugar dela. Então, o padre volta e pergunta:
– Quantas vezes você deu a bunda?
O homem responde:
– Putz! Eu dei uma vez quando era criança, mas vai adivinhar assim lá na puta que pariu!

☠

O menino estava sentado na cerca da fazenda, na beira do rio. Chega um fazendeiro com sua boiada e pergunta:
– Menino, esse rio é fundo?
– Não, a criação de meu pai passa com água no peito.
O fazendeiro começa a travessia e toda a boiada morre afogada. Então, desesperado, ele pergunta:
– Menino, o seu pai cria o quê?
O menino responde:
– Patos.

☠

Três caras morrem num acidente de carro e vão para o céu, onde acontece uma pequena dinâmica de grupo. Lá, eles têm que responder à seguinte pergunta:
– Você está no caixão e sua família e seus amigos estão à sua volta, chorando. O que você gostaria de ouvi-los dizer sobre você?
O primeiro respondeu:
– Eu gostaria que dissessem que eu fui um grande médico e um ótimo pai de família.
O segundo:
– Eu gostaria que dissessem que fui um ótimo esposo e um professor de grande influência no futuro de nossas crianças.
E o terceiro:
– Eu gostaria que eles dissessem: "Olha, ele está se mexendo!".

O cara finalmente conseguiu convencer a garota mais gostosa do bairro a sair com ele. Quando eles entraram no carro, a gata foi colocar o cinto de segurança e deixou escapar um sonoro peido.
– Desculpe – disse ela, constrangida. – Eu espero que isso fique só entre nós.
– Não sei, não! – disse o rapaz, abrindo a janela. – Se você não se importa, eu prefiro que se espalhe um pouco!

☠

Duplamente desconfiado, da mulher e da amante, Jorge resolve mandar as duas num mesmo cruzeiro para depois investigar como cada uma havia se comportado. Na volta, Jorge pergunta à mulher como foi a viagem, como eram os passageiros, o que eles faziam etc., até identificar a amante.
– Como era mesmo essa mulher?
– Ah, uma sirigaita! – ela responde. – Não teve uma noite sem que aquela mulherzinha dormisse com um homem diferente.
Meio desconcertado, Jorge procura a amante e faz a mesma pergunta.
– Ah, essa tal coroa era uma verdadeira dama – conta ela.
– Como assim? – pergunta Jorge, meio aliviado.
– Ora, ela subiu a bordo com o marido e durante a viagem inteira não saiu do lado dele um segundo!

☠

Um mineirinho, miudinho, todo tímido, embarcou no ônibus de Belo Horizonte para Cataguases. Seu colega de poltrona era um negrão de 1,90 m de altura, com cara de poucos amigos.
O negrão no maior ronco e o mineirinho todo enjoado com as curvas da estrada. A certa altura, o mineirinho não aguentou e vomitou todo o jantar no peito do negrão, que não acordou.
Chegando ao destino, o negrão acordou e passou a mão no peito todo melecado e gosmento. Olhou enfurecido para o mineirinho, que imediatamente bateu a mão no seu ombro e perguntou:
– Ocê miorô?

☠

– Mamãe, bunda amarrota?
– É claro que não! Por quê?
– Eu ouvi o papai falando para um amigo dele que ia passar o ferro na bunda da empregada!

O farmacêutico entra em sua farmácia e nota um homem petrificado, com os olhos esbugalhados, a mão na boca, encostado em uma das paredes.
Então ele pergunta ao auxiliar:
– O que significa isso? Quem é aquele ali encostado na parede?
– Ah! É um cliente. Ele queria comprar remédio para tosse. Como está caro e ele não tem dinheiro, vendi para ele um laxante.
– Ficou maluco? Desde quando laxante é bom pra tosse?
– É excelente. Veja o medo que ele tem de tossir!

☠

Em uma geladeira, o copo de vinho insultava o copo de leite:
– Ô branquelo! Por que você não vai pegar um sol pra ficar bonitão que nem eu, hein? Sol faz bem pra saúde, cara!
O leite, quase coalhando de tão puto, respondeu:
– Olha só quem está falando! Logo você que ferra com a saúde de todo mundo! Ataca o fígado, causa cirrose, gastrite, embriaga, mata pessoas no trânsito...
– Tá certo, tá certo! – disse o copo de vinho, impaciente. – Tudo isso é verdade, mas tem um pequeno detalhe que você não pode contestar.
– Ah, é? Posso saber o quê?
– A minha mãe é uma uva.

☠

No ônibus, a moça fica brava:
– O senhor quer fazer o favor de afastar essa coisa volumosa que está me incomodando?!
– Calma, minha senhora. Não é o que está pensando. Esse volume é o dinheiro do vencimento que recebi hoje. Enrolei num pacote e pus no bolso esquerdo das calças.
– Ah! Então o senhor deve ser um funcionário exemplar!
– Por quê?
– É que desde o embarque até aqui, o senhor já teve três aumentos salariais.

☠

O gaúcho chega em casa e grita para a esposa:
– Cadê a minha calça de farra, tchê? Onde tu colocaste a minha calça de farra?
E a esposa:
– Qual? Aquela que tem zíper atrás?

Um homem vai até o quarto de seu filho para lhe desejar boa noite. O garoto está tendo um pesadelo. O pai o acorda e pergunta se ele está bem. O filho responde que está com medo porque sonhou que a tia Suzana havia morrido. O pai garante que a tia está muito bem e manda-o de novo para a cama. No dia seguinte, a tia Suzana morre. Uma semana depois, o homem volta ao quarto de seu filho para lhe desejar boa noite. O garoto está tendo outro pesadelo. O pai o acorda e pergunta se ele está bem. O filho responde que está com medo porque sonhou que o vovô havia morrido. O pai garante que o vovô está muito bem e manda-o de novo para a cama. No dia seguinte, o avô morre.
Uma semana depois, o homem vai de novo ao quarto de seu filho para lhe desejar boa noite. O garoto está tendo outro pesadelo. O pai o acorda e pergunta se ele está bem. Dessa vez, o filho responde que está com medo porque sonhou que o papai havia morrido. O pai garante que ele está muito bem e manda-o de novo para a cama. Mas o homem vai para a cama e não consegue dormir.
No dia seguinte, ele está apavorado, certo de que vai morrer. Ele sai para o trabalho e dirige com o maior cuidado para evitar uma colisão. Não almoça por medo de sua comida estar envenenada, evita todo mundo, com medo de ser assassinado. Ele tem um sobressalto a cada ruído, e a qualquer movimento suspeito ele se esconde debaixo de sua mesa. Ao voltar para casa, ele encontra sua esposa.
– Meu Deus! – ele exclama. – Tive o pior dia da minha vida!
Ela responde:
– Você acha que foi o pior... E o leiteiro, que morreu aqui na porta de casa hoje de manhã?

☠

Um cara com olheiras profundas vai ao psiquiatra:
– Doutor, me ajude, por favor! Estou ficando louco! Não consigo mais dormir! Tudo por causa de problemas financeiros.
– O jeito é o senhor pensar em outra coisa, não ligar para as dívidas. Outro dia apareceu aqui um sujeito dizendo que não podia dormir por causa da conta do mecânico. Eu disse pra ele esquecer as contas e ele sarou rapidinho.
E o paciente:
– Pois é, doutor... o problema é que eu sou o mecânico!

☠

No jardim zoológico:
– Mãe, esses hipopótamos são parecidos com a tia Mercedes, né?
– Filho! Não diga isso! Que coisa feia!
– Ah, mãe, eles nem perceberam!

A mulher acorda no meio da noite e constata que o marido não está na cama. No silêncio da noite, ela ouve um resmungo no andar de baixo. Ela desce as escadas, procura-o por toda parte mas não consegue encontrá-lo. De repente, ela escuta um lamento. Ela desce até o porão e encontra o marido encostado num canto do cômodo, virado para a parede e soluçando como uma criança.
Ela pergunta:
– O que aconteceu?
Ele responde:
– Lembra-se do dia em que seu pai nos flagrou na cama quando você tinha 16 anos?
– Sim, lembro – responde ela.
– Lembra-se de que ele disse que eu tinha duas alternativas? – continua ele. – Ou casava com você ou pegava vinte anos de cadeia?
– Sim, lembro – concorda ela.
O marido, quase se desmanchando de chorar:
– Hoje é o dia em que eu estaria saindo da cadeia.

☠

Uma repórter brasileira, cobrindo a guerra no Afeganistão, notou um detalhe interessante: há dez anos as mulheres andavam um metro atrás dos homens, como um sinal de respeito. Mas as coisas tinham mudado: as mulheres estavam andando agora aproximadamente dez metros à frente dos homens! Isso era uma vitória incrível do movimento feminista!
Muito eufórica, a repórter foi falar com uma das afegãs:
– O que a senhora acha desse feito? Andar na frente dos homens é uma vitória para as mulheres muçulmanas?
– Vitória? – perguntou a mulher, confusa. – Não, foram os homens que mandaram.
– Fantástico! – comemorou a repórter. – Os próprios homens admitiram a sua inferioridade! – E, virando-se novamente para a muçulmana: – Mas conte-nos, como foi que os homens resolveram dar o braço a torcer e deixar as mulheres guiá-los?
– Ah, desde que começou essa onda de minas terrestres!

☠

O delegado para o genro da vítima:
– Quer dizer que o senhor viu um homem agredindo sua sogra e não fez nada a respeito?
– Eu ia ajudar, mas achei que dois caras batendo numa velha já seria covardia demais!

Muito decepcionada com as atitudes do filho, dona Antônia, uma mulher muito religiosa, foi pedir auxílio ao padre da paróquia que frequentava.
– Ai, padre! Eu não sei mais o que eu faço com o meu Joãozinho! Ele anda falando muito nome feio!
– Hum... Acho que tenho uma solução, dona Antônia! A senhora anota em um bloquinho todos os palavrões que ele disser e, no final do mês, faça-o doar para a igreja dez centavos por palavrão! Assim, ele vai aprender a se controlar...
– Ótima ideia, padre! – disse ela, animada. – Vou começar hoje mesmo!
E voltou para casa, confiante.
Um mês depois, o padre foi até a casa dela e perguntou:
– Então, dona Antônia? O garoto falou muitos nomes feios?
– Bastante, padre... Eu até já fiz as contas e deu nove reais e noventa centavos.
Então, Joãozinho apareceu com cara de poucos amigos, tirou uma nota de 10 reais da carteira e entregou ao padre, que disse:
– Muito bem... Mas infelizmente eu não tenho 10 centavos pra te dar de troco agora, Joãozinho...
– Ah, então o senhor vai tomar no cu e fica tudo certo!

☠

O sujeito alugou um apartamento, mudou-se para lá e logo nos primeiros dias começaram a surgir os problemas. Então, ele chamou o proprietário para que ele visse em que condições o apartamento se encontrava. O dono do apartamento foi até lá e o inquilino falou:
– Este lugar está inabitável. O senhor viu a quantidade de ratos? Vou lhe mostrar.
O inquilino colocou um pedaço de queijo no meio da sala. Veio um rato e levou o pedaço de queijo tão rapidamente que ninguém viu o animal.
– O senhor deve estar enganado. Não apareceu rato nenhum – disse o dono do apartamento.
– Vamos ver agora – disse o inquilino enquanto jogava no meio da sala vários pedaços de queijo.
Foi aquela festa. De todos os lados apareceram ratos. Muitos ratos e de todos os tamanhos. Mas o que chamou a atenção do proprietário foram os peixes que apareceram para comer o queijo: dois peixinhos vermelhos, dois pretos e um amarelo.
– Mas o que é isso? – perguntou o proprietário. – E esses peixinhos?
– Primeiro vamos resolver o problema dos ratos – respondeu o inquilino. – Depois a gente conversa sobre os vazamentos e infiltrações, certo?

O camarada vai trabalhar numa obra como ajudante de pedreiro. Logo no primeiro dia, o mestre de obras chama sua atenção:
– Ô Vicente! Os outros levam dez tijolos de cada vez! Por que você só leva cinco?
– Sei não, sinhô! Vai vê eles têm preguiça de fazê duas viagens.

☠

O delegado conversa com sua principal suspeita:
– Quer dizer, então, que a senhora matou seu marido por acidente?
– É.
– Todos os seis tiros?

☠

Alfredo tinha uma granja que abastecia o lugarejo com ovos de galinha. Mas as galinhas começaram a bicar os ovos logo depois de botá-los, inutilizando-os para a comercialização.
Alfredo telefonou para o primo, que já era veterano no negócio, pois tinha uma granja numa cidadezinha do interior mineiro.
– Não é motivo para preocupação, Alfredo. Deparei com o mesmo problema e resolvi-o estudando a psicologia das galinhas. Coloquei ovos de ferro pintados de branco, idênticos aos de galinha, e, ao bicá-los, as aves machucavam os bicos. Então, por instinto, evitavam bicar os verdadeiros ovos.
– Mas onde vou encontrar ovos de ferro?
– Procure um ferreiro na cidade que ele certamente lhe arranjará alguns.
Alfredo encontrou um ferreiro octogenário que já estava corcunda pelo peso dos anos de labuta.
Dirigindo-se ao velhinho, que estava recurvado sobre uma chapa incandescente que retirava do forno a carvão:
– Meu velho, o senhor por acaso tem ovos de ferro?
– Não, meu filho. Isso é desvio da coluna mesmo.

☠

Em plena Guerra do Vietnã, o sargento americano recebe um telegrama informando a morte da mãe de um dos seus soldados.
O oficial não sabia como dar a notícia ao seu combatente. Depois de pensar um pouco, reuniu a todos e ordenou ao pelotão:
– Quem tem mãe viva dê um passo à frente!
Ao ver o tal soldado avançar, o sargento disse, sutilmente:
– Você, não. Só quem tem mãe viva!

– Quem sugeriu que você viesse aqui? – perguntou o dentista ao menino no consultório.
– Um amigo meu – respondeu o garoto. – Depois de arrancar um dente aqui, ele ficou três semanas sem ir à escola!

☠

A mulher vai ao canil disposta a comprar um cachorro para fazer uma surpresa ao marido, que tinha medo de que ladrões invadissem a casa.
– Senhor, qual o melhor cão à venda?
– A senhora pode comprar um dos nossos cães treinados especialmente para proteger casas – sugere o dono.
– Isso mesmo! Quanto custa?
– A bagatela de 900 reais.
– Tudo isso? Que absurdo! – indigna-se a mulher.
– Bem, temos em promoção este aqui, por 100 reais.
– Que coisa horrível! Esse cachorro é rabugento, não protegeria minha casa!
– Mas, minha senhora, esse cachorro é o Ninja! Eu lhe darei uma demonstração. A senhora está vendo aquela porta?
– Sim.
– Ninja, a porta! – ordena o treinador. O cachorro corre e destrói a porta.
– Ninja, a geladeira! – e a geladeira é destruída.
– Oh, é incrível! Vou levá-lo!
Ao chegar em casa, ela dá a notícia ao marido.
– O que é isso? Que cachorro horrível! Quanto custou essa merda?
– Só 100 reais, meu bem – ela diz.
– Você está louca?
– Mas, amor... este é um cachorro ninja!
– Ninja? Ninja, o cacete!

☠

Um argentino pede a um taxista que o leve ao mirante da estrada México-Cuernavaca. Durante duas horas, fica vendo distraído a capital. Depois de muito tempo, o taxista pergunta, muito impaciente e curioso:
– O que tanto o senhor observa?
– Estou olhando para ver como é a cidade sem mim.

O português era muito rico, tinha muitas padarias e gostava da Maria, então, resolveu falar com ela:
– Ó Maria, se você adivinhar o número exato de padarias que eu tenho eu te dou uma e fico com a outra!

☠

Jesus chama seus discípulos e apóstolos para uma reunião de emergência, devido ao alto consumo de drogas na terra. Depois de muito pensar e discutir, todos chegaram à conclusão de que a melhor maneira de combater a situação era provar a droga eles mesmos.
Então, organizam uma comissão de apóstolos para buscarem as drogas na terra. A operação é realizada e, dois dias depois, os apóstolos começam a retornar.
Jesus espera à porta do céu, quando chega o primeiro servo:
– Quem é?
– Sou Paulo.
Jesus abre a porta.
– E o que trazes, Paulo?
– Trago cocaína da Colômbia.
– Muito bem, filho. Entre.
Então, chega o segundo apóstolo:
– Quem é?
– Sou Pedro.
Jesus abre a porta.
– E o que trazes, Pedro?
– Trago maconha do Brasil.
– Muito bem, filho. Entre.
E assim sucessivamente, até chegar o último apóstolo:
– Quem é?
– Sou Judas.
Jesus abre a porta.
– E tu, o que trazes, Judas?
– Polícia Federal! Todo mundo na parede! Mão na cabeça, cabeludo! A casa caiu!

☠

– Mãe, como foi que eu nasci? – pergunta Zezinho.
– Foi a cegonha que te trouxe, meu filho.
– E a minha irmã?
– Veio de avião.
– Poxa! Na nossa família não teve nenhum parto normal?

Um mineirinho com sérios problemas financeiros vendeu uma mula para outro fazendeiro, também mineiro, por 100 reais, e este concordou em receber a mula no dia seguinte. Entretanto, no outro dia, ele chega e diz:
– Cumpadi, ocê me discurpa, mas a mula morreu.
– Morreu?
– Morreu.
– Intão me devorve o dinheiro.
– Ih... já gastei.
– Tudo?
– Tudim.
– Intão me traz a mula.
– Morta?
– É, uai, ela num morreu?
– Morreu. Mais o que que ocê vai fazê com uma mula morta?
– Vô rifá!
– Rifá?
– É, uai!
– A mula morta? Quem vai querê?
– É só num falá que ela morreu.
– Intão tá...
Um mês depois, os dois se encontram e o fazendeiro que vendeu a mula pergunta:
– Ô cumpadi, e a mula morta?
– Rifei. Vendi 500 biete a 2 real cada. Faturei 998 real.
– Eita! I ninguém recramô?
– Só o hómi qui ganhô.
– E o que que ocê feiz?
– Devorvi os 2 real pra ele.

☠

O maior hipnotizador do mundo estava fazendo uma temporada em um teatro. Na primeira noite, ele entra no palco, vira-se para a plateia e diz:
– Chorem!
Todos se puseram a chorar.
Na segunda noite, ele entra e diz:
– Riam!
Todos se puseram a gargalhar.
Na terceira noite, ao entrar no palco, o hipnotizador tropeça e solta um sonoro:
– Merda!
Foram necessários quinze dias para que conseguissem limpar todo o teatro...

O rapaz vai com um amigo ao estádio assistir a um jogo de futebol. Como a casa da avó ficava no caminho, ele resolveu dar uma passadinha para cumprimentá-la. Aproveitando a presença do neto, a velhinha pede a ele que conserte um vazamento na pia da cozinha. Enquanto isso, ela leva o amigo do neto para a sala e lhe oferece uma bebida. Em cima da mesa, está um pratinho de amendoins que o rapaz come sem parar, um por um. Tarde demais, ele percebe que comeu tudo o que havia no prato. Na hora de ir embora, ele agradece calorosamente à avó do amigo:
– Obrigado pelos amendoins... Espero não ter abusado, pois não lhe deixei nenhum, me desculpe!
A velhinha, amável, responde:
– Não tem problema, meu filho. De qualquer jeito, não posso mesmo comê-los. Depois que perdi meus dentes, eu só lambo o chocolate que vem em volta.

☠

Um avião chegou no Rio de Janeiro, vindo do Nordeste, e os funcionários do setor de desembarque de cargas perceberam que um cachorro havia chegado morto. Desesperados, eles atrasaram o desembarque da bagagem dando uma desculpa qualquer, como sempre.
Depois de muita confusão, os funcionários concluíram que o comandante se esquecera de aquecer o porão de cargas, o que matou o coitado do totó. Com medo de perder o emprego, um funcionário foi até um canil próximo e achou um cachorro idêntico ao falecido.
As bagagens foram liberadas e o cachorro foi entregue à sua dona. Apesar do esforço, a mulher insistia que aquele não era seu cachorro. E os funcionários insistiam no contrário.
Por fim, um funcionário disse que ela não estava reconhecendo o cachorrinho por causa da pressurização, que afeta as pessoas.
Então, a dona respondeu:
– Essa pressurização deve ser boa mesmo, pois meu cão embarcou morto no Nordeste para ser enterrado aqui no Rio.

☠

O detetive presta contas à cliente:
– Ontem eu segui o seu marido e ele foi primeiro a um restaurante, depois entrou numa loja, passou num salão de beleza, depois foi a um shopping, em seguida foi a uma casa de chá, depois foi a um bingo, a uma boate e depois a um motel.
– Que cafajeste! – protesta a mulher. – Eu mato esse desgraçado! Me diga em detalhes o que ele fez em cada um desses lugares.
– Bem... Ele não fez nada de mais... Acho que só estava seguindo a senhora.

– Nestes sessenta anos de casados eu te traí três vezes – desabafa a velhinha. – Mas foi por amor, eu posso explicar...
– Como assim? – retruca o velhinho.
A velhinha, balançando a cadeira, começa a explicar:
– Você se lembra de quando éramos recém-casados e você reclamava muito do seu emprego, pois não sobrava dinheiro para mobiliar a casa?
– Lembro – responde o velhinho.
– Você se lembra de que um dia seu patrão te chamou e te deu um aumento de salário bem grande?
– Lembro – responde o velhinho.
– Então! Eu fui até o seu emprego e expliquei nossa situação para o seu patrão, mas tive que transar com ele.
– E a segunda vez? – pergunta o velhinho.
– Você se lembra daquela vez em que você estava muito doente e tinha que ser operado com urgência?
– Ah! Me lembro, sim.
– Você se lembra de que tinha uma fila de espera muito grande e, se você fosse esperar, morreria?
– Lembro – responde o velhinho.
– Você se lembra de que um médico te chamou, te operou e você está vivo até hoje graças a essa operação?
– Lembro – responde o velhinho.
– Então, fui até o hospital e expliquei a ele sua situação, mas tive que transar com ele.
Houve um silêncio entre os dois. O velhinho pergunta:
– E a terceira vez?
– Você se lembra de quando foi candidato a prefeito daquela cidadezinha onde moramos?
– Lembro – responde o velhinho.
– Você se lembra de que precisava de três mil votos pra se eleger?

☠

Todo dia um cara chegava no balcão de um bar, pedia uma cerveja e ia pro banheiro. Ficava lá alguns minutos e em seguida voltava ao balcão, pedia outra cerveja e voltava ao banheiro.
Um dia, o balconista ficou cheio daquela história e seguiu o cara até o banheiro. Chegando lá, estava o cara derramando a cerveja direto no vaso!
O balconista, então, perguntou:
– Amigo, por que você faz isso?
O cara respondeu:
– Cansei de servir de intermediário.

Dois meninos entram no hospital e o médico pergunta a um deles o que tinha acontecido.
O garoto responde:
– É que sem querer engoli uma bolinha de gude.
– E você? O que quer? – pergunta o médico ao outro garoto.
– A bolinha! Ela é minha!

☠

O marido perguntou para a mulher:
– Vamos tentar uma posição diferente esta noite?
A mulher respondeu:
– Boa ideia! Você fica na pia lavando a louça e eu me sento no sofá!

☠

Um jovem vendedor ambulante oferecia, numa cidadezinha do interior, um maravilhoso elixir da longa vida. Na praça central, ele gritava com eloquência:
– Todo dia tomo uma colher e vejam só: já vivi 300 anos!
Ouvindo isso, os espectadores logo correram às bancas abarrotadas de vidros, em que um garoto atendia à multidão. Foi quando um outro negociante, esperto, resolveu desmascarar a charlatanice.
Foi até o garoto e perguntou em voz alta e firme, para que todos ouvissem:
– Que história é essa? O seu patrão já viveu trezentos anos?
– Não tenho certeza – respondeu o menino. – Só trabalho para ele há 120 anos.

☠

O marido chega em casa vindo do hospital, onde a sogra estava internada. Sua mulher pergunta:
– Como está a minha mãe?
O marido responde:
– Sua mãe está muito bem, saudável como um cavalo e ainda viverá por muito tempo. Na semana que vem, ela receberá alta do hospital e virá morar conosco por muitos e muitos anos.
A mulher, surpresa, pergunta:
– Como pode ser? Ontem mesmo ela parecia estar no seu leito de morte e a equipe médica dizia que ela teria poucos dias de vida!
O marido responde:
– Eu não sei como estava ontem, mas hoje, quando perguntei ao médico sobre o estado de sua mãe, ele me respondeu que deveríamos nos preparar para o pior.

Três amigos que partilhavam o mesmo escritório no sexagésimo andar de um prédio percebem, ao entrar, que a força acabara. Entretanto, os compromissos marcados para o dia eram inadiáveis e eles se deram por vencidos: teriam de subir os sessenta andares pelas escadas. Foi então que um deles teve uma ideia:
– Que tal fazermos alguma coisa para nos distrair durante a subida? Assim não ficaria tão difícil, vocês não acham? Eu proponho o seguinte: nos vinte primeiros andares, você – disse ele apontando para um dos amigos –, que gosta de contar piadas, vai contar todas as que souber. Depois, do vigésimo ao quadragésimo, eu conto todas as histórias românticas que eu conheço, e, nos últimos vinte, você – disse apontando para o outro amigo – conta todas as histórias tristes que insiste em colecionar, ok?
Todos de acordo, eles começam a subida. O contador de piadas foi contando as que sabia e não sabia e eles três, rindo, nem perceberam quando chegaram ao vigésimo andar. A partir daí, aquele que havia tido a ideia luminosa começou a desfilar sua coletânea de histórias românticas e novamente a distração fez com que eles nem percebessem que já estavam no quadragésimo andar. Então, o entretenimento ficou por conta do contador de "causos" tristes, que começou, lamuriando-se:
– Eu tenho uma história muito triste pra contar! Vocês não podem imaginar o tamanho da desgraça!
E, diante da curiosidade dos outros dois, completou:
– É que esquecemos de pegar a chave do escritório na portaria!

☠

Uma menina de 5 anos diz para a amiguinha:
– Eu aprendi a fazer bebês!
E a amiguinha responde:
– Grande coisa! Eu já aprendi a evitar!

☠

O mosquitinho para a mãe:
– Mãe, mãe, manhê!
– O que foi, menino?!
– Deixa eu ir ao teatro, deixa?
– De jeito nenhum!
– Ah, mãe, deixa, vai!
– Não vai e pronto!
– Ah, por quê?
– Ok, pode ir, mas, pelo amor de Deus, cuidado com as palmas!

Joãozinho conversava com seu amigo Pedrinho:
– Você não sabe o que eu descobri! – disse Pedrinho, empolgado. – Todos os adultos têm um segredo e nós podemos nos aproveitar disso.
– Como assim? – perguntou Joãozinho.
– Cara, é só a gente chegar pra algum adulto e dizer: "Eu sei de toda a verdade". Pronto! Eles dão dinheiro pra gente, doces, qualquer coisa...
Joãozinho ficou muito empolgado com a ideia e foi pra casa. Encontrando a mãe, colocou o plano em prática:
– Mãe, eu sei de toda a verdade!
A mãe ficou atordoada, deu 5 reais ao garoto e disse:
– Pelo amor de Deus! Não diz nada pro seu pai!
Joãozinho não via a hora de seu pai chegar do trabalho. Quando ele apareceu na porta, Joãozinho já foi dizendo:
– Eu sei de toda a verdade!
– Toma aqui 10 reais, filho! Mas não conta nada pra sua mãe, tá?
Radiante com a possibilidade de ficar rico com essa tática, Joãozinho foi para a rua fazer fortuna. A primeira pessoa que ele viu foi o carteiro. E já foi logo dizendo:
– Eu sei de toda a verdade!
O carteiro deixou a bolsa cheia de cartas cair no chão, se ajoelhou e disse:
– Meu filho! Dá um abraço aqui no papai!

☠

Três velhinhas estavam comentando seus problemas de velhice. A primeira disse:
– Eu estou tão esclerosada, mas tão esclerosada, que quando eu estou de pé ao lado da cama, eu não sei se eu acabei de acordar ou se estou indo dormir.
A segunda disse:
– Eu estou tão esclerosada, mas tão esclerosada, que quando a porta da geladeira está aberta, eu não sei se eu acabei de guardar alguma comida ou se estava indo pegar alguma coisa.
A terceira, dando três batidinhas na madeira, disse:
– Isola, Deus que me livre! Eu não quero ficar assim, não.
E continuou:
– Já volto. Esperem aí que eu vou abrir a porta, pois alguém está batendo.

☠

Paulinho chega em casa e entrega ao pai o carnê das mensalidades da escola:
– Meu Deus! Como está caro estudar nesse colégio!
E o menino:
– E olha, pai, que eu ainda sou o que menos estuda lá na classe!

Dois amigos estavam num bar, quando um deles diz:
– Bem, eu vou indo, porque se eu chegar tarde, minha mulher vai ficar histórica de novo.
– É histérica, ô burro!
– Não, é histórica mesmo. Ela fica lembrando de todas as promessas que eu fazia quando éramos noivos.

☠

Um motociclista ia a 140 km/h por uma estrada e, de repente, deu de encontro com um passarinho e não conseguiu se esquivar. Pelo retrovisor, o cara ainda viu o bichinho dando várias piruetas no asfalto até ficar estendido. Não contendo o remorso, ele parou a moto e voltou para socorrer o passarinho.
O bichinho estava lá, inconsciente, quase morto. Era tal a angústia do motociclista que ele recolheu a pequena ave e levou-a ao veterinário. O passarinho foi tratado e medicado e o homem comprou uma gaiola e o levou para casa, tendo o cuidado de deixar um pouco de pão e água para o acidentado.
No dia seguinte, o passarinho recupera a consciência. Ao despertar, vendo-se preso, cercado por grades, com o pedaço de pão e a vasilha de água no canto, o bicho põe as asas na cabeça e grita:
– Puta que pariu! Matei o motoqueiro!

☠

Plateia cheia para o concerto de violino. Assim que o músico começa a tocar, o público vai se dispersando pouco a pouco.
Três horas depois, o violinista dirige-se à única pessoa que restara na plateia:
– Gostaria de agradecer a você por ter ouvido meu show até o final.
– Tudo bem, então me ajude a encontrar minhas muletas!

☠

Um cara estava na feira, quando passou por uma barraca e viu um passarinho cantando. Ele pergunta:
– Quanto custa esse?
– Mil reais.
O cara vê um outro passarinho quieto e pergunta:
– E esse outro, quanto custa?
– 5 mil reais.
– Que absurdo! Por que ele é mais caro que o outro?
– Porque ele é o compositor.

Um tímido rapaz de 16 anos estava numa festa de casamento com seus amigos e avistou uma menina por quem era apaixonado, mas ele era tímido e não sabia como chegar e puxar assunto com a mocinha. Então, os amigos resolveram ajudar:
– Vai lá atrás dela e diz qualquer coisa!
– Mas o que eu falo?
– Qualquer coisa! Anda logo!
Lá foi ele seguindo a mocinha e tentando abordá-la, até que ela entrou no banheiro e ele ficou à porta esperando-a sair. Quando a menina ia saindo, ele olhou para os amigos e perguntou novamente:
– O que eu digo a ela?
– Qualquer coisa! Anda logo!
Quando a garota sai do banheiro, ele, todo sorridente, diz:
– Cagando, hein?

☠

Logo depois de se mudarem, os netinhos ligam para o avô:
– Oi, vô! Nós já nos mudamos.
– E que tal o apartamento novo?
– É o maior barato! Tem um quarto só para mim e outro só para minha irmã. Só o coitado do papai é que tem de continuar dormindo com a mamãe!

☠

O padre e a freira estão viajando pelo Canadá e acabam ficando presos numa tempestade de neve. Por sorte, encontram uma cabana abandonada e resolvem passar a noite ali mesmo. Como só havia uma cama, o padre improvisa um colchão e deita-se no chão.
Logo, ele ouve a voz da freira:
– Padre, estou com frio!
Ele se levanta, vai até um armário, pega um cobertor, coloca-o sobre a freira e volta a se deitar.
– Padre, ainda estou com frio! – geme a freira.
Ele se levanta novamente, vai até o armário, pega outro cobertor, coloca-o sobre a freira e volta a se deitar.
– Padre, ainda estou com muito frio! – geme a freira, pela terceira vez.
– Escuta, irmã – diz ele, sem se levantar. – Eu tenho uma ideia: já que estamos aqui perdidos, a milhares de quilômetros de distância da civilização e tudo o que fizermos nessa cabana só ficará entre nós dois, que tal se fingíssemos que somos casados?
– Por mim, está ótimo! – responde a freira.
– Então, vê se levanta da merda dessa cama e pega a porra do cobertor!

Três cegonhas estão voando e uma pergunta à outra:
– Para onde você está indo?
– Vou à casa de um casal que há dez anos está tentando ter um filho.
– Que bom! E você?
– Eu vou à casa de uma senhora que nunca teve filhos e estou levando para ela um lindo garoto.
– Que bom! Você vai fazê-la muito feliz!
– E você? – perguntam as duas para a terceira cegonha.
– Eu? Eu vou ao convento das freiras. Nunca levo nada, mas sempre dou a elas um susto do caralho!

☠

Dois amigos conversando:
– Sabe, antes do casamento eu não dormi com a minha mulher. Eu sou católico, e isso é uma coisa em que eu acredito e respeito, por isso eu não transei com ela antes do casamento. E você, transou?
– Não me lembro. Como é mesmo o nome de solteira da sua mulher?

☠

Um casal vinha por uma estrada do interior, sem dizer uma palavra. Uma discussão anterior havia levado a uma briga, e nenhum dos dois queria dar o braço a torcer. Ao passarem por uma fazenda em que havia porcos e uma mula, o marido perguntou, sarcástico:
– Parentes seus?
– Sim – respondeu ela –, são meus cunhados e minha sogra.

☠

Um sujeito, cambaleando pelo estacionamento, estava cutucando a porta de cada carro com uma chave. Veio o guarda e lhe perguntou:
– Qual é o problema, meu amigo?
E o sujeito responde:
– Perdi meu carro.
O guarda diz:
– Onde foi que você viu o carro pela última vez?
– Foi aqui mesmo, na pontinha desta chave.

Duas adivinhas especializadas em ler a mente humana se encontram na rua:
– Oi, tudo bem?
– Tudo! E comigo?

☠

Três samurais discutiam qual deles era mais hábil com a espada. Aliás, dois deles discutiam, pois o terceiro, baixinho e mirrado, não dizia nada. Foi então que um deles, ao ver uma borboleta voando por perto, deu um salto, já de espada na mão, e com um grito e em um só golpe cortou a borboleta ao meio.
Todo orgulhoso, ele colocou sua espada de volta à bainha e ia se sentando, quando ouviu o zumbido de uma mosca e zapt! – o segundo samurai, num gesto brusco, cortou a mosca em pleno ar.
Antes que qualquer um deles falasse qualquer coisa, ouviu-se o zumbido de um pernilongo. O baixinho deu um salto, desembainhou a sua espada e zapt!... – o pernilongo continuou voando.
Os outros dois começaram a rir.
– O pernilongo continua voando! Hahaha!
E o baixinho:
– É, voando, sim... Mas nunca mais vai ter filhos!

☠

O garotinho estava andando de bicicleta quando passou em frente a um motel e viu uma cena curiosa. Um homem parou seu carro e perguntou a uma linda mulher que estava ao seu lado:
– E aí, vai dar ou não vai dar?
E ela, ríspida, respondeu:
– Não! Eu não vou dar!
– Então desce já do carro e vai a pé! – esbravejou o homem.
A mulher saiu andando pela rua, irritadíssima.
O garoto achou a cena interessante e no dia seguinte pegou sua bicicleta, chamou sua amiga Mariazinha para andar com ele na garupa e passou em frente ao mesmo motel. Lá ele parou, se virou para a Mariazinha e perguntou:
– E aí, vai dar ou não vai dar?
Mariazinha pensou um pouco e disse, convicta:
– Vou dar, sim!
O garotinho ficou surpreso, fez uma careta e gritou:
– Então pode ficar com a minha bicicleta que eu vou a pé!

Em uma cidade do interior de São Paulo, dois padres costumavam cruzar-se de bicicleta na estrada todos os domingos, quando iam rezar a missa em suas respectivas paróquias. Certo dia, porém, um deles estava a pé. Surpreso, o outro padre parou e perguntou:
– Cadê sua bicicleta, padre Josias?
– Foi roubada! – responde o outro. – Creio que no pátio da igreja.
– Que absurdo! – exclamou o ciclista. – Veja, eu tenho uma ideia: para saber quem foi, na hora do sermão, cite os dez mandamentos. Quando chegar ao "Não roubarás", faça uma pausa e percorra os fiéis com o olhar. O culpado com certeza vai se trair!
No domingo seguinte, os padres se cruzam, os dois de bicicleta.
O padre que deu a ideia diz:
– Pelo jeito o sermão deu certo, não é, padre Josias?
– Mais ou menos – responde ele. – É que quando eu cheguei no "Não desejarás a mulher do próximo", acabei me lembrando de onde havia deixado a bicicleta!

☠

O homem faz um telefonema e, quando atendem, ele pergunta:
– Alô, querida. O que você acha de eu levar uns amigos para jantar em casa esta noite?
– Acho ótimo, meu amor. Ficarei felicíssima se os trouxer.
– Desculpe. Acho que liguei para o número errado.

☠

Um pescador estava à beira do rio com o cesto cheio, e, de repente, chega um policial florestal à paisana e começa a especular:
– E aí, amigo, pegou bastante? – pergunta o policial.
– Vixe, peguei muito, esse cesto não é nada! Já mandei uma camionete lotada pra cidade!
– Mas você pegou tudo na vara?
– Não, eu tenho mais ou menos umas cinquenta redes armadas aí pra cima do rio.
Então o policial disse:
– O senhor sabe com quem está falando?
– Não – disse o pescador.
– Sou policial florestal e o senhor está preso!
– E o senhor? Sabe com quem está falando?
– Não – disse o policial.
– Com o maior mentiroso aqui das redondezas!

– Doutor, eu vim aqui porque após tantos partos eu me sinto larga.
– Pode se deitar que eu vou examiná-la.
Já em posição, o médico exclama, admirado:
– Nossa, sua vagina está mesmo larga, larga, larga!
– Não precisa me humilhar, doutor, repetindo tantas vezes.
– Minha senhora, só falei uma vez, o resto foi eco.

☠

Uma loira maravilhosa se aproxima da mesa, tasca um tremendo beijo na boca do homem e vai embora, sem dizer uma palavra.
– O que é isso, Juvenal? Quem é essa mulher?
E o sujeito, constrangido:
– Bem, querida... Eu ia te contar...
– Então, conte já!
– Essa é minha amante!
– Amante? Ora essa! Mas que desaforado! Quero o divórcio imediatamente!
– Tudo bem, mas é ela quem financia nossas férias na Europa, as roupas que você usa, as festas que a gente dá...
Ela fica em silêncio e continua comendo. De repente, um amigo do casal passa exibindo uma morena estonteante.
– Quem é essa mulher que está com o Toninho, Juvenal?
– É a amante dele!
– A nossa é muito melhor, você não acha?

☠

Sabe por que os turcos nunca morrem atropelados?
Porque não custa nada olhar para os lados antes de atravessar a rua!

☠

Dois compadres de uma cidadezinha do interior encontram-se para uma pescaria.
– Então, cumpade, tá animado? – pergunta o primeiro.
– Eu tô, home! Ô cumpade, pra mode quê ocê tá levano essas duas sacola?
– É que tô levano uma pingazinha, cumpade.
– Pinga, cumpade? Nóis num tinha acertado que num ia bebê mais?!
– Cumpade, é que pode aparecê uma cobra e picá a gente. Aí nóis desinfeta com a pinga e toma uns gole que é pra mode num sinti a dô.
– Bão! E na outra sacola, o que que ocê tá levano?
– É a cobra, cumpade. Pode num tê lá, né?

O cara encontra o amigo no bar e pergunta:
– Escuta, cara! Você gosta de mulher de peito caído?
– Eu não!
– Você gosta de mulher cheia de celulite, barriguda e...
– Sai pra lá, meu!
– Você gosta de mulher que tem mau hálito e que vive reclamando que a vida é uma merda?
– É claro que não! Você tá maluco?
– Então, por que é que você não para de cantar a minha mulher?

☠

Um sujeito foi ao hospital visitar um amigo, quando vê um cara saindo disparado, cheio de tubos, da sala de cirurgia.
– Onde é que você vai, rapaz?
– Tá louco, cara? Eu vou é cair fora!
– Mas qual é, rapaz? Uma simples operação de apendicite. Você tira isso de letra!
– Era o que a enfermeira estava dizendo lá dentro: "Uma operaçãozinha de nada, rapaz! Você tira isso de letra! Vai fundo, cara!".
– Então, por que você está fugindo?
– Porque ela estava dizendo isso para o médico que ia me operar!

☠

João e Maria eram casados. Um dia, Maria saiu de casa e voltou lá pelas três da madrugada. João começou a mexer nas coisas da mulher e encontrou um colar de diamantes.
– Maria, o que é isso? – perguntou, preocupado.
– Ganhei no bingo.
João não acreditou, mas também não queria encrenca, e acabou engolindo a desculpa. Dias depois, Maria chegou tarde de novo. Mais uma vez, apareceu uma joia caríssima entre suas coisas. João voltou a perguntar onde ela tinha conseguido aquilo.
– No bingo! Sabe como é... Acho que é a minha semana de sorte – respondeu Maria.
João ficou indignado. Mais e mais indignado ia ficando, à medida que ela chegava tarde, sempre com joias e dinheiro que teria ganhado no tal bingo.
Um dia, Maria estava tomando banho para ir ao bingo e acabou a água.
– João! Traz água pra eu acabar de tomar banho!
O maridão veio com a água em um copo e entregou para ela, que retrucou:
– Mas como eu vou me lavar só com um copinho d'água?
E o João:
– Lava só a cartela!

O bêbado chega em casa às 4 da manhã e a mulher dele, furiosíssima ao vê-lo entrar em casa cambaleando, esbraveja:
– Muito bonito, hein! Sabia que eu não dormi até agora, esperando o senhor chegar?
– É mesmo? Sabia que eu não cheguei até agora, esperando a senhora dormir?

☠

Dois amigos se encontram depois de muito tempo:
– Olá, Osvaldo, soube que você se casou! – comenta o primeiro.
– Já faz bastante tempo! Já tenho duas filhas.
– Que beleza! Como elas se chamam?
– A mais velha chama-se Coristina e a mais nova Novalgina. E você, já tem filhos?
– Tenho uma filha!
– E como ela se chama?
– Maria!
– Maria? Mas isso é nome de bolacha!

☠

O avô observa o neto brincando no quintal e vai perguntar o que ele está fazendo. O neto diz:
– Enfiando as minhocas de volta na toca delas...
– E como é que você consegue, meu neto, se o bicho é todo molenga?
– É segredo, vô!
– Te dou 10 reais para você me ensinar a fazer isso.
– Bem, eu passo cola de madeira, espero secar esticando a minhoca... Então, é só colocar no buraco.
– Toma os 10 reais.
No dia seguinte o avô tira 10 reais do bolso e dá na mão do neto.
– Tá ficando esquecido, vô? O senhor já me deu o dinheiro.
– Eu sei. Estes 10 a sua avó que mandou.

☠

O médico olha para o resultado do exame, torce o nariz, vira-se para o paciente, um sujeito franzino, humilde de dar dó, e fala:
– Hmm... Essa sua doença não está me agradando nem um pouco!
E o sujeito, cabisbaixo:
– Sinto muito, seu dotô, mas eu só tenho essa!

Sábado de manhã, logo após acordar, a esposa diz ao marido:
– Benhê! Eu acordei com uma vontade de comer caranguejo, mas não se preocupe, é só vontade de mulher grávida, logo passa.
– De jeito nenhum! Não vou deixar de atender a um desejo seu. Como hoje é sábado, vou pegar o jipe, ir até a praia e ver se compro uns bons caranguejos.
Chegando à praia, o cara vai a uma padaria próxima comprar um maço de cigarros e encontra, por acaso, uma antiga namorada do colégio. Animados com o reencontro, os dois resolvem tomar uma cervejinha.
Uma cervejinha aqui, outra ali, sorrisos, empolgação, beijinhos e, no final da tarde, os dois acabam indo para o motel.
Foi aquela festa, e o cara, exausto, acaba pegando no sono. No domingo de manhã, ele dá um pulo da cama e diz:
– Meu Deus! Os caranguejos! Como vou explicar essa demora?
Despede-se da antiga namorada e sai como um louco, até achar os tais caranguejos. Pensa e pensa e não consegue encontrar uma desculpa razoável para dar à esposa, então decide: "Vou contar tudo a ela. Não tem jeito. Eu tô perdido, vou ter que contar tudo".
Chegando no prédio, sobe pelo elevador, ainda pensando numa história, mas nada lhe vem à cabeça. Ao sair do elevador, ele tropeça, indo parar no chão com o saco de caranguejos e tudo. Na queda, o saco se abre e espalha caranguejo pra tudo quanto é canto do corredor.
A esposa ouve o barulho e, apreensiva pelo sumiço do marido, abre a porta do apartamento.
Agachado, o cara vai empurrando os caranguejos pra dentro de casa, dizendo:
– Vamos lá, minha gente! Vamos entrando! Demorou, mas chegamos...

☠

Pouco antes da meia-noite, o guarda fazia sua ronda, quando viu um carro parado em um local deserto, com os vidros embaçados. Desconfiado, aproximou-se do veículo sorrateiramente. Quando dirigiu a luz da lanterna para dentro do carro, viu uma adolescente lendo um livro no banco de trás e um rapaz ao volante, com fones de ouvido.
– Quantos anos vocês têm e o que estão fazendo? – perguntou ao motorista.
– Eu tenho 19 anos – respondeu o rapaz – e estou ouvindo música!
– E ela, o que está fazendo? – indagou o guarda.
– Está lendo!
– E quantos anos ela tem?
– Daqui a dez minutos terá 18!

O cego estava havia um tempão sem dar umazinha e vivia pedindo:
– Arruma uma mulher pro ceguinho, arruma!
Um amigo, já de saco cheio, resolve dar uma força pro ceguinho e diz que vai arrumar uma mulher para ele. O ceguinho vai pra casa e fica esperando. Logo batem na porta.
– Quem é?
– É a Sueli. Vim resolver seu problema.
O ceguinho, todo entusiasmado, abre a porta. A mulher senta-se na cama e ele diz:
– Como é que você está vestida, hein?
– Botinha de couro, vestido justo, uma blusinha de seda e nada por baixo.
– Ah – suspira o ceguinho. – É hoje! Tira a botinha, tira.
– Como é que você está agora?
– Descalça, deitada na cama!
– Ai, meu Deus! É hoje! Tira a blusinha, tira. Como você está agora?
– De seios nus, só de sainha.
– Tira a saia. Tira a saia, pelo amor de Deus! E agora?
– Estou nua, deitada na cama, te esperando, meu garanhão.
– Ai que é agora, meu Deus! Sueli, você já fez 69?
– Ainda não, só em setembro.

☠

O velhinho vai à zona:
– A Marisa está?
– A Marisa está com um cliente no quarto.
– Tudo bem, eu espero.
– Por que o senhor não vai com outra? Tem a Zoraide, a Janaína, a Débora...
– Não! Eu só gosto da Marisa!
– Ué, o que é que a Marisa tem de tão especial?
– Paciência! Muita paciência!

☠

O milionário, aos 62 anos, casou-se com uma jovem lindíssima de apenas 19 anos. Ao saber do fato, um velho amigo lhe perguntou:
– Como você conseguiu convencer uma garota tão jovem a se casar com um velho como você?
– Fácil! Eu menti a minha idade para ela!
– Como?
– Eu disse que tinha 85 anos!

Um rapaz entra em um bar numa cidadezinha do interior e vê apenas um senhor de idade no balcão e uma senhora bem velhinha na cozinha. Meio sem jeito, ele pede um cafezinho:
– Com licença, o senhor poderia me servir um café?
– Com toda a certeza, meu jovem – diz o senhor, enquanto se vira para a senhora e diz: – Amor da minha vida, traz um café para o rapaz!
– Sem querer abusar, o senhor pode me trazer umas rosquinhas? – indaga o jovem.
– Prontamente! – responde o senhor, que novamente se vira para a senhora e pede: – Razão da minha existência, traga também umas rosquinhas para o jovem.
Admirado com o atendimento do homem, o rapaz se sente à vontade e pede também um pedaço de bolo.
– Sem problemas! – replica o senhor, que novamente fala com a mulher: – Meu docinho de coco, traga um pedaço de bolo para o jovem.
Já sem o que dizer, o rapaz não se aguenta de curiosidade e pergunta:
– O senhor é casado com essa senhora?
– Sim! Há cinquenta anos! – responde o velhinho, sorridente.
– Caramba! E o senhor continua com todo esse amor e carinho com sua esposa? – fala o rapaz, emocionado.
– Amor nada, rapaz, é que eu esqueci o nome dela.

☠

Há muitos e muitos anos, viveu um homem do mar, conhecido como o Capitão. Ele era muito valente e jamais teve medo diante dos inimigos. Certa vez, navegando pelos sete mares, um dos vigias da embarcação viu que se aproximava um barco pirata. O Capitão gritou:
– Tragam a minha camisa vermelha!
E, vestindo-a, ordenou a seus homens:
– Ataquem! Ataquem e vençam esses malditos piratas!
E assim foi feito. Alguns dias mais tarde, o vigia viu dois barcos piratas. O Capitão pediu novamente sua camisa vermelha e a vitória voltou a ser sua.
Nessa mesma noite, seus homens perguntaram por que ele sempre pedia a camisa vermelha antes de entrar na batalha, e o Capitão respondeu:
– Se eu for ferido em combate, a camisa vermelha não deixará que meus homens vejam meu sangue e, assim, todos continuarão lutando sem medo.
Todos os homens, diante daquela declaração, ficaram em silêncio, maravilhados com a coragem de seu comandante. Logo ao amanhecer do dia seguinte, o vigia viu não um ou dois, mas dez barcos piratas que se aproximavam. Toda a tripulação, assustada, dirigiu os olhos para o capitão, e ele, com sua voz potente e sem demonstrar nenhum medo, gritou:
– Tragam minha calça marrom!

Um homem estava devendo 15 mil reais e não sabia mais o que fazer. Desesperado, resolveu mandar uma carta para Deus:
"Deus, por favor, mande-me 15 mil reais, pois estou ficando louco, devo essa quantia e não tenho como pagar, corro risco de vida".
No correio, os funcionários acharam o endereçamento da carta muito estranho e resolveram abri-la.
Após a leitura, todos ficaram bastante comovidos com o desespero daquele homem. Assim, concordaram em fazer uma vaquinha para tentar arrecadar o dinheiro. Depois de circularem a comovida carta com o pedido de arrecadação, conseguiram juntar quase toda a quantia necessária, chegando a 14.500 reais. Colocaram o dinheiro num envelope e enviaram para o desesperado cristão.
O sujeito, quando recebeu a carta e viu seu conteúdo, ficou perplexo, e, com uma imensa satisfação, pagou quase todas as dívidas, se livrou dos agiotas e tirou a corda do pescoço, tudo isso graças a um milagre. Então, ele resolveu mandar uma carta de agradecimento a Deus pela graça concedida. A carta, ao chegar ao correio, foi imediatamente acolhida pelos funcionários. Foi um momento mágico. Eles ficaram muito felizes com o gesto de fé e gratidão daquele homem e sentiram-se realizados pela boa ação praticada. Afoitos, trataram logo de abrir a carta para a leitura. A carta dizia o seguinte:
"Deus, estou muito agradecido pelo dinheiro, mas, da próxima vez, mande por ordem de pagamento, porque os filhos das putas do correio me roubaram quinhentas pratas!".

☠

O rapaz estava louco para sair de casa e o pai não saía do pé dele.
– Pô, velho! – diz ele ao pai. – Eu preciso de aventuras, emoção, mulheres... Não tente me convencer a ficar!
E o pai responde:
– Mas quem está pedindo pra você ficar? Vamos juntos!

☠

– Mariazinha, diga se a seguinte frase está no singular ou no plural: "Há uma mulher olhando pela janela".
– Singular, professora.
– Muito bem. Agora você, Joãozinho: "Há várias mulheres olhando pela janela". O que é?
– Fofoca!

O diretor da firma conta uma piada e todos caem na gargalhada, menos um dos presentes.
– Não gostou da piada? – pergunta o diretor.
– Não. Eu não trabalho aqui.

☠

Duas garotas conversando:
– Ontem fez duas semanas que eu conheci o Juvenal e ele já me pediu em casamento – diz a primeira.
– Eu não acredito! Pois há um mês ele me fez o mesmo pedido.
– É mesmo? Pois ele me disse que antes de me conhecer havia cometido uma série de tolices.

☠

O marido comenta com a esposa:
– Querida, um amigo me disse que já transou com todas as mulheres aqui do prédio, menos uma.
– Hm... Deve ser aquela velha chata do 401!

☠

Na sala de espera de um grande hospital, o médico chega para um sujeito muito nervoso e diz:
– Tenho uma péssima notícia para lhe dar: a cirurgia que fizemos em sua mãe...
– Ah! Ela não é a minha mãe... É a minha sogra, doutor!
– Nesse caso, tenho uma boa notícia para lhe dar!

☠

A garota totalmente nua entra num bar e pede um uísque. O *barman* despeja a bebida num copo e fica olhando fixamente para o corpo dela. Ela começa a bebericar o uísque e o *barman* continua firme com os olhos em cima dela. Até que a moça não aguenta:
– O que foi? Nunca viu uma mulher nua?
E ele, todo polido:
– Claro que sim! Só estou curioso para saber de onde você vai tirar o dinheiro para pagar a bebida!

Depois de uma tarde inteira no cinema, a adolescente chega em casa emburrada e bate a porta com toda a força.
– O que foi, Camilinha? – pergunta a mãe, aflita. – O filme não foi bom?
– Ai, mãe! Foi horrível... Eu tive que trocar de lugar cinco vezes no cinema!
– Por que, minha filha? Algum homem se meteu a engraçadinho com você?
– Sim! – respondeu ela. – Mas só na minha quinta tentativa!

☠

O que é um cigarro de maconha feito com papel de jornal?
Baseado em fatos reais.

☠

O casal em férias vai visitar o melhor ponto turístico da cidade: o poço dos desejos. Ao se aproximar do local, o marido saca uma moeda do bolso, faz um desejo e atira-a por cima das costas.
A mulher decide fazer o mesmo. Pega uma moeda da bolsa, mas, ao se inclinar sobre a mureta, perde o equilíbrio e cai dentro do poço.
– E não é que funciona mesmo? – conclui o marido.

☠

O cavalheiro:
– Eis a mulher mais linda que já vi!
A senhora:
– Tenho pena, mas não posso dizer o mesmo.
O cavalheiro:
– É fácil, minha senhora, faça como eu: minta!

☠

A escola leva seus alunos até uma delegacia para que vejam como a polícia trabalha. Joãozinho vê um cartaz com várias fotos dos assaltantes mais procurados. Ele aponta para uma das fotos e pergunta ao policial:
– Esse bandido é realmente perigoso?
– É sim, filho! – responde o guarda. – Os investigadores estão caçando esse sujeito já faz oito meses.
Joãozinho responde:
– Por que vocês não prenderam ele quando tiraram a foto?

A família comia tranquilamente quando de repente a filha de 10 anos comenta, com tristeza:
– Tenho uma má notícia... Não sou mais virgem!
E começa a chorar, visivelmente alterada, com as mãos no rosto e um ar de vergonha. Um silêncio sepulcral... Então, os pais começam com acusações mútuas:
– Você, sua filha da puta! – diz o pai, dirigindo-se à esposa. – Isso é por você ser como é! Por se vestir como puta barata e se arreganhar para o primeiro imbecil que chega aqui em casa. Claro, com esse exemplo que a menina vê todo dia... E você – dessa vez apontando para a outra filha, de 25 anos –, que fica se agarrando no sofá e lambendo aquele filho da puta do seu namorado que tem jeito de veado? Tudo na frente da menina!
A mãe não aguenta e revida, gritando:
– Ah, é assim? E quem é o imbecil que gasta metade do salário com as putas e se despede delas na porta de casa? Pensa que eu e as meninas somos cegas? E, além disso, que exemplo pode dar se desde que assinou esta maldita TV a cabo passa todos os finais de semana assistindo a filmes pornô de quinta categoria?
Desconsolada e à beira de um colapso, a mãe, com os olhos cheios de lágrimas e a voz trêmula, pega ternamente na mão da filha e pergunta baixinho:
– Como foi, filhinha? Machucaram você? Te forçaram?
E, entre soluços, a menina responde:
– Não, mamãe, o que aconteceu é que a professora me tirou da peça de Natal!

☠

– Doutor, eu sinto que as pessoas não dão uma palavra de retorno sobre nada do que eu digo.
– E?

☠

O maníaco depressivo chega para o megalomaníaco e diz:
– Até Deus está contra mim!
E o megalomaníaco responde:
– Eu?

☠

A garota para o namorado:
– Amor, por que você não fala alguma coisa que me deleite?
– Vaca!

Um sujeito estava jogando golfe quando, lá pelo 16º buraco, ele quase acerta a bola num anãozinho esquisito, com dois chifrinhos na cabeça.
Antes que o sujeito tentasse se desculpar, o homenzinho fala:
– Eu sou um duende e posso lhe conceder três desejos.
– Não, obrigado, eu já estou satisfeito por não ter te acertado com a bola, você poderia ter se machucado.
O sujeito continuou jogando seu golfe e o duende pensou: "Esse sujeito é muito gente boa. Já que ele não me pediu nada, eu vou realizar pra ele os três desejos que a maioria dos golfistas me pede: muito dinheiro, muita sorte no golfe e uma vida sexual intensa".
Um ano depois, o sujeito está lá jogando no mesmo buraco, quando novamente quase acerta o duende.
– Você de novo! Tudo bem?
– Tudo bem – responde o duende. – E você, tem jogado muito golfe?
– Ah, muito, e eu ando com uma sorte inacreditável!
– Graças a mim! E dinheiro, muito dinheiro?
– É impressionante, mas de um ano pra cá eu fiquei milionário!
– Graças a mim também! E o sexo?
– Ah, vai bem. Uma ou duas vezes por semana.
– Só isso? – estranhou o duende.
– Bem, pra um arcebispo, até que não é ruim.

Qual é o fim da picada?
Quando o mosquito vai embora.

Jesus e seus apóstolos estavam digitando textos da Bíblia nos computadores da rede da sinagoga. De repente, caiu a energia e todos perderam os textos que haviam digitado, exceto Jesus.
Qual é a moral da história?
Só Jesus salva.

O que são dois pontos pretos no microscópio?
Uma blacktéria e um pretozoário.

O cara entrou no trem, correu até a janela e gritou para o casal que o acompanhara:
– Tchau, Paulo! Adorei o fim de semana! A sua mulher e ótima de cama, muito boa mesmo!
Intrigado, o passageiro ao lado não contém a curiosidade:
– Desculpe. Não me leve a mal, mas o senhor disse mesmo para o cara ali que a mulher dele era... boa de cama?
E o outro confessou, baixinho:
– Sabe como é... Ela é bem ruinzinha, na verdade, mas eu não quis ofender o Paulo.

Qual é a comida que liga e desliga?
O strog-ON-OFF.

Como se faz para ganhar um Chokito?
É só colocar o dedito na tomadita.

Qual o vinho que não tem álcool?
Ovinho de codorna.

O que é que a banana suicida falou?
Macacos me mordam!

Qual é o doce preferido do átomo?
Pé de moléculas.

O que é uma molécula?
É uma menínola muito sapécula.

Como o elétron atende ao telefone?
Próton!

O que um cromossomo disse para o outro?
Oh! Cromossomos felizes!

Como as enzimas se reproduzem?
Fica uma enzima da outra.

Qual é a parte do corpo que cheira bacalhau?
O nariz.

O que é um ponto marrom no pulmão?
Uma brownquite.

O que é um pontinho vermelho no meio da porta?
Um olho mágico com conjuntivite.

O que o canibal vegetariano come?
A planta do pé, a maçã do rosto e a batata da perna.

Por que as estrelas não fazem miau?
Por que astro-no-mia.

Por que a vaca foi para o espaço?
Para se encontrar com o vácuo.

Quando foi que o homem morreu por culpa do computador?
Ao saber que era corno, ficou computador de cotovelo e se matou.

Quando foi que o homem morreu por causa de uma latinha?
Ele foi nadar no mar achando que não tinha tubarão, mas lá tinha.

Como é que se chama a revista *Veja* no interior?
Óia.

Sabe o que tem 20 cm de comprimento, 5 cm de largura e deixa as mulheres loucas?
Dinheiro.

Como a loira imprime o e-mail?
Ela escaneia o monitor.

Por que o português leva uma escada quando vai ao restaurante?
Para comer peixe na telha.

Por que a loira não queria mexer na caixa de suco?
Ela não quis atrapalhar, porque na embalagem dizia que o suco é concentrado.

O Manuel casou virgem. Na cama, a Maria levanta os braços e aparecem aquelas duas axilas cabeludas. O Manuel grita:
– Ai, meu Deus, mais duas?

☠

A ovelha diz para o carneiro:
– Você tem tão pouca lã...
– Tá, mas viemos aqui para trepar ou para fazer tricô?

☠

Três horas da tarde. Dois baianos encostados numa árvore à beira da estrada. Passa um carro em alta velocidade e deixa voar uma nota de 100 reais, mas o dinheiro cai do outro lado da estrada.
Passados cinco minutos, um fala para o outro:
– Rapaz, se o vento muda, a gente ganha o dia...

☠

O que o espermatozoide falou para o óvulo?
Deixa eu morar com você, porque a minha casa é um saco...

☠

O policial chega no trabalho todo sorridente, feliz da vida, e seu colega pergunta:
– Por que você está rindo à toa?
Ele responde:
– Tive uma noite maravilhosa... Estava fazendo sexo com minha mulher e, quando estava quase gozando, dei um tiro pra cima. Ela tomou um puta susto, contraiu a danada e gozei gostoso. Por que você não faz a mesma coisa?
No outro dia, o colega chega com uma cara de merda no trabalho e seu amigo pergunta:
– E aí, não deu certo?
– Não... Estava fazendo um 69 com minha mulher... Quando estava quase chegando lá, dei o tiro. Ela levou um puta susto, mordeu meu pau, cagou na minha cara e ainda me sai um filho da puta do armário gritando: "Não me mate, por favor!".

O filho do Jacob chama o pai e confessa:
– Papai, engravidei a filha do porteiro.
– O quê? Samir está louco? Nem judia ela é, e ainda por cima é bobre.
– Mas ela disse que tira o filho, papai. Preciso de mil dólares.
– O quê? Tá bensando que babai Jacob tá dando o bunda? Nem pensar!
– Então, o senhor será avô de uma não judia.
– Bensando bem, isso seria bior. Toma dinheiro, seu irresbonsável!
Na semana seguinte, Ibrahim, o outro filho do Jacob, fala para o pai:
– Papai, aconteceu uma desgraça: engravidei a filha do rabino Stein.
– O quê? Ibrahim é louco? Justamente com filha de rabino?
– Mas ela disse que tira o filho, papai. Preciso de 5 mil dólares.
– O quê? Tá bensando que babai Jacob tá dando o bunda? Ficou maluco do cabeça?
– Então, o senhor terá um neto da filha do rabino.
Jacob pensa nas consequências e no escândalo e dá o dinheiro para Ibrahim.
Na semana seguinte, Sarah chega para Jacob e diz:
– Papai, não sei como lhe falar, mas estou grávida...
E Jacob responde prontamente:
– Buta que bariu! Até que enfim vai entrar dinheiro nesta casa!

☠

Um homem pega o telefone e liga, desesperado:
– Socorro, minha sogra quer se suicidar! Ela quer se atirar da janela!
O homem do outro lado diz:
– Tá, mas o senhor errou o número, aqui é da carpintaria.
– Eu sei! É que a janela não quer abrir!

☠

Um cardiologista muito conhecido morreu. Seu funeral foi pomposo e muitos dos seus colegas médicos compareceram. Durante o velório, um enorme coração rodeado de coroas de flores permaneceu atrás do caixão. Após as últimas palavras do padre, o coração se abriu e o caixão entrou automaticamente, emocionando todos os presentes.
Então, o coração se fechou, levando, em seu interior, o famoso médico.
Um dos presentes explodiu na gargalhada, causando surpresa e indignação. Questionado por que ria, ele explicou:
– Desculpem-me... Por favor, desculpem-me... É que eu estava pensando como seria meu próprio funeral... Sou ginecologista!
Nesse momento, o proctologista desmaiou.

Dois surdos-mudos se casaram. Durante a primeira semana, eles descobriram que eram incapazes de se comunicar na cama se a luz estivesse apagada, pois não podiam enxergar a linguagem dos sinais.
Depois de várias noites pensando em alguma solução, a esposa disse, gesticulando:
– Querido, por que não fazemos alguns sinais simples? Por exemplo: à noite, se você quiser fazer sexo comigo, pegue no meu seio esquerdo uma vez. Se não quiser fazer sexo, pegue no meu seio direito uma vez.
O marido acha uma grande ideia e gesticula de volta para a esposa:
– Grande ideia! E se você quiser fazer sexo comigo, balance meu pênis uma vez. Se não quiser, balance meu pênis 250 vezes.

☠

Um fazendeiro colecionava cavalos e só faltava uma determinada raça. Um dia, ele descobriu que seu vizinho tinha o tal cavalo. Assim, ele atazanou o sujeito até conseguir comprá-lo.
Um mês depois, o cavalo adoeceu e ele chamou o veterinário:
– Bem, seu cavalo está com uma virose, ele precisa tomar este medicamento durante três dias. No terceiro dia eu retornarei e, caso ele não esteja melhor, será necessário sacrificá-lo.
Nesse momento, o porco escutava toda a conversa.
No dia seguinte, deram o medicamento e foram embora.
O porco se aproximou do cavalo e disse:
– Força, amigo! Levanta daí, senão você vai ser sacrificado.
No segundo dia, deram-lhe o medicamento e foram embora.
O porco se aproximou do cavalo e disse:
– Vamos lá, amigão! Levanta, senão você vai morrer! Vamos lá, eu te ajudo a levantar... Upa! Um, dois, três!
No terceiro dia, tornaram a dar o medicamento ao cavalo e o veterinário disse:
– Infelizmente, vamos ter que sacrificá-lo amanhã, pois a virose pode contaminar os outros cavalos.
Quando foram embora, o porco se aproximou do cavalo e disse:
– Cara, é agora ou nunca, levanta logo! Coragem! Upa! Upa! Isso, devagar! Ótimo, vamos, um, dois, três! Legal, legal, agora mais depressa, vai... Fantástico! Corre, corre mais! Upa! Upa! Upa! Você venceu, campeão!
Então, o dono chegou, viu o cavalo correndo no campo e gritou:
– Milagre! O cavalo melhorou! Isso merece uma festa! Vamos assar o porco!

Um cara resolveu sair de férias em um cruzeiro marítimo. Em dado momento, o navio naufragou e somente ele e mais seis mulheres conseguiram se salvar. Eles nadaram até uma ilha deserta. Passada uma semana, começou o problema: todas as mulheres queriam transar com ele, então, para resolver a confusão, ele propôs o seguinte: cada dia da semana ele transaria com uma mulher diferente. Na segunda, com a fulana, na terça, com a beltrana, e assim sucessivamente. No domingo ele descansaria.
Os anos se passaram e o cara já não aguentava mais. Era muita mulher junta e ele não estava mais dando conta do recado. Até que um dia ele avistou um barquinho com um sujeito dentro e pensou: "Maravilha! Agora posso dividir as mulheres com ele. Ficam três pra cada um. Assim, vai dar pra descansar mais". Com isso em mente, ele foi ao encontro do barco para ajudar o sujeito a desembarcar. Ao sair do barco, o rapaz gritou:
– Barbaridade, tchê! Que água mais gelada no meu pezinho!
E o cara pensou: "Puta que pariu! Lá se vai o meu domingo!".

☠

O presidente da Argentina liga para o presidente do Brasil:
– Nossa maior fábrica de camisinhas pegou fogo e essa é a forma preferida de controle de natalidade do meu povo. É um desastre!
– O povo brasileiro gostaria de poder ajudá-lo no que for possível – responde.
– Preciso de sua ajuda. Você poderia me enviar, urgentemente, um milhão de camisinhas? Pela nossa amizade! Pelo Mercosul!
– Certamente. Fique tranquilo, que eu vou cuidar disso agora!
– Ah, mais um favorzinho...
– Pois não?
– As camisinhas precisam ter elasticidade para 27 cm de comprimento e 10 cm de diâmetro, pode ser?
– Sem problemas – confirma nosso presidente.
Imediatamente, o presidente do Brasil chama o presidente do maior fabricante de preservativos:
– Preciso de um favor: envie um milhão de camisinhas para a Argentina.
– Considere-o feito, senhor Presidente! – responde o executivo.
– Ótimo! Só que precisam ter elasticidade para 27 cm de comprimento e 10 cm de diâmetro, tudo bem?
– Pode deixar! Algo mais, senhor Presidente?
– Sim – responde o presidente. – Mande imprimir, em cada uma: Made in Brazil, Tamanho P.

Uma mulher ia andando pela rua quando chega um cara junto dela e diz:
– Quero te comer agora mesmo! Eu deixo cair 100 reais no chão e, durante o tempo que você demorar para apanhar, eu despacho o serviço por trás. E então, você aceita?
A garota pensou um pouco e resolveu telefonar para uma amiga para pedir sua opinião:
– Escuta, quando ele deixar cair a nota, com certeza você consegue apanhar o dinheiro e correr antes que ele consiga fazer alguma coisa. Depois me liga e me conta o que aconteceu.
Vinte minutos depois ela liga para a amiga, que pergunta:
– E então? O que se passou?
– O filho da puta jogou 100 reais no chão... em moedas de 50 centavos! Já tá dando a segunda!

☠

O sujeito entra na farmácia e pede:
– Eu queria uma caixa de cloridrato de metaclopramida.
– Ah! O senhor quer dizer Plasil?
– Isso mesmo! Não consigo guardar esse nome...

☠

Um rapaz tinha uma namorada chamada Wendy, de quem ele gostava muito, então, resolveu tatuar o nome dela no pinto. Acontece que, quando estava mole, só dava para ver as letras W e y.
Um dia, ele estava num banheiro público e viu um negrão urinando e que também tinha tatuadas no pinto as letras W e y. Louco de curiosidade, ele pergunta:
– Você também tem uma namorada chamada Wendy?
O cara responde:
– Não, por quê?
– É porque você tem tatuadas no pinto as letras W e y!
– Não, não é isso.
O negrão, então, começa a mexer no pinto para fazê-lo ficar duro. Depois de pouco tempo, o rapaz, constrangido, leu: "Welcome to Jamaica. Have a nice day".

☠

– Meu rei, veja aí pra mim... A braguilha da minha calça tá aberta?
– Olhe... Tá, não...
– Então vou deixar pra mijar só amanhã...

Depois de muito rondar aquele enorme casarão, o ladrão resolve invadi-lo. Pendurada no portão, ele vê uma placa: "Cuidado com o papagaio". Sem dar a mínima importância para o aviso, ele salta o muro. Assim que pisa do outro lado, ouve a voz do louro:
– Pega, Rex, pega!

☠

Dois baianos estão estirados em duas redes estendidas na sala:
– Oxente! Será que tá chovendo?
– Sei, não, meu rei...
– Vai lá fora e dá uma olhada...
– Vai você...
– Vou, não, tô cansadão...
– Então chame nosso cão...
– Oxente, chame você...
– Ô Fernando Afonso!
O cachorro entra na sala, para e deita de costas para os dois.
– E então, meu rei, tá chovendo?
– Tá, não... O cachorro tá sequinho!

☠

Duas mulheres estavam jogando golfe numa manhã de sábado. Uma delas errou a tacada e atingiu um jogador. Imediatamente ele juntou as mãos entre as pernas e ajoelhou-se, gemendo de dor.
A mulher, então, correu até o local e pediu desculpas, explicando que era fisioterapeuta.
– Por favor, deixe-me ajudá-lo. Sou fisioterapeuta e sei como aliviar a dor que está sentindo! Posso fazer você se sentir melhor!
– Hmmph... uuuuh... Não, não precisa, já vai passar. Vou ficar bem em alguns minutos – disse o cara, quase sem poder respirar, mas ainda em posição fetal, com as mãos entre as pernas.
Ela insistiu e ele finalmente permitiu que o ajudasse.
Delicadamente, ela afastou as mãos do sujeito e deitou-o de lado, abrindo o zíper da calça dele. Colocou a mão por dentro e iniciou uma massagem no saco do homem. Após alguns minutos, ela pergunta:
– E então? Está gostoso?
Ele responde:
– Gostoso? Hummm... Está fantástico! Meu dedo até parou de doer!

Um policial está na estrada, chegando ao posto rodoviário onde trabalhava, e avista um carro andando em baixíssima velocidade. Imediatamente, ele faz sinal para o carro parar e vai falar com o motorista. Aliás, a motorista, pois tratava-se de uma velhinha acompanhada de três amigas da mesma faixa etária.
– Não sei se a senhora sabe, mas andar devagar demais pode provocar um acidente! – advertiu o guarda.
– Mas seu guarda! Eu só estou obedecendo à sinalização! Será possível que hoje em dia, só porque ninguém respeita a sinalização...
– Um minuto, senhora! – interrompe o policial. – Posso saber que sinalização a senhora está respeitando?
A velhinha não diz nada. Só aponta para uma placa em que está escrito "BR 050".
– Mas, minha senhora, aquela placa não indica o limite de velocidade, e sim o número da rodovia. Olha, eu não vou multá-la se a senhora prometer ter mais atenção, tudo bem?
– Tá certo... Tá certo...
– Só mais uma coisa – diz o guarda. – As demais senhoras estão passando bem? Elas parecem tão assustadas...
– Elas já vão melhorar! – responde a velhinha. – É que nós acabamos de sair da BR 201...

☠

Duas amigas encontram-se depois de mortas e uma pergunta à outra:
– Como você morreu?
– Congelada.
– Nossa, que horror! Deve ter sido horrível! Como é morrer congelada?
– No começo é muito ruim: primeiro vêm os arrepios, depois as dores nos dedos das mãos e dos pés, tudo congelando... Mas depois veio um sono muito forte e acabei perdendo a consciência. E você, como morreu?
– Eu? De ataque cardíaco. Eu estava desconfiada de que meu marido me traía. Um dia, cheguei em casa mais cedo, corri até o quarto e ele estava na cama vendo televisão, calmamente. Desconfiada, corri até o porão para ver se encontrava alguma mulher escondida, mas não encontrei ninguém. Então, corri até o segundo andar, mas também não vi ninguém. Fui até o sótão e, ao subir as escadas, esbaforida, tive um ataque cardíaco e caí morta.
– Que burra! Se você tivesse procurado no freezer, nós duas estaríamos vivas!

☠

Por que a mulher do Hulk se divorciou dele?
Porque ela queria um homem mais maduro.

Quatro baianos assaltam um banco e param o carro alguns quilômetros à frente. Um deles pergunta ao chefe da quadrilha:
– E aí, meu rei? Vamos contar o dinheiro?
– E pra que esse trabalhão? Vamos esperar o noticiário da TV.

☠

A mãe do baiano vai viajar para o exterior e pergunta ao filho:
– Quer que mainha lhe traga alguma coisa da viagem, meu dengo?
– Ô minha mãe... Por favor, me traga um relógio que diz as horas...
– Ué, meu cheiro... E o seu não diz, não?
– Diz não, mainha... Eu tenho de olhar nele pra saber...

☠

O baiano, deitadão na varanda:
– Ô mainha, a gente tem pomada pra queimadura de taturana?
– Por que, meu dengo? Uma taturana encostou em ti, foi?
– Foi, não, mas ela tá cada vez mais perto...

☠

Um dia, a rosa encontrou a couve-flor e disse:
– Que petulância chamarem você de flor! Veja sua pele áspera, e a minha, lisa e sedosa... Seu cheiro desagradável e meu perfume sensual e envolvente. Veja seu corpo grosseiro, e o meu, delicado e elegante... Eu, sim, sou uma flor!
E a couve-flor responde:
– Pois é, querida, mas de que adianta ser tão linda se ninguém te come?

☠

O sujeito vai ao médico, caindo de bêbado. Durante a consulta, vêm as perguntas de praxe:
– Nome?
– Juvenal dos Santos.
– Idade?
– 32 anos.
– O senhor bebe?
– Vou aceitar um golinho, só pra te acompanhar!

Um criador de galinhas vai ao bar local, senta-se ao lado de uma mulher e pede uma taça de champanhe.
A mulher comenta:
– Que coincidência! Eu também pedi uma taça de champanhe.
– Coincidência mesmo! – diz o fazendeiro. – É que hoje é um dia especial para mim. Eu estou comemorando.
– Hoje é um dia especial para mim também! – diz a mulher. – Eu também estou comemorando.
– Que coincidência! – diz o fazendeiro.
Quando a bebida chega e eles brindam, ele complementa:
– O que você está celebrando?
– Eu e meu marido vínhamos tentando ter um filho desde muito tempo, sabe? E hoje o meu ginecologista me disse que estou grávida!
– Que coincidência! – diz o homem. – Sou criador de galinhas e por anos as minhas galinhas não eram férteis. Mas hoje elas estão pondo ovos fertilizados.
– Que ótimo! – diz a mulher. – E como suas galinhas ficaram férteis?
– Eu usei um galo diferente – diz ele.
A mulher sorri, brinda novamente e diz:
– Mas que coincidência!

☠

O filho de um fazendeiro, daqueles bem machões, foi estudar na capital. Depois de três anos, o fazendeiro vai buscar o garoto na rodoviária e ele aparece de brinco, cabelo comprido e falando macio. O velho ficou todo desconfiado, e eles entraram na camionete e seguiram para casa. No caminho, o garoto começa a se abichar:
– Ai, pai. Que pó nojento dessa estrada! Fecha o vidro, né?
O fazendeiro fingiu que estava distraído, mas depois, vendo uma vaca, o garoto diz:
– Ai... Que bichinho bonitinho, né, paiê?
O fazendeiro ficou assustado, fechou a cara e não disse nada.
E, depois de alguns minutos:
– Ai, pai... Para um minutinho que eu preciso fazer xixi... Ai, ai, eu tô apertadinho!
Então, o pai não aguentou:
– Eu vou parar – respondeu ele, bufando –, mas se você agachar pra mijar, eu te mato!

☠

A avó pergunta à neta:
– Aninha, como é mesmo o nome daquele alemão que me deixa louca?
– Alzheimer, vó.

A mãe americana encontra uma lata de cerveja na bolsa da filha e pergunta para si mesma:
– Será que minha filha está bebendo?
A mãe italiana encontra um maço de cigarros na bolsa da filha e se questiona:
– Será que minha filha começou a fumar?
E, como não poderia faltar, a mãe portuguesa encontra uma camisinha na bolsa da filha e se pergunta:
– Meu Deus! Será que minha filha tem pinto?

☠

No consultório, no fim da tarde, o médico dá a péssima notícia:
– A senhora tem seis horas de vida.
Desesperada, a mulher corre para casa e conta tudo para o marido. Os dois resolvem gastar o tempo que resta da vida dela fazendo sexo. Fazem uma vez e ela pede para repetirem. Fazem de novo, ela pede mais. Depois da terceira vez, ela quer de novo. E o marido:
– Ah, Isolda, chega! Eu tenho que acordar cedo amanhã. Você não!

☠

A portuguesinha de 10 anos vai pescar com o pai e volta com o rosto todo inchado. A mãe, assustada, pergunta:
– Minha filha, o que houve?
– Foi um marimbondo, mamãe!
– Ele te picou?
– Não deu tempo. O papai o matou com o remo.

☠

Dois portugueses pedalavam suas bicicletas pelo campo e um deles pergunta:
– Onde conseguiste essa tua magnífica bicicleta?
O segundo responde:
– Ontem, estava eu a pé, caminhando por aí, quando surgiu uma deliciosa rapariga com esta bicicleta. Ela atirou a bicicleta ao solo, despiu toda a roupa e me disse: "Pegue o que quiser".
O outro:
– Escolheste bem! Provavelmente a roupa não te serviria.

O sujeito finalmente conseguiu realizar o sonho de comprar uma Mercedes conversível zero quilômetro. Então, numa bela tarde, se mandou para uma autoestrada para testar toda a capacidade do possante. Capota abaixada, o vento na cara, o cabelo voando, e ele resolveu ir fundo. Quando o ponteiro estava chegando aos 120 km/h, ele viu que um carro da polícia rodoviária o perseguia com a sirene a mil e as luzes piscando. "Ah, mas não vão alcançar esta Mercedes de jeito nenhum!", pensou ele, e enfiou o pé no acelerador.
O ponteiro foi para 140, 160, 200 km/h... e a patrulha atrás.
"Que loucura", ele pensou, e resolveu encostar.
O guarda veio, pediu os documentos, examinou o carro e disse:
– Eu tive um dia muito duro e já passou do horário do meu turno. Se me der uma boa desculpa, que eu nunca tenha ouvido, para dirigir tão rápido, deixo você ir embora.
E o sujeito emendou:
– Na semana passada, minha mulher fugiu com um policial rodoviário e eu tive medo de que fosse ele querendo devolvê-la.
– Boa noite! – disse o guarda.

☠

Um homem entra no quarto com uma ovelha nos braços. Sua mulher está lendo um livro deitada na cama. O homem diz:
– Amor, essa é a vaca com quem eu tenho relações quando você tem dor de cabeça.
Responde a mulher:
– Se você não fosse tão idiota, se daria conta de que é uma ovelha.
O homem sorri:
– Se você não fosse tão idiota, se daria conta de que estou falando com a ovelha...

☠

Um velho fazendeiro tinha um bonito lago em sua fazenda. Depois de muito tempo sem ir ao local, decidiu ir até lá para ver se estava tudo em ordem. Pegou um balde para aproveitar o passeio e trazer as frutas que encontrasse pelo caminho. Ao se aproximar do lago, escutou vozes femininas, animadas, divertindo-se. Ao chegar mais perto, avistou um bando de jovens mulheres banhando-se, completamente nuas. Ele se fez presente e, com isso, todas fugiram para a parte mais funda do lago. Uma das mulheres gritou:
– Não sairemos enquanto o senhor não for para bem longe!
O velho respondeu:
– E quem disse que eu vim até aqui para ver vocês nuas?
Levantando o balde, ele continuou:
– Eu só vim dar comida para o jacaré!

Glória, uma milionária de berço e muito gostosa, descobriu que seu pai era gay. Descontente da vida, incapaz de aceitar a situação, resolveu se matar, mas não podia fazê-lo como qualquer outra criatura. Afinal, ela era milionária, e se atirar de qualquer viaduto ou ponte, cortar os pulsos ou tomar formicida era coisa de suicida pobre.
Ela queria se matar com classe, de forma diferente. Mandou, então, aprontar o jatinho da família e, só com o piloto como companhia, se mandou para o céu. Pretendia se atirar lá de cima. Durante o voo, enquanto se preparava para o salto fatal, ela foi indagada pelo piloto a respeito do gesto extremo que ia executar. E, chorando, contou a ele o que ocorria:
– Papai é gay, não consigo conviver com essa vergonha e vou me matar mesmo.
Vislumbrando uma possibilidade, já que ele sempre havia cobiçado aquela mulher, o piloto sugeriu que dessem uma trepadinha antes de ela se matar.
Glória concordou. Afinal, já que ia morrer, não custava nada quebrar o galho de um humilde piloto que se declarara tão apaixonado por ela. Assim foi. Piloto automático e... aleluia!
Glória gostou tanto da trepada que desistiu de se matar...
Moral da história: Glória deu nas alturas e o pai na terra aos homens de boa vontade.

☠

Um homem estava se queixando a um amigo:
– Eu tinha tudo: dinheiro, uma casa bonita, um carro esporte, o amor de uma linda mulher e, de repente, tudo acabou.
– O que aconteceu? – perguntou o amigo.
– Minha mulher descobriu...

☠

Um homem entra em casa correndo e grita para sua mulher:
– Marta, arrume suas coisas! Eu acabei de ganhar na loteria!
Marta responde, eufórica:
– Você acha melhor que eu leve roupas para frio ou calor?
O homem responde:
– Leve tudo! Você vai embora!

☠

Dois advogados, pai e filho, conversam:
– Papai! Estou desesperado. Não sei o que fazer. Perdi aquela causa!
– Meu filho, não se preocupe. Advogado não perde causa. Quem perde é o cliente!

Juvenal estava desempregado havia meses. Com a resistência que só os brasileiros têm, Juvenal foi tentar mais um emprego em mais uma entrevista. Ao chegar no escritório, o entrevistador lhe pergunta:
– Qual foi seu último salário?
– Salário mínimo – responde Juvenal.
– Pois se o senhor for contratado, ganhará 10 mil dólares por mês!
– Jura?
– Que carro o senhor tem?
– Na verdade, agora eu só tenho um carrinho pra vender pipoca na rua e um carrinho de mão.
– Pois se o senhor trabalhar conosco, ganhará um Audi para você e uma BMW para sua esposa! Tudo zero!
– Jura?
– O senhor viaja muito para o exterior?
– O mais longe que fui foi pra Belo Horizonte, visitar uns parentes.
– Pois se o senhor trabalhar aqui, viajará pelo menos dez vezes por ano para Londres, Paris, Roma, Mônaco, Nova York etc.
– Jura?
– E lhe digo mais... O emprego é quase seu. Só não lhe confirmo agora porque preciso falar com meu gerente. Mas é praticamente garantido. Se até amanhã à meia-noite o senhor não receber um telegrama nosso cancelando, pode vir trabalhar na segunda-feira.
Juvenal saiu do escritório radiante. Agora, era só esperar até a meia-noite do dia seguinte e rezar para que não aparecesse nenhum maldito telegrama.
Sexta-feira mais feliz não poderia haver. E Juvenal reuniu a família e contou as boas novas. Convocou o bairro todo para uma churrascada comemorativa com muita música. De tarde, já havia um barril de chope aberto.
Às 21 horas, a festa fervia. A banda tocava, o povo dançava e a bebida rolava solta.
Às 22 horas, a mulher de Juvenal, aflita, achava tudo um exagero. A vizinha gostosa, interesseira, já se insinuava para o Juvenal. E a banda tocava. E o chope gelado rolava. O povo dançava.
Às 23 horas, Juvenal já era o rei do bairro. Gastaria horrores para o bairro encher a pança. Tudo por conta do primeiro salário. E a mulher, resignada, meio aflita, meio alegre, meio boba, meio assustada.
Faltando dez minutos para a meia-noite, surge na esquina, buzinando feito louca, uma motoca amarela... Era do correio.
A festa parou. A banda calou. A tuba engasgou. Um bêbado arrotou. Uma velha peidou. Um cachorro uivou.
Meu Deus, e agora? Quem pagaria a conta da festa?
A frase mais ouvida era: "Coitado do Juvenal!".
Jogaram água na churrasqueira. O chope esquentou. A mulher do Juvenal desmaiou. A motoca parou.

– Senhor Juvenal Batista Romano Barbieri?
– Si-si-sim, so-so-sou eu...
A multidão não resistiu:
– Ooohh!
– Telegrama para o senhor...
Juvenal não queria acreditar. Pegou o telegrama, com os olhos cheios d'água, ergueu a cabeça e olhou para todos.
Silêncio total.
Respirou fundo e abriu o envelope.
Uma lágrima rolou, molhando o papel.
Olhou de novo para o povo e a consternação era geral.
Tirou o telegrama do envelope, abriu e começou a ler.
O povo, em silêncio, aguardava a notícia e se perguntava: "E agora? Quem vai pagar essa festa toda?".
Juvenal recomeçou a ler, levantou os olhos e olhou mais uma vez para o povo, que o encarava.
Então, Juvenal abriu um largo sorriso, deu um berro triunfal e começou a gritar, eufórico:
– Mamãe morreeeu! Mamãe morreeeu!

☠

Na noite passada, Eliete fora convidada para uma reunião com as amigas. Ela tinha dito ao marido que estaria de volta à meia-noite.
Mas as horas passaram rapidamente e o champanhe estava rolando solto. Por volta das três da manhã, bêbada feito um gambá, ela foi para casa.
Mal entrou e fechou a porta, o cuco disparou e cantou três vezes. Rapidamente, percebendo que o marido podia acordar, ela fez "cu-co" mais nove vezes.
Ela ficou orgulhosa de si mesma por ter tido uma ideia tão brilhante e rápida (mesmo de porre) para evitar um possível conflito com ele.
Na manhã seguinte, o marido perguntou a que horas ela tinha chegado e Eliete disse que era meia-noite. Ele não pareceu nem um pouquinho desconfiado. Ufa!
Daquela ela havia escapado!
Então ele disse:
– Nós precisamos de um cuco novo.
Quando Eliete perguntou o motivo, ele respondeu:
– Bem, essa noite nosso relógio fez "cu-co" três vezes; depois, não sei por quê, soltou um... "caraaalho!". Fez "cu-co" mais quatro vezes e pigarreou. Fez mais três vezes, riu e fez mais duas vezes. Daí, tropeçou no gato, derrubou a mesinha da sala, peidou, deitou e dormiu...

Receita para o Natal: peru com uísque
Ingredientes:
1 garrafa de uísque 12 anos
1 peru de aproximadamente 5 quilos
Sal, pimenta e cheiro-verde a gosto
350 ml de azeite extravirgem
500 gramas de *bacon* em fatias
Nozes moídas
Modo de preparo:
Envolva o peru no *bacon* e tempere-o com sal, pimenta e cheiro-verde. Regue-o com azeite. Preaqueça o forno por aproximadamente 10 minutos. Enquanto aguarda, sirva-se de uma boa dose de uísque.
Coloque o peru em uma assadeira grande. Sirva-se de mais duas doses de uísque. Azuste o terbostato na marca tleis. Zebois de unzzz zinte binutos, bote pra assassinar... digo, assar a penosa.
Derrube uma dose de uísque na roupa zepois de beia hora. Forme a abertura e controle a assadura do pato. Tente zentar na gadeira, segurando a zavada pra ela num correr de novo. Sirva-se de uoooootra dose zarada de uísque.
Deixe o fio da puta do beru no vorno por umas 4 horas. Tente retirar a merda do beru. Mas, dessa vez, com o guardanapo, bra num gueimá a mão de novo. Mande mais uma boa dose de uísque bra dentro... de você, é claro.
Tente novamente tirar o zacana do beru do vorno, porque na brimeira deenndadiiiva dããão deeeeeeu. Begue o beru que gaiu no jão debajo da mesa e enxugue o filho da buta com o bano de jão e cologue-o numa pandeja ou qualquer outra borra, bois, avinal, você nem gosssssssssta buito dessa merda besbo. Bronto! Num vumita no vrango, garaio!

☠

Numa reunião com o presidente da Suíça, o presidente brasileiro apresenta seus ministros:
– Este é o ministro da Saúde, este é o ministro da Educação, este aqui é o ministro da Cultura...
Chegou a vez do presidente da Suíça:
– Este é o ministro da Saúde, este é o ministro da Fazenda, este é o ministro da Educação, este é o ministro da Marinha...
A essa altura, o presidente do Brasil começa a rir:
– Me desculpe, senhor presidente, mas para que o senhor tem um ministro da Marinha se o seu país não tem mar?
O presidente da Suíça, então, responde:
– Quando o senhor apresentou os ministros da Educação e da Saúde eu não ri.

Um homem entra num restaurante com uma avestruz atrás dele. A garçonete pergunta o que querem. O homem pede:
– Um hambúrguer, batatas fritas e uma coca.
E vira-se para a avestruz:
– E você, o que vai querer?
– Eu quero o mesmo – responde a avestruz.
Um tempo depois, a garçonete traz o pedido e a conta no valor de R$ 32,50. O homem coloca a mão no bolso e tira o valor exato para pagar a conta. No dia seguinte, o homem e a avestruz retornam e ele diz:
– Um hambúrguer, batatas fritas e uma coca.
E vira-se para a avestruz:
– E você, o que vai querer?
– Eu quero o mesmo – responde a avestruz.
De novo, o homem coloca a mão no bolso e tira o valor exato para pagar a conta. Isso se torna uma rotina, até que um dia a garçonete pergunta:
– Vão querer o mesmo?
– Não, hoje é sexta e eu quero um filé à francesa com salada – diz o homem.
– Eu quero o mesmo – diz a avestruz.
Após trazer o pedido, a garçonete apresenta a conta e diz:
– Hoje são R$ 87,60.
O homem coloca a mão no bolso e deixa em cima da mesa o valor exato para pagar a conta. A garçonete não controla sua curiosidade e pergunta:
– Desculpe, mas como o senhor faz para ter sempre o valor exato a ser pago?
E o homem responde:
– Há alguns anos, eu achei uma lâmpada velha e, quando a esfreguei, para tirar o pó, apareceu um gênio dizendo que poderia realizar dois desejos. Meu primeiro desejo foi que eu tivesse sempre no bolso o dinheiro de que precisasse para pagar o que eu quisesse.
– Que ideia brilhante! – disse a garçonete. – A maioria das pessoas deseja ter um grande valor em mãos ou algo assim, mas o senhor vai ser tão rico quanto quiser, enquanto viver!
– É verdade, tanto faz se eu for pagar um litro de leite ou uma Mercedes, terei sempre o valor necessário no bolso.
E a garçonete, olhando para a avestruz:
– Agora, o senhor pode me explicar esse bicho?
O homem faz uma pausa, suspira e responde:
– O meu segundo desejo foi ter como companhia alguém que tivesse um rabo grande, pernas compridas e que concordasse comigo em tudo.

Um chefão da máfia descobriu que seu contador havia desviado 10 milhões de dólares. O contador era surdo e mudo, por isso fora admitido, pois nada poderia ouvir ou falar.

Quando o chefão foi dar um arrocho no sujeito sobre o dinheiro, levou junto seu advogado, que conhecia a linguagem de sinais dos surdos. O chefão perguntou ao contador:
– Onde estão os 10 milhões de dólares que você levou?
O advogado reproduziu a mensagem para o contador, que logo respondeu:
– Eu não sei do que vocês estão falando.
O advogado traduziu para o chefão, que sacou a pistola e encostou-a na testa do contador, gritando para o advogado:
– Pergunte a ele de novo!
O advogado, mais uma vez, reproduziu a mensagem para o contador, que, vencido, sinalizou em resposta:
– Ok, vocês venceram, o dinheiro está numa valise de couro marrom, enterrada no quintal da casa do meu primo Enzo, na rua 47.
O mafioso perguntou ao advogado:
– O que ele disse?
E o advogado respondeu:
– Ele disse que você não é macho o bastante para puxar o gatilho...

☠

O cara chega do trabalho, senta em sua poltrona favorita, liga a TV e grita para a mulher:
– Rápido, me traz uma cerveja antes que comece!
A mulher não entendeu muito, mas pegou a cerveja e levou para o marido.
Quando ele terminou de beber, disse:
– Rápido, me traga outra cerveja, já está quase começando!
Ela ficou mais confusa ainda, mas levou a cerveja.
O cara terminou a segunda lata e disse:
– Vai, rápido, me traz mais uma, vai começar a qualquer momento!
E a mulher, revoltada:
– Ah, chega! Que droga é essa? Você está aí, todo folgado, chega e nem fala "oi", não levanta essa bunda gorda daí e acha que vou ficar trazendo cerveja pra você feito uma escrava? Você não percebe que eu trabalhei o dia inteiro, lavei, passei, limpei a casa, cozinhei e ainda fiz compras?
Então o marido diz:
– Pronto, já começou...

A gostosona entra no consultório e o médico diz:
– Pode tirar a roupa.
– E onde posso deixá-la?
– Ali, junto com a minha.

☠

A filha entra no escritório do pai, com o marido a tiracolo, e indaga, sem rodeios:
– Papai, por que você não coloca meu marido no lugar do seu sócio que acabou de falecer?
O pai responde:
– Olhe, filha, converse com o pessoal da funerária! Por mim, tudo bem...

☠

Um homem entra numa biblioteca e pergunta à atendente:
– A senhora pode me ajudar a encontrar um livro?
– Me informe o título, por favor.
– *Homens: o sexo forte*.
– Me desculpe, mas o setor de ficção científica é no piso de baixo.

☠

O português chega em casa com a patroa às quatro da madrugada depois da festa de suas bodas de ouro e pede à Maria que conte a ele o segredo do baú no canto do quarto. Ela aceita contar o segredo, principalmente porque o marido havia cumprido a promessa de não questioná-la sobre o baú durante todos aqueles anos. Quando ela sai do banho, encontra o portuga sentado na cama com seis batatas e os 250 mil reais que encontrara no baú:
– O que é isso, Maria? – pergunta ele, confuso.
Maria responde:
– É o seguinte, Manuel: para cada vez em que eu te traí, coloquei uma batata dentro do baú.
– Bem – diz o marido –, seis batatas em cinquenta anos... Eu te perdoo, mas e quanto aos 250 mil reais?
– É que, cada vez que o baú se enchia, eu vendia as batatas...

☠

– Doutor, eu não sei o que é, mas ninguém me leva a sério.
– Ah, o senhor está brincando comigo!

Dois times de boliche, um de morenas e outro de loiras, contrataram um ônibus de excursão de dois andares para um torneio em outra cidade.
O time das morenas no andar de baixo e o das loiras no andar de cima.
As morenas viajaram fazendo a maior zona, até que uma delas notou que o andar de cima estava muito quieto. Quando ela chegou lá, viu que todas as loiras estavam congeladas de medo, segurando fortemente os braços de suas poltronas e olhando para a frente. Então, perguntou:
– O que está acontecendo aqui? Nós estamos tendo uma festança lá embaixo!
Uma das loiras responde:
– É, mas vocês têm motorista!

☠

Durante o jantar, a patricinha anuncia para toda a família:
– Mamãe! Papai! Estou grávida!
– Como? – pergunta o pai, embasbacado.
– Estou grávida! – repete a menina.
– E quem é o pai? – pergunta a mãe, atônita.
– Eu sei lá! Vocês nunca me deixaram namorar firme...

☠

No velório, a viúva recebe o abraço dos amigos:
– Meus pêsames. Ele vinha sofrendo fazia muito tempo?
– Sim. Desde que nos casamos.

☠

Um cara está na fila do caixa do supermercado quando uma loira esculcultural lhe faz sinais com a mão e lança um sorriso daqueles. Por alguns momentos, ele deixa o carrinho de compras na fila, dirige-se à loiraça e lhe diz, suavemente:
– Desculpe, será que não nos conhecemos?
Ela responde, sempre com aquele sorriso:
– Pode ser que eu esteja enganada, mas acho que o senhor é o pai de uma das minhas crianças...
O sujeito põe-se imediatamente a vasculhar a memória e pensa na única vez em que havia sido infiel à esposa, perguntando baixinho para a loiraça:
– Não me diga que você é aquela *stripper* que eu comi sobre uma mesa de bilhar, naquela suruba com os meus amigos, completamente bêbado, enquanto uma de suas amigas me flagelava com uns nabos molhados e me enfiava um pepino no traseiro?
– Bem, não... – responde ela, constrangida. – Eu sou a nova professora do seu filho!

Com menos de um mês de casada, a filha única chega à casa da mãe toda roxa:
– Ai, mamãe! O Zecão me bateu!
– O Zecão? Eu pensei que ele estivesse viajando!
– Eu também, mamãe! Eu também!

☠

A loira entra na delegacia e anuncia:
– Acabo de ser violentada por um débil mental.
– Como tem certeza de que era mesmo um débil mental? – pergunta o delegado.
– Certeza absoluta. Tive que ensinar tudo pra ele.

☠

A velhinha entra no quartel e vai direto para o oficial de plantão:
– Capitão, eu vim visitar o meu neto, Zé Ricardo. Ele serve no seu regimento, não é?
– Serve, sim, mas hoje pediu dispensa para ir ao enterro da senhora.

☠

O chefe de departamento de pessoal da empresa explicando para o jovem solteiro por que não ia contratá-lo:
– Desculpe, mas nossa empresa só trabalha com homens casados.
– Por quê? Por acaso são mais inteligentes e competentes que os solteiros?
– Não, mas estão mais acostumados a obedecer.

☠

O marido estava sentado, quieto, lendo seu jornal, quando sua mulher, furiosa, vem da cozinha e senta-lhe a frigideira na cabeça. Espantado, ele se levanta e pergunta:
– Por que isso agora?
– Isso é pelo papelzinho que eu encontrei na sua calça com o nome Marilu e um número!
Ele responde:
– Querida, lembra do dia em que eu fui à corrida de cavalos? Pois é, Marilu foi a égua em que eu apostei, e o número era quanto estavam pagando pela aposta.
Satisfeita, a mulher saiu pedindo mil desculpas.
Dias depois, lá estava ele, sossegado, quando leva uma nova porrada, dessa vez com a panela de pressão. Ainda mais espantado (e zonzo), ele pergunta:
– O que foi dessa vez?
– Sua égua ligou.

Frederico era um cara com problemas sexuais. Toda vez que transava com alguém, quando ia dormir, ele sonhava com um monstro que chegava no quarto e dizia:
– Eu sou o monstro do xixi! Você já fez xixi hoje?
Ao acordar, ele estava todo mijado e, como consequência, molhava a moça também.
Certo dia, ele foi ao médico para pedir ajuda. O médico recomendou que, sempre antes de transar, ele fosse para a frente do espelho e dissesse:
– Não vou mijar, não vou mijar!
Confiante disso, lá foi Frederico para a sua transa. Ao dormir, novamente o monstro apareceu:
– Eu sou o monstro do xixi! Você já fez xixi hoje?
Quando o rapaz acordou, novamente se viu molhado e a moça também.
Ele retornou ao médico, desesperado, e o doutor indicou sua última chance: que ele fizesse xixi antes de transar. Ele saiu do consultório maravilhado com a grande ideia do médico.
Em sua nova transa, ele foi ao banheiro e fez xixi antes. Ao dormir, ele sonhou novamente com o monstro, que lhe disse:
– Eu sou o monstro do xixi. Você já fez xixi hoje?
E o sujeito respondeu:
– Hahaha! Eu já fiz xixi!
E o monstro respondeu:
– E cocô?

☠

Dois advogados encontram-se no estacionamento de um motel e reparam que um está com a mulher do outro. Após alguns instantes de saia justa, um diz ao outro, em tom solene e respeitoso:
– Caro colega, creio eu que o correto seria que minha mulher viesse comigo, no meu carro, e a sua mulher voltasse com você no seu.
– Concordo plenamente, caro colega, que isso seria o correto – responde o outro –, mas não seria justo, levando em consideração que vocês estão saindo e nós estamos apenas chegando...

☠

O garoto apanhou da vizinha, e a mãe, furiosa, foi tomar satisfação:
– Por que a senhora bateu no meu filho?
– Ele foi mal-educado e me chamou de gorda!
– E a senhora acha que vai emagrecer batendo nele?

Um homem estava em coma havia algum tempo. A esposa ficava à cabeceira dele dia e noite. Até que um dia o sujeito acorda, faz um sinal para a mulher se aproximar e sussurra:
– Durante todos esses anos você esteve ao meu lado. Quando me licenciei, você estava do meu lado. Quando a minha empresa faliu, só você ficou do meu lado. Quando perdemos a casa, você também estava comigo. E, desde que fiquei com todos esses problemas de saúde, você nunca me abandonou. Sabe de uma coisa?
Os olhos da mulher encheram-se de lágrimas:
– Diga, meu amor...
– Acho que você me dá azar!

☠

Dois amigos conversam sobre as maravilhas do Oriente:
– Quando completei 25 anos de casado, levei minha mulher ao Japão.
– Não diga! E o que pensa em fazer quando completarem 50?
– Volto lá para buscá-la...

☠

– Doutor, como eu faço para emagrecer?
– Basta a senhora mover a cabeça da esquerda para a direita e da direita para a esquerda.
– Quantas vezes, doutor?
– Sempre que lhe oferecerem comida.

☠

Dois amigos se encontram depois de muitos anos:
– Casei, separei e já fizemos a partilha dos bens – diz um deles.
– E as crianças? – pergunta o outro.
– O juiz decidiu que ficariam com aquele que mais bens recebeu.
– Então ficaram com a mãe?
– Não, ficaram com nosso advogado.

☠

Um eletricista vai até a UTI de um hospital, olha para os pacientes ligados a diversos tipos de aparelhos e diz:
– Respirem fundo: vou trocar o fusível!

Uma senhora muito distinta estava em um avião vindo de Miami. Vendo que estava sentada ao lado de um simpático padre, perguntou:
– Com licença, padre, posso lhe pedir um favor?
– Claro, minha querida! O que posso fazer por você?
– É o seguinte: eu comprei um secador de cabelos sofisticado e paguei muito caro por ele. Ultrapassei os limites da declaração e estou com receio de que seja confiscado na alfândega. Será que o senhor poderia levá-lo debaixo de sua batina?
– Claro que sim, minha criança, mas você deve saber que eu não posso mentir.
– O senhor tem um rosto tão honesto, padre, que estou certa de que não lhe farão nenhuma pergunta – disse ela, entregando-lhe o secador.
O avião chegou ao seu destino e, quando o padre se apresentou à alfândega, perguntaram:
– Padre, o senhor tem algo a declarar?
– Do alto da minha cabeça até a faixa na minha cintura, não tenho nada a declarar, meu filho – respondeu o pároco.
Achando a resposta estranha, o fiscal perguntou:
– E da faixa da cintura para baixo, o que o senhor tem?
O padre retrucou:
– Eu tenho um instrumentinho maravilhoso, destinado a ser usado por mulheres e que nunca foi usado.
Caindo na risada, o fiscal exclamou:
– Pode passar, padre!

☠

O condenado à morte esperava a hora da execução, quando chegou o padre:
– Meu filho, vim trazer a palavra de Deus para você.
– Perda de tempo, seu padre. Daqui a pouco vou falar com Ele, pessoalmente. Algum recado?

☠

Dois velhinhos conversam num asilo:
– Macedo, eu tenho 83 anos e estou cheio de dores e problemas. Você deve ter mais ou menos a minha idade. Como é que você se sente?
– Como um recém-nascido!
– Como assim?
– Sem cabelo, sem dentes e acho que acabei de mijar nas calças...

Cansado da agitação da vida urbana, Tom larga o emprego, compra um grande pedaço de terra no Alasca e se muda para lá. Ele vê o carteiro uma vez por semana e vai à mercearia uma vez por mês. No mais, paz e tranquilidade. Depois de seis meses, em dezembro, alguém bate à sua porta. Tom abre e vê um homem barbudo, enorme, que diz:
– Meu nome é Rufus, sou seu vizinho, e moro 20 quilômetros adiante. Festa de Natal lá em casa, sexta-feira. Começa às cinco.
Tom se entusiasma:
– Ótimo, depois de seis meses por aqui, acho que estou pronto para conhecer umas pessoas. Muito obrigado, vou sim!
Rufus se vira para ir embora, para e diz:
– Seguinte: vai ter bebida.
– Sem problemas – diz Tom –, eu gosto de beber.
– Olha só, também pode ter briga – diz Rufus.
– Não se preocupe, eu me dou bem com as pessoas. – responde Tom.
Rufus continua:
– E pode ter sexo selvagem...
Tom:
– Maravilha! Estou aqui há seis meses. Mais um motivo para eu ir – e continua:
– Me diga uma coisa: qual é o traje?
Rufus:
– Você é quem sabe. Seremos só nós dois...

☠

O judeu telefona para a mãe:
– Alô, mamãe, tudo bem?
A mãe responde:
– Tudo muito bem. Tudo ótimo!
E o filho:
– Desculpe, deve ser engano.

☠

O judeu convertido vai se confessar:
– Padre, há vinte anos eu abrigo uma refugiado de guerra. Qual o meu pecado?
– Meu filho, nisso não há pecado, você fez uma caridade!
– Mas, padre, eu cobrar aluguel dele.
– Tem razão, meu filho, isso é pecado! Reze três ave-marias e um pai-nosso...
– Só mais um pergunta, padre: devo falar pra ela que o guerra acabou?

Dois mendigos estão sentados lado a lado numa rua de Roma. Um tem no colo uma cruz; o outro, uma estrela de davi. Muita gente passa, olha para os dois, mas só dá esmola ao primeiro. Um padre observa que as pessoas não dão nada ao mendigo com a estrela de davi. Penalizado, diz a ele:
– Meu filho, será que você não entende? Este país é católico, esta cidade é o berço do catolicismo. Ninguém vai dar esmola a você com essa estrela de davi, ainda mais sentado ao lado de outro pedinte com uma cruz. Muita gente deve dar esmola ao outro só para provocar você.
O mendigo com a estrela de davi ouve atentamente o padre, vira-se para o outro mendigo e diz:
– Moishe, olha só quem quer ensinar marketing aos irmãos Goldstein!

☠

Duas velhinhas já bem idosas estão jogando sua canastra semanal. Uma delas olha para a outra e diz:
– Por favor, não me leve a mal... Nós somos amigas há tanto tempo e agora eu não consigo me lembrar do seu nome, veja só a minha cabeça. Como você se chama, querida?
A outra olha fixamente para a amiga, por uns dois minutos, coça a testa e diz:
– Você precisa dessa informação pra quando?

☠

No consultório, o paciente recebe a notícia de que tem apenas mais três minutos de vida e diz, desesperado:
– Doutor, o que é que o senhor pode fazer por mim?
E o médico:
– Um miojo!

☠

Carzeduardo comenta com sua esposa, a Bastiana:
– Muié, ricibi uma intimação da Receita Federar. Caí na maia fina! Ocê acha que devo cumparecê à odiência com o fiscar de bota e carça de sirviço, pra parecê mais simpre, o di rôpa de saí, pra passá uma imagi de seriedade?
– Home, vô dizê a mema coisa que minha mãe mi falô quando preguntei prela si divia di usá carcinha di renda ô di seda, na noite di núpcia.
– E quié qui foi qui sua mãe falô?
– Ela falô: "Tanto faiz! Ele vai fudê ocê de quarqué jeito!"

Um adolescente tira carteira de motorista e vai acertar com o pai, um rabino, como poderia usar o carro da família. O rabino estipula as condições:
– Antes de qualquer trato, você tem que trazer boas notas, estudar a Torá e cortar o cabelo.
Um mês depois, o jovem volta a conversar com o pai, que lhe diz:
– Estou orgulhoso de suas notas e de seus novos conhecimentos da Torá, mas falta cortar o cabelo.
O rapaz argumentou:
– Pai, Sansão tinha cabelos compridos. Abraão tinha cabelos compridos. Até Moisés tinha cabelos compridos!
E o rabino:
– Certíssimo! E todos eles andavam a pé...

☠

Dois idosos que trabalhavam preparando cadáveres para o enterro recebem um corpo com um pênis enorme. Um deles arregala os olhos e diz:
– Caramba, você já viu um desses?
O outro:
– Eu tenho um igual!
– Grande assim?
– Não, morto assim...

☠

O caipira chega pro Carlos Eduardo e fala:
– Carzeduardo, sua muié tá te traino co Arcide.
– Magina! Ela num trai eu, não. Cê tá inganado, sô!
– Carzeduardo! Toda veiz que ocê sai pra trabaiá, o Arcide vai pra sua casa e prega ferro nela.
– Duvido! Ele num teria corage.
– Mais teve! Pode cunfiri.
Indignado com o que o amigo diz, o Carlos Eduardo finge que sai de casa, se esconde dentro do guarda-roupa e fica olhando pela fresta da porta. Logo, vê sua mulher levando o Alcides para o quarto pra começar a sacanagem. Mais tarde, ele se encontra com o amigo, que lhe pergunta o que houve. O Carlos Eduardo relata, cabisbaixo:
– Foi terrive di vê... Ele jogou ela na cama, tirou a brusa... E os peito caiu... Tirou a carcinha... E a barriga e a bunda dispencaro... Tirou as meia... E apareceu aquelas varizaiada toda, as perna tudo cabiluda. E eu, dendo guarda-roupa, cas mão no rosto, pensava: "Ai, qui vergonha que eu tô do Arcide!".

Um velho pai de família judeu chama seu filho na antevéspera do ano-novo de sua religião, dizendo:
– Jacozinho, eu odeio ter que estragar seu dia, mas preciso lhe dizer que sua mãe e eu vamos nos divorciar, depois de 45 anos de convivência.
– Papai, o que você está dizendo! – exclama o filho.
– Não conseguimos mais nem nos olhar – respondeu o pai. – Vamos nos separar e acabou. Ligue para a sua irmã Raquel e conte a ela.
Desvairado, o rapaz imediatamente liga para a irmã, que explode ao telefone:
– De jeito nenhum nossos pais vão se divorciar!
Ela, então, liga para a casa do pai, aos berros:
– Chame papai ao telefone!
Quando o velho atendeu, ela disse, gritando:
– Não façam nada até nós chegarmos aí amanhã! Vou falar com o Moisés, que está em viagem, e amanhã mesmo estaremos aí, ouviu?
E bateu o telefone, sem sequer deixar o pai responder.
O velho colocou o fone no gancho, virou-se para a esposa e disse:
– Pronto, Sara, eles virão todos para o ano-novo! E desta vez nem precisaremos pagar suas passagens!

☠

Depois de 25 anos de casamento, a mulher resolveu tentar resgatar o interesse do marido e vestiu a mesma camisola que usara na noite de núpcias.
– Amooor! – sussurrou ela, com voz lânguida. – Lembra dessa camisola?
O marido tirou o olho do jornal e disse:
– Sim. É a camisola que você usou na nossa lua de mel! Por quê?
– E você se lembra do que me disse naquela noite, quando me viu com essa camisola?
– Sim, me lembro! – respondeu o marido. – Eu disse: "Você está maravilhosa nessa camisola, Clarice! Quero transar com você até te deixar acabada!".
– E agora, depois de tantos anos, o que você tem a dizer?
O marido olhou a esposa de cima a baixo e disse:
– Missão cumprida!

☠

Nos Estados Unidos, fabricaram uma máquina que pega ladrões. Testaram em Nova York e, em cinco minutos, ela apanhou 1.500 ladrões. Levaram para a China e, em três minutos, ela apanhou 3.500. Na África do Sul, em dois minutos apanhou 6.000 ladrões. Trouxeram para Brasília e, em um minuto, roubaram a máquina...

Devido ao falecimento do avô, aos 95 anos, o jovem Camilo foi fazer uma visita de pêsames à sua avó de 90 anos.
Quando chega, Camilo encontra a velhinha chorando e tenta confortá-la. Um pouco depois, quando vê a avó mais calma, o neto pergunta:
– Vovó, como o vovô morreu?
– Morreu quando fazíamos amor – confessa a avó.
Camilo, espantado, responde-lhe que as pessoas de 90 anos ou mais não deveriam fazer amor porque é muito perigoso. Ao que a avó responde:
– Mas nós só fazíamos aos domingos, já havia cinco anos, e com muita calma, ao compasso das badaladas do sino da igreja. Era "ding" para meter e "dong" para tirar... Se não fosse o filho da puta do homem dos sorvetes com o seu sininho... o seu avô ainda estaria vivo!

☠

O turco pegou dinheiro emprestado do judeu. Acontece que o turco se gabava de nunca ter pagado uma dívida. Por outro lado, o judeu nunca havia perdido nenhum centavo em transação alguma. Passa o tempo e o turco enrolando e só se esquivando do judeu, e este no encalço do turco. Até que um dia eles se cruzaram no bar de um português e começaram uma discussão. O turco, encurralado, não encontrou saída, pegou um revólver, encostou-o na própria cabeça e disse:
– Eu posso ir para o inferno, mas não pago essa dívida.
E puxou o gatilho, caindo morto no chão.
O judeu não quis deixar por menos; pegou o revólver do chão, encostou-o em sua própria cabeça e disse:
– Eu vou receber essa dívida, nem que seja no inferno!
E puxou o gatilho, caindo morto no chão.
O português, que observava tudo, pegou o revólver do chão, encostou-o em sua cabeça e disse:
– Pois eu não perco essa briga por nada!

☠

Uma loira chega com seu carro novinho numa loja de acessórios e diz ao vendedor:
– Quero instalar um para-raios no meu carro.
E o vendedor explicou:
– Olha, eu nunca ouvi falar nisso. Por que é que você quer instalar um para-raios no seu carro?
E a loira:
– Helooouuu! Nunca ouviu falar de sequestro-relâmpago não, seu desinformado?

Dois amigos num bar, depois de alguns copos:
– Se, por exemplo, eu comesse sua mulher, ficaríamos na mesma, amigos?
– Não!
– Bem, mas ficaríamos companheiros, né?
– Não!
– Ficaríamos inimigos?
– Não!
– Ah, então você deixaria de falar comigo?
– Não!
– Então, como ficaríamos?
– Quites!

☠

Uma mulher foi presa por roubar um supermercado. Quando estava no tribunal, o juiz perguntou:
– O que é que a senhora roubou?
Ela respondeu:
– Uma lata pequena de pêssegos.
O juiz perguntou-lhe o motivo do roubo, e ela disse:
– Porque estava com fome.
O juiz, então, perguntou à senhora quantos pêssegos tinha a lata:
– Tinha seis pêssegos – respondeu ela.
O juiz, então, sentenciou:
– Vou mandar prendê-la por seis dias, um dia por pêssego roubado.
Mas, antes que ele pudesse terminar a sentença, o marido dela perguntou se poderia ter uma palavra com o juiz sobre o acontecido. O juiz assentiu e perguntou o que ele queria. Então, o marido disse:
– Ela também roubou uma lata de ervilhas e uma de milho...

☠

Uma loira foi fazer exame de fezes e colocou a latinha com o conteúdo em cima do balcão. A recepcionista disse:
– Pode colocar o nome, por favor?
A loira não hesitou e escreveu: "Bosta".

☠

Perguntaram a um padre o que ele achava de os padres se casarem. Ele respondeu:
– Se eles se amam, tudo bem!

Um padre conta a um rabino, seu amigo:
– Descobri um truque para comer de graça.
– Ótimo! Como é?
– Vou a um restaurante bastante tarde, peço uma entrada, o prato principal, queijos, sobremesa e fico um tempão tomando um café, um conhaque e um bom cigarro, esperando que fechem. Como não saio do lugar enquanto erguem as mesas e colocam as cadeiras em cima para varrer, vem o garçom e me pergunta se posso pagar porque já está na hora de irem embora. Então eu respondo: "Mas eu já paguei ao seu colega que foi embora antes". É assim, simples.
O rabino, então, pergunta se podem ir jantar juntos no dia seguinte.
– Mas é claro – diz o padre.
Na noite seguinte, os dois amigos vão a um restaurante: entrada, prato principal, queijos, sobremesa etc. Quando chega a hora de fechar, o garçom se aproxima e pergunta se pode trazer a conta. O padre diz:
– Sinto muito, mas já pagamos a um colega seu que já foi embora.
O rabino completa:
– E estamos só esperando o troco...

☠

Uma galinha põe um ovo de meio quilo. Jornais, televisão, repórteres... Todos atrás da galinha.
– Como conseguiu essa façanha, senhora galinha?
– Segredo de família...
– E os planos para o futuro?
– Pôr um ovo de um quilo!
As atenções se voltam para o galo.
– Como conseguiram tal façanha, senhor galo?
– Segredo de família...
– E os planos para o futuro?
– Encher o avestruz de porrada!

☠

Um cara chega em casa e encontra a esposa na sua cama com um amigo. Ele pega o revólver e mata o sujeito. A esposa, irritada, comenta:
– Olha cá, Joaquim, se continuares a comportar-te assim, vais acabar sem nenhum amigo...

Um judeu, de sangue raríssimo, doou meio litro de sangue a um milionário muito doente. Para retribuir o gesto, o milionário deu ao judeu uma BMW zero quilômetro. Dias depois, o milionário precisava de mais sangue. Avisou o judeu, que imediatamente foi ao hospital. Seria preciso mais um litro. O judeu disse:
– Se quiser, tire logo três.
Assim foi feito. No dia seguinte, o judeu recebe uma caixa do milionário contendo três esfihas e ficou indignado. Foi cobrar do milionário uma explicação.
– Ora, da primeira vez, doei meio litro e ganhei uma BMW. Na segunda vez, doei três litros e só ganhei três esfihas. Por quê?
O milionário explicou:
– Você esqueceu que agora tenho sangue judeu?

☠

Manuel e Joaquim viajavam e anoiteceu. Chegaram num hotel e pediram dois quartos:
– Tem só um e a cama é de casal! – disse o recepcionista.
Amigos de longa data, ambos disseram que não teria problema. No meio da noite, Manuel percebe movimentos repetitivos sob o lençol. Incomodado, pergunta a Joaquim:
– O que estás a fazeire?
– Estou a bater punheta!
– Mas este pinto é meu!
– Raios! Então é por isso que eu não gozo!

☠

Uma mulher leva um bebê ao consultório do pediatra. Depois de alguns momentos de espera na sala, a enfermeira pede a ela que entre no consultório. Depois da apresentação, o médico começa a examinar o bebê, constata que seu peso está abaixo do normal e pergunta:
– O bebê toma leite materno ou de vaca?
– Leite materno – diz a senhora.
– Então, por favor, mostre-me seus seios.
A mulher obedece e o médico toca, apalpa, aperta ambos os seios, gira os dedos nos mamilos; primeiro suavemente, depois com mais força, coloca as mãos embaixo e os levanta uma vez, duas vezes, três vezes, num exame detalhado. Faz um beicinho, sacode a cabeça para ambos os lados e diz:
– Pode vestir a blusa.
Assim que a senhora se recompôs, o médico disse:
– É claro que o bebê tem peso a menos. A senhora não tem leite nenhum.
– Eu sei, doutor! Eu sou a tia, mas adorei ter vindo...

Um sujeito vai ao médico fazer exames de rotina. O médico, depois de ver a história clínica do paciente, pergunta:
– Fuma?
– Pouco.
– Você tem que parar de fumar.
– Bebe?
– Pouco.
– Você tem que parar de beber.
– Sexo?
– Pouco.
– Você tem que fazer muito sexo, pois isso vai ajudar bastante.
O cara vai para casa, conta para a mulher o que o médico havia dito e, imediatamente, vai tomar um banho. A mulher, esperançosa, se enfeita, se perfuma, põe seu melhor *baby-doll* e fica esperando. Ele sai do banho, começa a se vestir e a se perfumar, e a mulher, surpresa, pergunta:
– Aonde é que você vai?
– Você não ouviu o que o médico me disse?
– Sim, mas aqui estou eu, prontinha para você.
O homem responde:
– Ah, Alzira, lá vem você de novo com essa mania de remédio caseiro!

☠

Dona Maria chega à casa da nora e encontra o filho saindo com as malas, furioso. Ela pergunta:
– O que aconteceu, ó Joaquim? O que aconteceu?
– Pois aconteceu o seguinte, minha mãe! Fui viajar e mandei um telegrama para a Elza avisando que voltaria hoje. Chego em casa e o que eu encontro? Ela com um sujeito! Os dois nus na cama! Nem mandando um telegrama ela me respeita mais! É o fim, estou a ir embora para sempre!
– Calma! – pede dona Maria. – Deve haver algo errado nessa história, a Elza jamais faria uma bobagem dessas! Espere um pouco que vou verificar o que se passou. Momentos depois, dona Maria volta, sorridente:
– Não disse que havia um equívoco, meu filho? A Elza não recebeu o seu telegrama...

☠

Por que os correios estão recolhendo a nova série de selos em homenagem aos advogados?
Eles traziam efígies de advogados, e as pessoas ficavam em dúvida sobre em qual lado do selo deveriam cuspir.

Transcorria um jantar de despedida do padre, após 25 anos de trabalho ininterrupto à frente de uma paróquia. Um político da região e membro da comunidade foi convidado para entregar o presente e proferir um pequeno discurso, mas se atrasou. O padre, então, decidiu iniciar a solenidade e proferir algumas palavras:
– A primeira impressão que tive sobre a paróquia foi com a primeira confissão que ouvi. Pensei que o bispo tinha me enviado a um lugar terrível, pois a primeira pessoa que se confessou me disse que tinha roubado um aparelho de TV, o dinheiro dos seus pais e a firma na qual trabalhava, além de ter aventuras amorosas com a esposa do chefe. Também em outras ocasiões se dedicava ao tráfico e à venda de drogas e, para concluir, confessou que tinha transmitido uma doença à própria irmã. Fiquei assustadíssimo. Mas, com o passar do tempo, entretanto, fui conhecendo mais gente que em nada se parecia com aquele homem. Inclusive, vivi a realidade de uma paróquia cheia de gente responsável, com valores, comprometida com sua fé e, dessa maneira, tenho vivido os 25 anos mais maravilhosos do meu sacerdócio. Justo nesse momento chega o político. O padre, então, interrompeu seu discurso e foi dada a palavra ao político, para entregar o presente da comunidade, prestando homenagem ao padre. Pediu desculpas pelo atraso e começou o discurso, dizendo:
– Nunca vou me esquecer do dia em que o padre chegou à nossa paróquia... Como poderia? Tive a honra de ser o primeiro a se confessar com ele...

☠

Um fuzileiro naval, todo arrumado, em uniforme de gala, chega a uma farmácia e pede à atendente uma camisinha preta. Ela, admirada, diz:
– Camisinha preta? Nós não temos! Aliás, o senhor me desculpe a curiosidade, mas para que o senhor quer uma camisinha preta?
– É que minha sogra morreu, e eu quero transar com minha mulher, mas quero demonstrar pelo menos algum sinal de luto.
– Poxa vida! – exclama a moça. – Eu nunca havia pensado nisso. Mas o senhor faz o seguinte: use uma comum a meio pau que é a mesma coisa!

☠

O cara tinha uma dor de barriga terrível. Não havia remédio ou reza brava que acabasse com ela. Então, ele foi ao médico, que o examinou e não encontrou nada.
– Vamos ter que operar para ver o que você tem – disse o médico.
Abriram a barriga do sujeito e acharam uma peruca no estômago. E o médico, intrigado, perguntou:
– Como essa peruca foi parar aí?
O cara deu um sorriso sem graça e respondeu:
– Ah, o senhor sabe, um pentelho hoje, um amanhã...

A mulher chega a uma dessas festas para gente com muito dinheiro, no último andar de um grande hotel de luxo. Dá uma volta pelo salão e avista um homem muito bonito, isolado dos demais, tomando, solitário, sua bebida. Pensou que poderia ser um milionário chateado. Quem sabe poderia dar-lhe o que ele precisava. Ela, então, se aproxima e diz:
– O que você está tomando, bonitão?
– Cerveja mágica – responde o homem.
– Deixa de brincadeira... O que você está tomando?
– É verdade, estou tomando cerveja mágica, olhe – o homem toma um gole e sai voando pelo salão.
– Como você fez isso? Que truque é esse?
– Não há truque, é a cerveja, olhe – e ele toma outro gole e sai voando por uma das janelas e entra por outra.
A mulher, totalmente fascinada com aquilo, pergunta se a cerveja mágica teria o mesmo efeito com ela.
– Claro – responde vivamente o cavalheiro.
– Garçom, por favor, sirva um copo de cerveja mágica para a senhorita.
A mulher toma um gole, sai correndo, se atira pela janela e se espatifa na calçada, oito andares abaixo. O garçom se aproxima e, impassível como todo bom garçom, murmura ao ouvido do cavalheiro:
– Você quando bebe é um grande filho da puta, Super-Homem...

☠

Ao ver o marido vestindo o paletó, a esposa pergunta:
– Aonde você vai?
– Vou ao médico – responde ele.
E ela:
– Por quê?! Você está doente?
– Não. Vou ver se ele me receita esse tal de Viagra.
A esposa se levanta da cadeira de balanço e começa a vestir o casaco.
Ele pergunta:
– E você? Aonde vai?
– Ao médico também – responde ela.
– Por quê?
– Quero pedir para tomar uma antitetânica.
– Ué, por quê?
– Vai que essa coisa velha e enferrujada volta a funcionar...

Um jovem médico, viajando de carro, percebeu que estava ficando sem combustível. Entrou num vilarejo e dirigiu-se a um posto de gasolina para abastecer o carro. Não viu uma viva alma no posto e, apesar de buzinar várias vezes, ninguém vinha atendê-lo. Finalmente apareceu um rapazinho, que lhe disse:
– Não adianta buzinar, porque o posto está fechado; a filha do dono morreu ontem e todos estão no velório.
O jovem médico pensa por alguns segundos e chega à seguinte conclusão:
– Se não posso prosseguir e não sei a que horas irão retornar, vou até o velório também, já que não posso fazer mais nada.
Lá chegando, aproxima-se do caixão por mera curiosidade e, de repente, observa algo extremamente raro. Chama o pai da falecida e diz:
– Olhe, sou médico, e lhe digo que sua filha não está morta, está em estado catatônico; parece morta, mas está viva!
O pai, nervosíssimo, pergunta:
– O senhor pode fazer alguma coisa?
O jovem médico explica que há uma possibilidade, embora remota, de trazê-la à vida. Para isso, teriam que submetê-la a uma sensação muito forte. Ele pergunta então ao pai:
– A sua filha tinha namorado?
Embora estranhasse a pergunta, o pai respondeu que sim e que o rapaz se encontrava presente.
– Bem – disse o jovem médico – , então, tirem o corpo do caixão, levem-no para uma cama junto com o namorado e deixem que eles façam sexo.
Ainda que com algumas reservas, o pai dá ordens para que seja feito tudo o que o doutor disse, mas pede que ele fique, a fim de comprovar o resultado. Passadas quatro horas, abre-se a porta do quarto e, como por um milagre, a moça aparece vivinha da silva! Foi uma grande alegria para todos, que logo programam uma festa e convidam o jovem doutor. Este se desculpa, alegando que precisa visitar um familiar que se encontra doente, mas promete passar pela vila na viagem de regresso.
Tanque cheio, o médico prossegue sua viagem. Passados quinze dias, ele regressa e decide cumprir o que prometera: passar pelo vilarejo para ver como estava a jovem ex-defunta. Ao chegar ao posto, avista o mesmo rapaz, que dessa vez está ali tomando conta do negócio. Assim que reconhece o doutor, o rapaz corre desesperado ao seu encontro e lhe diz:
– Graças a Deus o senhor voltou! Não sabíamos como encontrá-lo e estávamos à sua espera! O Sr. Engrácio, pai da menina que o senhor salvou, morreu há dez dias! Metade do vilarejo já comeu ele, mas nada do homem ressuscitar!

Um cara, andando pelas ruas de Las Vegas, vê uma puta maravilhosa. Ele inicia uma conversa amigável e acaba fazendo a fatídica pergunta:
– Quanto você cobra?
Ela responde:
– Começa em 500 dólares por uma punheta.
– Tudo isso por uma punheta? Não pode ser... Nenhuma punheta vale tanto dinheiro!
A puta responde:
– Você está vendo aquele restaurante na esquina?
– Sim.
– Você está vendo aquele outro restaurante uma quadra abaixo?
– Sim.
– E aquele outro um pouco mais adiante?
– Sim.
– Bem, eles são meus porque eu bato uma punheta que vale 500 dólares.
O cara pensa: "Bem, a gente só vive uma vez... Vou nessa!". Então, eles entram em um motel. Dali a pouco, ele senta na cama e vê que acabou de ter a melhor punheta do mundo e que valeu a pena ter pagado os 500 dólares. Ele está tão impressionado que diz:
– Um boquete deve ser uns mil dólares, né?
– Não, pelo boquete eu cobro 2 mil!
– Não é possível! Um boquete não pode custar 2 mil dólares.
E a puta responde:
– Venha até a janela, bonitão... Você está vendo aquele cassino do outro lado da rua? É meu. E ele é meu porque eu faço um boquete que vale 2 mil dólares. O cara pensa na punheta e no gozo fantástico e decide adiar a troca do carro para o ano seguinte.
– Vamos nessa!
Dez minutos depois, ele está sentado na cama, mais maravilhado ainda. Ele mal consegue acreditar, mas valeu cada centavo de seu dinheiro. Ele decide meter a mão na poupança por uma experiência inesquecível e, então, pergunta:
– E quanto é a xoxotinha? 5 mil dólares?
A puta responde:
– Venha até a janela. Você está vendo toda a cidade de Las Vegas? Com todas as suas luzes brilhantes, cassinos, hotéis maravilhosos, casas de show e restaurantes?
– Maldição! Você é dona de tudo?
– Não... Mas seria se eu tivesse uma xoxotinha!

Chapeuzinho Vermelho caminhava no meio da floresta, quando aparece o lobo e diz:
– Vou comer uma coisa sua que nunca ninguém antes comeu.
A Chapeuzinho responde:
– Só se for o cesto!

☠

O Quim, o Zé e o Joca trabalhavam numa obra. De repente, o Quim caiu do 15º andar e morreu.
O Zé disse:
– Um de nós tem que avisar a mulher dele.
Ao que o Joca respondeu:
– Eu sou bom nessas coisas, então, pode deixar que eu vou.
Passada uma hora, o Joca estava de volta, com um engradado de cerveja.
O Zé perguntou:
– Onde arranjou isso?
– Foi a viúva do Quim quem me deu.
– Como é? Você diz que o marido dela morreu e ela te dá uma caixa de cerveja?
– Não foi bem assim. Quando ela abriu a porta, eu disse: "Você deve ser a viúva do Quim". Ela respondeu: "Não, eu não sou viúva!". E eu disse: "Quer apostar um engradado de cerveja comigo?".

☠

A mulher chega em casa e vê o marido preparando uma mala de viagem:
– O que está fazendo?
– Preparando uma mala.
– E para...?
– Vou para a Austrália.
– Para quê?
– Porque dizem que lá pagam 100 dólares por relação sexual.
A mulher se pôs a preparar uma mala também. O marido pergunta:
– E você? Tá fazendo o quê?
– Preparando uma mala.
– Para...?
– Para ir para a Austrália.
– E...?
– Para te ajudar, porque não acredito que você vá conseguir viver só com 100 dólares por mês.

Durante um julgamento, o promotor chama sua primeira testemunha, uma velhinha de idade bem avançada. A fim de começar a construir uma linha de argumentação, ele pergunta:
– Dona Genoveva, a senhora me conhece, sabe quem sou eu e o que faço?
– Claro que eu o conheço, Marcos! Eu o conheci bebê. Só chorava e, francamente, você me decepcionou. Você mente, você trai sua mulher, você manipula as pessoas, você espalha boatos e adora fofocas. Você acha que é influente e respeitado na cidade, quando na realidade é apenas um coitado. Nem sabe que sua filha está grávida e, pelo que sei, nem ela sabe quem é o pai. Ah, se eu o conheço! Claro que conheço!
O promotor fica petrificado, incapaz de acreditar no que ouvia. Ele fica mudo, olhando para o juiz e para os jurados. Sem saber o que fazer, ele aponta para o advogado de defesa e pergunta à velhinha:
– E o advogado de defesa, a senhora o conhece?
A velhinha responde imediatamente:
– O Robertinho? É claro que eu o conheço! Desde criancinha. Eu cuidava dele para a Marina, a mãe dele, pois sempre que o pai dele saía, a mãe ia pra algum outro "compromisso". E ele também me decepcionou. É preguiçoso, puritano, alcoólatra e sempre quer dar lição de moral aos outros sem ter nenhuma para ele. Ele não tem nenhum amigo e ainda conseguiu perder quase todos os processos em que atuou. Além de ser traído pela mulher com o mecânico....
Nesse momento, o juiz pede que a senhora fique em silêncio, chama o promotor e o advogado para perto dele, se debruça na bancada e fala baixinho para os dois:
– Se algum de vocês perguntar a essa velha filha da puta se ela me conhece, vai sair dessa sala preso. Fui claro?

☠

Duas amigas casadas, totalmente bêbadas, sentiram uma vontade irresistível de fazer xixi. Apavoradas e bêbadas, sem alternativa, pararam o carro e decidiram dar uma mijada no cemitério. A primeira foi, aliviou-se e, então, lembrou-se de que não tinha nada para se secar. Pegou a calcinha, secou-se e jogou-a fora. A segunda, que também não tinha nada para se secar, pensou: "Eu não vou jogar fora esta calcinha caríssima e linda". Então, pegou a fita de uma coroa de flores que estava em cima de um túmulo e colocou por dentro da calcinha para não se molhar. No dia seguinte, um dos maridos ligou para o outro e disse:
– A minha mulher chegou ontem bêbada e sem calcinha... Terminei o casamento.
O outro:
– Você tem sorte! A minha chegou em casa com uma faixa presa na bunda com a inscrição: "Jamais te esqueceremos – Vagner, Raul, Renato e toda a turma da faculdade".

O cara conhece a mulher e, uma hora depois, já estão na cama. Ele estava deitado, fumando, logo após terem feito sexo. A mulher não parava de acariciar os testículos do homem, e mais, aparentava gostar muito disso. O cara, curioso, pergunta:
– Por que você acaricia tanto o meu saco?
– Saudades do meu...

☠

Dois padres mineiros resolveram tirar férias e viajaram para o Rio, a fim de curtir uma praia.
No entanto, decidiram que aquelas deveriam ser mesmo férias e, portanto, nada deveria identificá-los como membros do clero. Logo que chegaram, foram a uma loja de surfistas e compraram a última moda em calções, sandálias, camisetas, óculos de sol etc.
Na manhã seguinte, foram até uma praia de surfistas, vestidos como verdadeiros turistas. Estavam sentados nas suas cadeiras de praia tomando caipirinha. Enquanto gozavam do calor do sol, uma loira de *topless*, de fazer qualquer um perder a cabeça, caminhou em sua direção. Os dois padres não conseguiram evitar segui-la com o olhar. Quando a jovem passou por eles, sorriu e cumprimentou cada um.
– Bom dia, senhor padre... Bom dia, senhor padre – disse ela, com um ligeiro aceno de cabeça, e continuou seu caminho.
Os dois ficaram se olhando: como era possível que ela os reconhecesse como padres? No dia seguinte, foram de novo à loja de surfistas e compraram roupas ainda mais berrantes.
Novamente os dois padres se dirigiram à praia para gozar do sol, tomar uma caipirinha... Eis que a mesma loira de fazer perder a cabeça, dessa vez numa tanguinha ultrarreveladora, se aproximou deles e os cumprimentou:
– Bom dia, senhor padre... Bom dia, senhor padre...
O padre mais velho não se conteve e chamou-a:
– Um momento, menina...
– Sim – respondeu ela, com um sorriso nos lábios sensuais.
– Nós, de fato, somos padres e temos orgulho disso, mas como conseguiu descobrir?
– Senhor padre, sou eu! A irmã Amelinha, do convento de Uberaba!

☠

O marido pergunta à esposa:
– O que você faria se eu ganhasse na loteria?
Ela diz:
– Eu pegaria a minha metade e deixaria você, seu besta!
– Excelente! – responde ele. – Ganhei 12 reais, pega aqui seus 6 e some!

Com o casamento em crise, a moça telefona desesperada para a mãe:
– Mamãe, mamãe! Eu e o Paulo tivemos uma briga horrível hoje pela manhã!
– Calma, minha filha – pondera a mãe. – Não há nada de errado nisso. Todo casamento tem as suas brigas!
– Eu sei, mamãe, mas e agora? O que é que eu faço com o corpo?

☠

Uma revendedora de produtos de beleza foi entregar seus produtos a uma cliente num apartamento. No elevador, entre um andar e outro, sentiu uma necessidade irreprimível de soltar um peido. E, como estava sozinha, ela não teve dúvidas e peidou ali mesmo. Mal terminou, o elevador diminuiu a velocidade e parou num andar. Rapidamente, ela pegou na bolsa um *spray* com aroma de pinho e borrifou todo o ambiente. A porta se abriu e entrou um sujeito que logo fez uma cara feia e perguntou:
– Que diabo de cheiro é esse?
A mulher, com cara de inocência, diz:
– Não sei, senhor, não sinto cheiro algum. Que cheiro o senhor está sentindo?
E ele:
– Não sei bem, mas é como se alguém tivesse cagado numa floresta...

☠

Um casal de carro na estrada. A mulher de repente vira-se e diz:
– Eu quero o divórcio. Estou tendo um caso com seu melhor amigo, ele é muito melhor na cama e resolvi ficar definitivamente com ele.
O cara não diz nada, mas começa a acelerar o carro até os 80 km/h. A mulher continua:
– E eu quero ficar com a casa, com a guarda das crianças e os cartões de crédito.
O cara continua calado e acelera até 90 km/h. Ela continua:
– E quero também o barco, a casa de campo e as joias.
Ele chega a 100 km/h, ainda sem dizer nada. Ela vai em frente e diz:
– O título do clube, o dinheiro dos investimentos e o carro também.
A velocidade chega a 110 km/h... 150 km/h. Como ele ainda não diz nada, ela pergunta:
– E você? Não vai dizer nada?
Ele finalmente responde, enquanto o carro vai chegando perto dos 160 km/h:
– Não, não quero nada. Tenho tudo de que eu preciso. E o que eu tenho, você não tem e nunca terá.
Ela dá uma risadinha, olha pra ele e pergunta:
– É mesmo? E o que é que você tem?
Ele dá um sorriso, aponta o carro para uma árvore e responde:
– Air bag.

Uma garotinha pergunta à sua mãe:
– Como é que se criou a raça humana?
A mãe respondeu:
– Deus criou Adão e Eva, eles tiveram filhos, e os filhos tiveram filhos, e assim se formou a raça humana.
Dois dias depois, a garotinha faz ao pai a mesma pergunta. E o pai responde:
– Há muitos anos, existiam macacos que foram evoluindo até chegarem aos seres humanos que você vê hoje.
A garotinha, toda confusa, foi ter com a mãe e disse:
– Mãe, como é possível que a senhora me diga que a raça humana foi criada por Deus e que o papai diga que a raça humana evoluiu a partir do macaco?
E a mãe respondeu:
– Olha, minha querida, é muito simples: eu te falei da minha família e o papai falou da dele...

☠

Três filhos saíram de casa, conseguiram bons empregos e prosperaram. Anos depois, eles se encontraram e estavam discutindo sobre os presentes que conseguiram comprar para a mãe, que já era bem idosa. O primeiro disse:
– Eu consegui comprar uma casa enorme para nossa mãe!
O segundo disse:
– Eu mandei para ela um Mercedes zerinho e contratei um motorista!
O terceiro sorriu e disse:
– Certamente meu presente foi melhor. Vocês sabem como a mamãe gosta da Bíblia, mas ela está praticamente cega e não consegue mais ler. Então, mandei pra ela um papagaio raro que consegue recitar a Bíblia todinha. Foram doze anos de treinamento num mosteiro, por vinte monges diferentes. Eu tive de doar 100 mil para o mosteiro, mas valeu a pena. Nossa mãe precisa apenas dizer o capítulo e o versículo e o papagaio recita, sem um único erro!
Tempos depois, os filhos receberam da mãe uma carta de agradecimento pelos presentes:
Primeiro: "Milton, a casa que você comprou é muito grande. Eu utilizo apenas um quarto, mas tenho de limpar a casa todinha".
Segundo: "Maycon, eu estou muito velha pra sair de casa e viajar. Eu fico em casa o tempo todo e nunca uso a Mercedes que você me deu. E o motorista é muito mal-educado".
Terceiro: "Querido Marvin, você foi o único filho que teve bom senso pra saber que a sua mãe gosta mesmo é de coisas simples. Aquele franguinho estava delicioso, muito obrigada!".

Um homem e uma mulher estavam dormindo, até que a mulher acorda, assustada:
– Aaah! Sai daqui! Meu marido está vindo!
De repente, o homem sai correndo, nu, pula da janela e cai do trigésimo andar, sobre um jardim de cactos.
O sujeito volta para o apartamento e diz:
– Por que fez isso? Eu sou seu marido!
E a mulher diz:
– E por que você pulou?

☠

Dois sujeitos disputavam, acalorados, a posse de uma vaca. Um a puxava pelo rabo, o outro a arrastava pelos chifres. Enquanto isso, alheio ao impasse, o advogado, equilibrando-se num banquinho, tirava o leite que podia do quadrúpede.

☠

O delegado mandou pedir um cafezinho para o preso e perguntou se a cadeira estava confortável, se ele não queria uma almofada. Depois perguntou:
– Doutor, não me leve a mal, mas com tudo isso, o senhor não está milionário?
– Trilionário. Sem contar o que eu sonego do imposto de renda e o que tenho depositado ilegalmente no exterior.
– E, com tudo isso, o senhor continua roubando galinhas?
– Às vezes. Sabe como é...
– Não sei, não, excelência. Explique-me.
– É que, em todas essas minhas atividades, eu sinto falta de uma coisa. Do risco, entende? Daquela sensação de perigo, de estar fazendo uma coisa proibida, da iminência do castigo. Só roubando galinhas eu me sinto realmente um ladrão, e isso é excitante. Como agora. Fui pego, finalmente. Vou para a cadeia. É uma experiência nova.
– O que é isso, excelência? O senhor não vai ser preso, não.
– Mas fui pego em flagrante pulando a cerca do galinheiro!
– Sim. Mas primário, e com esses antecedentes...

☠

Ao final da consulta, o médico recomenda ao paciente:
– O senhor deveria fazer mais exercícios. Faça uma pequena caminhada, pelo menos uma vez ao dia.
– Mas, doutor, eu sou carteiro!

Pegaram o cara em flagrante roubando galinhas de um galinheiro e o levaram para a delegacia.
– Que vida mansa, hein, vagabundo? Roubando galinha pra ter o que comer sem precisar trabalhar. Vai pra cadeia!
– Não era pra mim, não. Era pra vender.
– Pior. Venda de artigo roubado. Concorrência desleal com o comércio estabelecido. Sem-vergonha!
– Mas eu vendia mais caro.
– Mais caro?
– Sim. Espalhei o boato de que as galinhas do galinheiro eram bichadas e as minhas não. E que as do galinheiro botavam ovos brancos enquanto as minhas botavam ovos marrons.
– Mas eram as mesmas galinhas, safado.
– Os ovos das minhas eu pintava.
– Que grande pilantra!
Mas já havia um certo respeito no tom do delegado.
– Ainda bem que você vai preso. Se o dono do galinheiro te pega...
– Já me pegou. Fiz um acerto com ele. Me comprometi a não espalhar mais boatos sobre as galinhas dele, e ele se comprometeu a aumentar os preços dos produtos dele para ficarem iguais aos meus. Convidamos outros donos de galinheiro a entrar no nosso esquema. Formamos um oligopólio. Ou, no caso, um ovigopólio.
– E o que você faz com o lucro do seu negócio?
– Especulo com dólar. Invisto alguma coisa no tráfico de drogas. Comprei alguns deputados, dois ou três ministros. Consegui a exclusividade no suprimento de galinhas e ovos para os programas de alimentação do governo e superfaturo os preços.

☠

Desesperada, uma senhora procura um padre:
– Padre, estou com um problema. Eu tenho duas papagaias, mas elas só sabem falar uma coisa!
– O que elas falam? – perguntou o padre.
– "Olá, nós somos prostitutas! Vocês querem se divertir?" – disse a senhora.
– Isso é terrível! – respondeu o padre. – Mas eu tenho uma solução para o seu problema: leve suas papagaias para a minha casa e eu as colocarei junto com meus dois papagaios, eles sabem rezar o terço.
No dia seguinte, a mulher levou suas papagaias para a casa do padre. Assim que foram colocadas na gaiola, elas disseram:
– Olá, somos prostitutas! Vocês querem se divertir?
Ao ouvir isso, um papagaio olhou para o outro e disse:
– Jogue o terço fora! Nossas preces foram atendidas!

Uma professora de creche observava as crianças de sua turma desenhando. Ocasionalmente, passeava pela sala para ver os trabalhos de cada criança. Quando chegou perto de uma menina que trabalhava intensamente, perguntou o que ela estava desenhando. A menina respondeu:
– Estou desenhando Deus.
A professora parou e disse:
– Mas ninguém sabe como é Deus.
Sem piscar e sem levantar os olhos de seu desenho, a menina respondeu:
– Vão todos saber daqui a um minuto.

O bêbado chega em casa com medo de que a mulher o estivesse esperando com o pau de macarrão em punho. Abre a porta e está tudo apagado.
– Ufa! Ela está dormindo! – diz ele, baixinho.
Então, ele tenta ir até a cama sem acender a luz, para não acordar a fera, mas acaba tropeçando em uma mesa de canto. Por incrível que pareça, ele não faz muito barulho. Mas, quando levanta, percebe que a garrafa de vodca que ele levava no bolso havia se quebrado. Os cacos o deixaram todo cortado na retaguarda. Isso mesmo, na bunda! Com medo de sujar o carpete com sangue, o pé de cana corre até o banheiro e coloca curativos em todas as partes do corpo em que vê sangue. No outro dia, ele já acorda apanhando da mulher:
– Nossa, você estava num porre ontem, hein!? Você não tem vergonha?
– Poxa, amorzinho, você não tem mesmo confiança em mim, né? Como você diz que eu tava bêbado? Só tomei uma ou duas cervejinhas. Aliás, você nem me viu chegar!
A mulher fica mais enfezada ainda:
– Eu nem precisava ter visto, né! Foi só olhar pro espelho do banheiro e ver aquele monte de *band-aid* grudado!

Depois do fracasso na Copa do Mundo de Futebol de 2002, argentinos e franceses se encontram no saguão do aeroporto esperando o voo de volta para casa. Apesar de toda a tristeza, como não poderia deixar de ser, os argentinos resolvem sacanear os franceses:
– Que vergonha, hein! Nós também fomos eliminados, mas pelo menos fizemos gol. E vocês, campeões mundiais, passaram em branco!
O francês responde:
– Mas pelo menos estamos voltando para Paris.

DITADOS POPULARES NA ERA DIGITAL

A pressa é inimiga da conexão.
Amigos, amigos, senhas à parte.
Antes só do que em chats aborrecidos.
Não adianta chorar sobre o arquivo deletado.
Em briga de namorados virtuais não se mete o mouse.
Melhor prevenir do que formatar.
Quando um não quer dois não teclam.
Quem com vírus infecta com vírus será infectado.
Quem envia o que quer recebe o que não quer.
Quem não tem banda larga caça com modem.
Quem semeia e-mails colhe spams.
Quem tem dedo vai a Roma.com
Um é pouco, dois é bom, três é chat ou lista virtual.
Vão-se os arquivos, ficam os backups.
Aluno de informática não cola, faz backup.
Na informática nada se perde, nada se cria. Tudo se copia... e depois se cola.
O Natal das pessoas viciadas em computador é diferente. No dia 25 de dezembro, o Papai Noel desce pelo cabo de rede, sai pela porta serial e diz: Feliz Natal! ROM, ROM, ROM!

☠

O notável advogado morre e aparece no céu para uma entrevista com São Pedro. As filas de almas à sua frente eram imensas, mas ele já enfrentara filas maiores em suas andanças por cartórios e repartições públicas. Assim, muniu-se de paciência para esperar por sua vez. Afinal, o tempo não contava mais. Qual não foi sua surpresa quando São Pedro, vindo em sua direção, o saudou calorosamente e o levou a uma confortável poltrona, servindo-lhe uma limonada.
– Obrigado – diz o advogado, emocionado. – Mas não sei a que devo a honra.
– Ora, por sua idade! – responde-lhe o santo de barbas brancas. – Somei as horas de trabalho que você cobrou de seus clientes e, segundo meus cálculos, você viveu, ao menos, duzentos anos. Isso lhe dá o privilégio.

APRENDA INGLÊS RÁPIDO

Agree: um tipo de molho.
Exemplo: Hoje eu quero molho agree-doce.

Beach: homem afeminado.
Exemplo: Ele é meio beach.

Bite: agredir.
Exemplo: Ele sempre bite nela.

Can: usado na pergunta feita por quem tem amnésia.
Exemplo: Can sou eu?

Can't: antônimo de frio.
Exemplo: O café está can't.

Cheese: antepenúltima letra do alfabeto.
Exemplo: "Exemplo" se escreve com cheese.

Coffee: onomatopeia que representa tosse.
Exemplo: Coffee, coffee.

Cream: ato penal que pode levar à cadeia.
Exemplo: Ele cometeu um cream.

Dark: palavra de um famoso provérbio.
Exemplo: É melhor dark receber.

Date: deitar.
Exemplo: Date-se aí.

Day: pretérito do verbo dar.
Exemplo: Day um presente para ele.

Dick: usado no começo de uma música da jovem guarda.
Exemplo: "Dick vale o céu azul e o sol sempre a brilhar…"

Eleven: erguer.
Exemplo: Eleven até esta altura.

Eye: interjeição de dor.
Exemplo: Eye! Que dor de cabeça!

Fail: antônimo de bonito.
Exemplo: Ele é fail.

Gold: indicação de quem fez um ponto no futebol.
Exemplo: Gold Romário, gold Ronaldinho.

Away: indicação de bagunça, agito; termo muito utilizado pelo carioca.
Exemplo: Ih, ele fez um away!

Past: termo utilizado no Nordeste para dizer que o cara é arretado.
Exemplo: Esse cara é um cabra da past.

Face: verbo no passado, mostrando que algo foi feito.
Exemplo: No princípio, era a escuridão. De repente, face a luz.

Pencil: tipo de ponte.
Exemplo: Vou atravessar a ponte pencil.

Shot: ritmo nordestino.
Exemplo: Tô doido pra dançar um shot.

Window: indica ação, movimento em direção a algum lugar.
Exemplo: Mãe, tô window pra escola!

Marshmallow: no exército, pedido para o recruta José Melo marchar.
Exemplo: Marshmallow!

☠

O mineiro vai pela primeira vez a um hotel de luxo, na cidade grande. Ao chegar, para admirado em frente ao elevador, tentando entender para que servia aquela porta com os números diminuindo e aumentando. De repente, uma senhora bem velhinha entra no elevador, a porta se fecha e ela desaparece. Pouco depois, a porta se abre novamente e o caipira dá de cara com uma garota gostosíssima. Entusiasmado, ele grita para o filho:
– Tico, vá correno trazê a sua mãe!

Um bêbado andava tranquilamente pela rua, quando cruza com um sujeito que vinha na direção contrária. Então, o bebum pergunta:
– Por favor, amigo... hic... Você sabe que eu te considero pra caramba, né? Mas que horas são?
O outro responde, meio sem paciência:
– São 10h20.
– Não tô entendendo nada... hic... Cada vez que eu pergunto isso, me dão uma resposta diferente!

☠

O professor pede aos alunos que deem exemplos de excitantes:
– O café! – responde a Maria.
– Muito bem! – diz o professor.
– O álcool! – responde o Antônio.
– Muito bem! – diz o professor.
– Uma mulher pelada! – responde o Joãozinho.
O professor, num tom de voz severo:
– Diga ao seu pai para vir aqui amanhã, tenho duas palavrinhas para lhe dizer...
No dia seguinte, o professor repara que o Joãozinho está sentado na última fila e, então, lhe pergunta:
– Joãozinho, você deu o recado ao seu pai?
– Sim, senhor professor!
– O que é que ele disse?
– Ele disse: "Se o seu professor não fica excitado com uma mulher pelada é porque é veado! Fica longe dele, meu filho!".

☠

Um homem estava no bar tomando umas e outras, conversando com os amigos, olhando para as moças que entravam e saíam, quando vê um enterro vindo pela rua. Ele se levanta, vai até a porta, tira o chapéu e fica respeitosamente observando o cortejo, durante vários minutos, em silêncio, com o semblante visivelmente entristecido. Quando o cortejo termina, ele recoloca o chapéu na cabeça e volta a sentar-se, feliz da vida. Um dos amigos comenta:
– Esse foi o gesto mais comovente que eu já vi na minha vida. Acho que todos deveriam seguir o seu exemplo.
– Bem, depois de 23 anos de casado, acho que era o mínimo que eu poderia fazer.

O cara foi comprar um papagaio e se deparou com três, um mais bonito que o outro. Perguntou ao vendedor:
– Quanto custa o papagaio da direita?
– Custa 300 reais, mas ele fala duas línguas e atende ao telefone.
– E o da esquerda?
Paciente, o vendedor responde:
– Este custa 450 reais, mas, além de falar duas línguas, manda e-mail, organiza as rações e troca a água dos bebedouros.
– Hummm! Interessante. E o do meio?
– O do meio custa mil reais.
– Caramba! Por que tudo isso?
– O que ele faz ainda não consegui descobrir, mas os outros dois o chamam de chefe.

☠

Às vésperas da execução, o sujeito argentino recebe a visita de seu advogado, que fora à Suprema Corte para o último recurso.
– Não foi fácil, meu caro. Mas reduzi sua pena à metade.
E, diante do cliente atônito, o advogado arremata:
– Você só será executado com 3.000 volts, e não com 6.000 volts, como estava programado.

☠

Nos últimos anos, o mundo todo gastou cinco vezes mais com implante de seios e com remédios como o Viagra do que na investigação sobre o mal de Alzheimer. Diante desse fato, o que se pode prever é que daqui a trinta anos haverá um grande número de pessoas idosas com seios enormes e ereções extraordinárias, mas incapazes de lembrar para que ambos servem.

☠

O corpo de bombeiros recebe uma chamada e a viatura sai em disparada para apagar um incêndio. Chegando ao local, encontram a dona da casa – uma loira quase morta pelas chamas.
– Mas o que aconteceu para a sua casa pegar fogo?
– Eu estava assando um peru...
– Mas como um incêndio assim poderia ter começado? Por acaso o forno explodiu?
– Não... Eu só estava seguindo as instruções de preparo que li numa receita. Dizia lá para eu deixar o peru assando duas horas para cada quilo. Como eu peso 60 kg, ele estava assando fazia cinco dias.

ORAÇÃO DOS BALADEIROS

Cerveja nossa que estais no freezer
Alcoolizado seja o nosso fígado,
Venha a nós o copo cheio.
Seja feita a nossa balada
Assim na festa, como no bar.
A dose nossa de cada dia nos dai hoje.
Perdoai os nossos porres,
Assim como nós perdoamos
Aos que não bebem.
Não nos deixeis cair no refrigerante
E livrai-nos da água.
Ao mé!

☠

Depois de uma briga, marido e mulher estão sem se falar. Comunicam-se, no entanto, por meio de bilhetinhos escritos à mão. Ele passa um bilhete a ela: "Acorde-me às sete horas da manhã".
No dia seguinte, quando ele acorda, já são onze horas. E a seu lado está o seguinte bilhete: "São sete horas. Levanta, vagabundo!".

☠

Uma loira e uma morena vão passear no parque. A morena fala:
– Olha, um passarinho morto... Que judiação!
E a loira, olhando para o céu, diz:
– Onde? Onde?

☠

O velhinho está no hospital, nas últimas. Para piorar as coisas, o tratamento é todo à base de supositórios – de todos os tipos e tamanhos, vários, diversas vezes por dia. Desenganado, ele recebe a visita noturna de uma freira, que chega com uma vela na mão. O paciente entra em pânico:
– Pelo amor de Deus, irmã! Aceso eu não vou aguentar!

– Ô meu! Você nunca tira férias?
– Eu não posso me afastar da empresa.
– Poxa! Eles não podem passar sem você?
– Claro que podem! É exatamente isso que eu não quero que eles percebam.

☠

Dois compadres estavam proseando. Conversa vai, conversa vem, eis que a certa altura um deles pergunta pro outro:
– Cumpadi, o qui ocê acha desse negoço de nudez?
No que o outro responde:
– Acho bão, sô!
O outro fica assim, pensativo, meditabundo, e pergunta de novo:
– Ocê acha bão purcaus diquê, cumpadi?
E o outro:
– Uai! É mió nudez do qui nunosso, né memo?

☠

A campanha contra a aids, em Portugal, promoveu um grande aumento na procura por anões, que são cada dia mais disputados. Tudo por causa do apelo da campanha: "Reduza os parceiros".

☠

Um português foi assaltado. À noite, entraram em sua padaria e roubaram praticamente todas as mercadorias.
De manhã, um amigo conversa com ele:
– Que prejuízo, hein, Manuel?
– Podia ter sido pior.
– Como assim?
– Eu ia remarcar todos os preços esta noite.

☠

O sujeito chega em casa caindo de bêbado e encontra a mulher furiosa, sentada na cama.
– Seu cafajeste! Sabe que horas são?
– Não.
– Cinco horas da manhã! Você não tem vergonha?
– Vergonha de quê? Eu não tenho culpa! Se eu estivesse em casa, seria a mesma hora!

O advogado recebe no escritório o cliente preocupado com o futuro de seu processo:
– Doutor, se eu perder esse caso, estou arruinado.
– Tudo agora depende do juiz – esclarece o advogado.
– E se eu desse um presentinho a ele, ajudaria?
– O senhor está louco? Isso só o prejudicaria! O juiz é muito ético e consciente!
Tempos depois, sai a sentença, amplamente favorável ao cliente, que agradou o advogado:
– Obrigado, doutor, pela dica do presente!
– Como? Você mandou o presente?
– Uma caixa de uísque... em nome do meu adversário!

☠

O presidente argentino, em visita oficial ao Brasil, iria conhecer uma escola de Brasília. E o diretor da escola foi preparar seus alunos para receberem bem a importante visita.
– Vocês devem ser educados com o senhor presidente. Joãozinho, eu vou perguntar a você o que é a Argentina para nós. E você responderá que a Argentina é um país amigo.
– Não, diretor! A Argentina é um país irmão.
– Muito bem, Joãozinho. Mas não precisa tanto. Diga apenas que a Argentina é um país amigo.
– Não, a Argentina é um país irmão!
– Tá bom, Joãozinho. Por que você acha que a Argentina é um país irmão, e não um país amigo?
– Porque amigo a gente pode escolher!

☠

Um soldado no Iraque recebeu uma carta da sua namorada, que dizia o seguinte: "Querido Paul: não podemos continuar com nossa relação. A distância que nos separa é grande. Confesso que tenho sido infiel desde que você foi embora, e acredito que não merecemos isso! Portanto, penso que é melhor acabarmos tudo. Por favor, mande de volta a minha foto que te enviei. Com amor, Carol".
O soldado, muito magoado, pediu a todos os seus colegas que lhe emprestassem fotos das suas namoradas, irmãs, amigas, primas.
Juntamente com a foto de Carol, colocou em um envelope todas as outras fotos que conseguiu recolher.
Na carta que enviou a Carol, estavam 88 fotos, junto com uma nota que dizia:
"Querida Carol, isso acontece. Peço desculpas, mas não consigo lembrar quem você é! Por favor, procure a sua foto no envelope e me envie de volta as restantes. Com carinho, Paul".

O português está no oftalmologista, que vai logo tratando de fazer o famoso teste com aquele quadro cheio de letras, das maiores às menores. Começa com uma média.
– Que letra é aquela ali?
O português responde:
– Não sei.
O médico aumenta a letra e pergunta:
– E agora?
– Ainda não sei.
Depois de colocar todos os tamanhos de letra possíveis, sem que o paciente conseguisse ler nenhuma, o médico decide:
– Meu senhor, o seu caso é grave, vamos ter que operar.
Depois da cirurgia, o português, ainda com os curativos nos olhos, pergunta:
– Doutor, depois dessa operação, eu vou conseguir ler tudo?
– Acho que sim, sua operação foi um sucesso.
– Poxa, doutor, como evoluiu a medicina! Pois saiba o senhor que antes da cirurgia eu era completamente analfabeto.

☠

Impaciente, o advogado chefe pergunta ao estagiário molenga:
– Há alguma coisa que você faça rápido?
– Sim, eu me canso rápido.

☠

Um advogado estava tomando sol no clube, quando uma senhora se aproxima:
– O que faz por aqui, doutor?
O advogado, mostrando sua veia lírica:
– Roubando raios de sol.
E a senhora:
– Vocês, advogados, sempre trabalhando...

☠

Um rapazinho chega num bar, vai até o balcão e pede seis caipirinhas. O garçom se espanta:
– Seis? Você deve estar comemorando alguma coisa.
– Tô, sim. Hoje foi o dia da minha primeira chupada!
– Bom, nesse caso, a sétima é por conta da casa!
– Olha, cara, não me leva a mal, mas se seis caipirinhas não tirarem o gosto, não é a sétima que vai resolver.

Carlos queria casar com uma moça virgem e bem ingênua. Por isso, resolveu ir para a roça procurar uma caipira daquelas bem bobinhas. E lá conheceu a mulher dos seus sonhos, a Lindalva, inocente como ela só. Em dois meses, eles se casaram e, na noite de núpcias, Carlos resolveu explicar tudo sobre sexo para a jovem esposa. Para começar, botou o negócio pra fora e disse:
– Meu bem, isso é pinto.
Lindalva arregalou os olhos e disse:
– Credo, uai! Intão dá mio pra ele ficá logo um galo feito o do Janjão!

☠

– Diga-me, Manuel, sua mulher faz sexo com você por amor ou por interesse?
– Olha, Joaquim, acho que é por amor...
– Como é que você sabe?
– Porque ela não demonstra nenhum interesse!

☠

Depois da operação, o médico dá a boa notícia ao paciente:
– Tudo correu muito bem. Sua audição está ótima e o senhor já pode ir pra casa.
– Puxa, que bom, doutor. E quanto é que eu lhe devo?
– Três mil reais – responde o médico.
– Seis mil? – pergunta o paciente.
– Isso mesmo.

☠

O sujeito chega ao médico reclamando de fortes dores de cabeça.
– O senhor bebe? – pergunta-lhe o médico.
– Nunca pus uma gota de álcool na boca, doutor!
– O senhor fuma?
– Também nunca fumei. Odeio cheiro de cigarro!
– Alguma extravagância sexual?
– Nem brinca, doutor, sou católico radical. Sexo, só para fins de procriação!
– E a alimentação?
– Bem equilibrada: verduras, frutas, carnes brancas, arroz integral, azeite.
– Bom, então só pode ser uma coisa: vai ver que a sua auréola está muito apertada!

O ricaço chega para o padre, montado num puro-sangue:
– Gostaria de batizar o meu cavalo!
– De jeito nenhum – diz o padre, balançando o dedo na cara dele. – Isso seria um sacrilégio!
– Que pena! Eu tinha trazido aqui um cheque de 5 mil reais para pagar pelo batismo!
– Ah! Quer saber? Eu vou abrir uma exceção para o senhor.
Então, o padre faz o ritual como pode e, na hora em que o ricaço ia se despedindo, lembrou:
– E o senhor não se esqueça: semana que vem vai haver crisma aqui na paróquia!

☠

A pedicure examina o pé da loira:
– Sabia que você tem olho de peixe?
– E a senhora tem cara de vaca!

☠

Dois sujeitos conversam num bar:
– A minha sogra argentina é uma tremenda naja! Quando ela morrer eu vou enterrá-la de bruços!
– De bruços? – espanta-se o outro. – Pra quê?
– Se por acaso ela acordar e começar a cavar, ela vai mais pro fundo!

☠

Um boyzinho andava na estrada com sua Ferrari novinha quando, de repente, um motoqueiro japonês o ultrapassa e grita:
– Conhece moto Kawasaki?
Furioso, o boyzinho acelera mais e ultrapassa o japonês.
De repente, o japonês começa a crescer no retrovisor. Quando ele está bem ao lado do boyzinho, grita:
– Conhece moto Kawasaki? – e ultrapassa novamente o rapaz.
O boyzinho pisa fundo, faz as curvas sem frear e, quando está alcançando o japonês, este perde o controle da moto e sai rolando pelo chão. Desesperado, ele para o carro e vai ver o que aconteceu com o japonês. Quando chega ao seu encontro, ele balbucia, quase inconsciente:
– Conhece moto Kawasaki?
– Conheço! – responde o boyzinho. – Mas isso não é hora pra brincadeira, cara!
– Não é b-brincadeira... Eu só... só queria... Q-que você me dissesse... Onde fica o freio!

Um americano chega para o português e pergunta:
– Manuel, você gosta de mulher com muito seio?
– Não, pra mim dois já está bom, ora pois.

☠

O chefe do escritório de contabilidade vai falar com a nova contratada, que tinha sido indicada por um alto diretor da empresa e considerada muito "prendada". Ao encontrar a moça, ele fica assustado. É uma loira estonteante, siliconada, corpo escultural, olhos verdes, bronzeada... ou seja, toda prendada!
Refeito do susto e começando a dar as instruções, ele fala:
– Suponho que a senhorita saiba o que é fatura e o que é duplicata. Estou certo?
E ela responde:
– Mas é claro que sei. Fatura é o que acontece quando a gente quebra uma perna e duplicata é quando quebra as duas!

☠

Dois bêbados estavam em um bar conversando, quando um resolve fazer uma aposta:
– Vamos apostar 10 reais pra ver quem faz a melhor rima?
– Vambora! – responde o outro.
– Então, vou começar: rima com rima, comi tua prima!
Todos ao redor caem na gargalhada! Aí é a vez do outro, que manda:
– Rima com rima, comi tua irmã!
– Mas nem rimou, sua besta! – protesta o primeiro.
– Mas que eu comi, comi.

☠

O sujeito telefona para o médico, apavorado.
– Doutor, tô ferrado! O meu filho pegou uma gonorreia!
– Mas isso não é grave. Atualmente, essa doença é muito fácil de curar.
– Pois é, doutor, mas acontece que depois ele transou com a empregada!
– Então é bom avisá-la o quanto antes.
– Mas, doutor! Acontece que eu também transei com a empregada!
– Tudo bem, então o senhor também vai ter de se tratar.
– É que depois disso eu transei com a minha mulher!
– Ih, então eu tô ferrado!

Duas distintas senhoras encontram-se após um bom tempo sem se verem. Uma pergunta à outra:
– Como vão seus dois filhos, a Rosa e o Francisco?
– Ah! Querida! A Rosa casou-se muito bem. Tem um marido maravilhoso. É ele quem levanta de madrugada para trocar as fraldas do meu netinho, faz o café da manhã, arruma a casa, lava as louças, recolhe o lixo e ajuda na faxina. Só depois é que sai para trabalhar, em silêncio, para não acordar a minha filha. Um amor de genro! Benza Deus!
– Que bom, hein, amiga! E o seu filho, o Francisco? Casou também?
– Casou sim, querida. Mas, tadinho dele, deu azar. Casou-se muito mal... Imagina que ele tem que levantar de madrugada para trocar as fraldas do meu netinho, fazer o café da manhã, arrumar a casa, lavar a louça, recolher o lixo e ajudar na faxina! E, depois de tudo isso, ainda sai para trabalhar, em silêncio, para sustentar a preguiçosa, vagabunda, encostada da minha nora – aquela porca nojenta e mal-agradecida!

☠

Uma famosa multinacional estava passando por um momento difícil e o chefe não teve saída: chamou quatro funcionários em sua sala.
– Eu sinto muito – disse ele –, mas vou ter que demitir um de vocês...
– Com licença, senhor! – interrompeu o afro-brasileiro. – Eu faço parte de uma minoria desfavorecida! Se o senhor me mandar embora, vai ser discriminação!
– O senhor pode me demitir! – alertou o mais velho. – Mas eu vou entrar com uma ação de discriminação por idade que o levará à falência!
– E eu sou mulher! – alega a única mulher do grupo. – O senhor não pode escolher uma mulher entre três homens! Isso é discriminação!
Nisso, todos olham para o quarto empregado, um homem, jovem, saudável e branco.
– Gente! – diz ele, em tom alterado. – Eu nunca falei isso pra vocês, mas... Eu sou gay!

☠

Um homem estava subindo em um poste quando outro estava passando e, curioso, resolveu perguntar:
– O que o senhor está fazendo em cima desse poste?
– Quero comer goiaba!
– Mais isso não é um pé de goiaba, é um poste!
– Eu sei, a goiaba tá no meu bolso!

O sujeito estava assistindo a um jogo de futebol no estádio, quando, de repente, sentiu alguém apertando seu ombro. Olhou para trás e viu um sujeito baixinho sorrindo para ele. Voltou-se para ver o jogo e, alguns minutos depois, sentiu o aperto no ombro novamente. Olhou para trás com cara de poucos amigos e lá estava o baixinho sorrindo. Pouco depois, outro aperto.
– Escuta aqui – gritou ele, apontando o dedo para o nariz do baixinho. – Se você apertar o meu ombro de novo, eu vou te dar um chute no saco.
O baixinho esboçou um sorriso sem graça e ficou quieto.
Dois minutos depois, novo apertão. O sujeito perdeu a paciência e deu um tremendo chute na virilha do baixinho e, como este último continuava impassível, o cara perguntou:
– Ei! Eu te dei um chute no saco tão forte que até o meu pé está doendo e você parece que não sentiu nenhuma dor! Como é isso?
E o baixinho explicou:
– É que eu sou um alienígena, não tenho saco, por isso não senti nada!
– Então como vocês fazem sexo no seu planeta?
– Assim, ó... – e apertou o ombro do sujeito novamente.

O camarada pergunta para o amigo barrigudo:
– Faz quanto tempo que você não vê seu pinto?
O amigo responde:
– Eu não vejo há muito tempo, mas a sua mãe vê todos os dias.

O bêbado chegava todo dia no boteco, pedia uma pinga, tapava o nariz e tomava tudo num só gole.
Um dia o balconista não se conteve:
– Escuta aqui, cara! Por que você tapa o nariz enquanto bebe?
E o bêbado:
– É que o cheiro da pinga me dá água na boca... E eu gosto dela é pura!

O candidato a governador sobe no palanque e diz:
– Neste bolso nunca entrou dinheiro do povo!
Eis que alguém grita:
– Calça nova, hein, pilantra!

Uma freira faz sinal para um táxi parar. Ela entra e o taxista não para de olhar para a religiosa.
– Por que você me olha assim? – pergunta a freira.
Ele explica:
– Tenho uma coisa para pedir, mas não quero que fique ofendida...
Ela responde:
– Meu filho, sou freira há muito tempo e já ouvi de tudo; não deve haver nada que você possa me dizer ou pedir que eu ache ofensivo.
– Sabe, é que eu sempre tive na cabeça uma fantasia de ser beijado na boca por uma freira...
A freira:
– Bem, vamos ver o que eu posso fazer por você: primeiro, você tem que ser solteiro, palmeirense e católico.
O taxista fica bem entusiasmado:
– Sim! Sou solteiro, palmeirense desde criancinha e católico também.
A freira olha pela janela do táxi e diz:
– Então pare o carro ali na próxima travessa.
O sujeito para o carro e a freira satisfaz a fantasia do taxista com um belo beijo na boca. Mas, ao seguir viagem, o taxista começa a chorar:
– Meu filho – diz a freira –, por que você está chorando?
– Perdoe-me, irmã, mas confesso que menti: sou casado, são-paulino e espírita.
A freira o conforta:
– Deixa pra lá! Estou a caminho de uma festa à fantasia, me chamo Alfredo e torço pro Corinthians.

☠

Um sujeito passa e pergunta para um homem no ponto de ônibus:
– Você viu um louco passar por aqui?
O homem responde:
– Como é que ele é?
– É baixinho, magrinho e pesa uns 200 quilos.
– Como é que alguém pode ser baixinho, magrinho e pesar 200 quilos?
– Eu não falei que ele é louco?

☠

No avião, a aeromoça pergunta para um passageiro que está morrendo de medo:
– O senhor está sentindo falta de ar?
– Não, não... Eu estou sentindo falta de terra mesmo!

Quatro mães católicas estão tomando chá juntas. A primeira, querendo impressionar as outras, diz:
– Meu filho é padre. Quando entra em uma sala, todos se levantam e dizem: "Sua bênção, padre".
A segunda não fica para trás e comenta:
– Meu filho é bispo. Quando entra em uma sala todos se levantam e dizem: "Sua bênção, bispo".
A terceira, calmamente, acrescenta:
– Pois o meu filho é cardeal. Quando entra em uma sala, todos se levantam, beijam seu anel e dizem: "Sua bênção, Eminência".
A quarta permanece quieta. Então, a mãe do cardeal, para provocar, pergunta:
– E o seu filho?
– Ah, meu filho... – suspira a quarta mãe. – Meu filho tem 1,80 m, pratica musculação e trabalha como *stripper*. Quando ele entra em uma sala, todo mundo olha e diz: "Meu Deus!".

☠

Um imigrante polonês está fazendo exame de vista para obter carteira de motorista. Num dado momento, o examinador lhe mostra um cartão com as seguintes letras:

C Z J W I
N O S T A C Z

O médico pergunta:
– O senhor por acaso consegue ler isso?
E o polonês:
– Se eu consigo ler? É lógico que eu consigo! Inclusive conheço esse sujeito.

☠

No casamento da loira, sua mãe, uma mulher muito antiquada, dá alguns conselhos:
– Não se esqueça de uma coisa, filha... Nunca deixe que seu marido a veja sem nada. Use sempre alguma peça de roupa.
A loira não entende direito, mas concorda.
Já no final da lua de mel, o marido pergunta:
– Amor, já teve algum caso de loucura na sua família?
– Que eu saiba, não. Por quê?
– A gente está há um mês em lua de mel. Já transamos, tomamos banho juntos, conversamos, transamos mais um pouco... E você nunca tira esse chapéu esquisito da cabeça!

Ao entrar na sala de aula, a professora vê um pênis desenhado no quadro. Sem perder a compostura, imediatamente ela apaga o desenho e começa a aula. No dia seguinte, o mesmo desenho, só que ainda maior. Ela torna a apagá-lo e não faz nenhum comentário. No outro dia, o desenho já está ocupando quase o quadro todo e, embaixo, ela lê os seguintes dizeres: "Quanto mais você esfrega, mais ele cresce!".

☠

Numa pequena cidade, um homem alto, forte, bonitão e bem vestido todos os dias fazia suas refeições nos melhores restaurantes, dormia nos melhores hotéis, enfim, parecia um cara muito rico e todos desconfiavam de seu tipo de vida. A coisa foi tão longe que chegou aos ouvidos do delegado, que, então, o chamou para um pequeno interrogatório:
– Dizem que você é rico, vive nos melhores hotéis, restaurantes, sempre bem vestido... Afinal, de onde surge tanto dinheiro?
O cara respondeu:
– Seu delegado, eu vivo de apostas e sempre ganho.
– Isso é impossível. Uma hora você tem que perder.
– Vamos fazer um teste?
O delegado topou fazer uma aposta.
– Seu delegado, vamos apostar 500 reais como eu mordo meu olho direito?
– Tá apostado!
Ele tirou o olho de vidro e mordeu. O delegado ficou puto da vida.
– Seu delegado, vamos apostar mais 500 reais como eu mordo o meu outro olho?
O delegado pensou: "Se um é de vidro, o outro não pode ser" e aceitou:
– Apostado!
O cara tirou a dentadura e mordeu o outro olho. O delegado ficou mais puto ainda. Então o cara disse:
– Seu delegado, eu aposto mil reais como o senhor tem hemorroidas.
O delegado, então, pensou: "Eu não tenho hemorroidas, dessa vez ele perde!".
– Tá apostado!
Então, os dois foram para trás da delegacia, o delegado tirou a calça e o cara enfiou o dedo no rabo dele, rodando de um lado para o outro, e afirmou:
– É, o senhor realmente não tem hemorroidas!
O delegado respondeu:
– Então, como você vive de apostas, acabou de perder uma!
O cara respondeu:
– Seu delegado, o senhor está vendo esse condomínio aí do lado?
– Estou sim, e daí?
– Pois é, eu apostei com todo mundo daquele prédio que enfiaria o dedo no cu do delegado!

Um mês de namoro. O sujeito todo apaixonado está sentado no banco da praça ao lado do amor de sua vida.
– Olha a lua, amor! Ela está se escondendo! Ela deve estar com vergonha de sua beleza, querida!
Vinte anos depois, os dois estão sentados no mesmo banco, na mesma praça.
– Olha a lua, querido! – observa ela. – Está se escondendo!
– Não vê que vai chover, sua anta?

☠

Na roda do bar, três velhos amigos relembram a maior vergonha que passaram na vida:
– Quando eu tinha uns 8 anos – contava o primeiro –, subi num caixote para espiar a minha irmã no banho. Estava ali todo empolgado, quando de repente ela se vira, me vê na janela e dá o maior grito. Levei um susto tão grande que caí do caixote... Maior vergonha, cara! Fiquei uma semana sem poder olhar pra cara dela.
– E eu devia ter uns 10 anos – começou o segundo. – Meu pai me pegou fazendo troca-troca com o filho do vizinho. Passei o maior carão. Fiquei um mês sem poder olhar para a cara do velho!
– Isso não é nada – disse o terceiro. – E a minha mãe, que me pegou batendo uma punheta enquanto espiava a empregada trocando de roupa? Até hoje não tive coragem de olhar na cara dela!
– Ah, Otávio, você está exagerando! Quanto tempo faz que isso aconteceu?
– Foi na sexta-feira passada!

☠

Quatro da manhã. Um guarda-noturno fazia a ronda com sua moto quando viu um bêbado sentado na calçada.
– Ô cara! – gritou ele. – São quatro da madrugada! Por que você não vai pra casa, hein?
– O senhor já ouviu falar que o mundo gira? – perguntou o bebum.
– E daí que o mundo gira? – gritou o guarda, que já estava perdendo a paciência.
– Bom... Se o mundo gira... Uma hora minha casa vai passar por aqui!

☠

Um psicanalista telefona para um colega:
– Luís, eu preciso do seu conselho para um caso impossível.
– Qual?
– Você não vai acreditar, mas estou atendendo um argentino com complexo de inferioridade!

A mãe pergunta ao filho:
– Por que você jogou tomates naquele menino?
– Ah, mãe, foi ele que começou!
– E por que você não me chamou?
– A senhora não é boa de pontaria, mãe, não ia acertar nenhum.

☠

A mulher está na cama à beira da morte, dando os últimos suspiros, e o marido está ao lado falando com ela e afagando suas mãos carinhosamente:
– Meu amor, quando você for embora, vou ficar tão sozinho!
– Aaai! Não, não quero isso pra você! Procure uma boa mulher e case outra vez!
– Mas como? Não vou encontrar alguém como você, meu bem!
– Aaai, que dor! Vai sim, e você pode até dar a ela os meus tacos de golfe para poder jogar com você!
– Não, meu amor, não vai dar, porque seus tacos são para pessoas destras... E ela é canhota!

☠

Um belo dia, Pedrinho, Mariazinha e Joãozinho estavam conversando sobre o pai mais corajoso de todos. Pedrinho disse:
– Meu pai é mais corajoso que os de vocês, porque ele fez um safári na África e matou três elefantes, dez jacarés, cinco leões e dois tigres!
Então, a Mariazinha disse:
– Nada disso! Meu pai é o mais corajoso! Ele foi para a Amazônia e matou cinco leões, duas sucuris de 15 metros e vários jacarés.
E o Joãozinho começou a sorrir e perguntou:
– Vocês já ouviram falar do Mar Morto?
Os outros dois respondem que sim e Joãozinho diz:
– Pois é, foi meu pai quem matou.

☠

O marido liga para a maternidade e pergunta:
– Alô, eu queria alguma notícia da minha mulher, que está em trabalho de parto!
A enfermeira pergunta:
– É o primeiro filho dela?
E ele responde:
– Não, sou o marido!

Estavam no hospital dois índios, até que o cacique diz:
– Kataputapu, índio tá com sede!
E o outro índio diz:
– Índio busca água.
O cacique bebe e diz novamente:
– Kataputapu, índio tá com sede de novo!
E o outro índio:
– Índio busca água.
O cacique bebe a água e diz, mais uma vez:
– Kataputapu, índio tá com sede de novo!
O outro índio busca a água, chega com o copo vazio e diz:
– Agora vai ter que esperar.
E o cacique, surpreso, pergunta:
– Por quê?
E o índio responde:
– É porque tem um cara-pálida sentado no poço de água...

☠

A loira passeava pelo shopping, quando, de repente, encontra uma velha conhecida:
– Nossa, maravilhosa! Como você emagreceu!
– Pois é, perdi 15 quilos! Eu tive de extrair um rim!
– Credo! Eu não sabia que um rim pesava tanto!

☠

Um cidadão, após ser traído pela mulher, resolveu se jogar do alto de um prédio. Entre os curiosos que se aglomeravam lá embaixo aguardando o desfecho trágico, um engraçadinho gritou:
– Antes de se jogar, não se esqueça de que você tem chifres, e não asas!

☠

Com a roupa suja de sangue e a respiração ofegante, o cliente entra esbaforido no escritório do advogado:
– Doutor, doutor! O senhor precisa me ajudar! Acabo de matar minha mãe!
E o advogado, tranquilamente:
– Espere aí, não é bem assim... Estão dizendo que você matou sua mãe...

A tia vira-se para a Mariazinha e pergunta:
– O que você vai fazer quando for grande como a titia?
E a menina responde:
– Um regime!

☠

No boteco, o bêbado desabafa com um amigo:
– Tive três mulheres. As três morreram...
– Sério? – pergunta o amigo, assustado. – Mas como isso pôde acontecer?
– A primeira comeu cogumelo envenenado...
– Cogumelo envenenado? Que azar! E a segunda?
– Também comeu cogumelo envenenado!
– Tá brincando?! Vai dizer que a terceira também comeu cogumelo envenenado?
– Não... A terceira teve que morrer na porrada mesmo, porque não quis comer o cogumelo...

☠

Dois amigos se encontram e um deles puxa conversa:
– João! Andam dizendo por aí que o seu pinto é muito pequeno.
– Pô, Luiz! Como a sua mulher é fofoqueira!

☠

Em uma sala de educação infantil, o garotinho reclama:
– Professora, eu não tem lápis!
– Não é assim que se fala – corrige ela, pacientemente. – O correto é "Eu não TENHO lápis", "Tu não TENS lápis", "Ele não TEM lápis", "Nós não TEMOS lápis", "Vós não TENDES lápis" e "Eles não TÊM lápis"... Entendeu?
– Não! – responde o garoto, confuso. – Onde é que foram parar todos esses lápis?

☠

Joãozinho chega em casa e entrega para a mãe um bilhete com um recado da professora: "D. Marta, o seu filho é um menino muito inteligente, mas tem um seríssimo problema: ele passa o tempo todo bolinando as garotas".
A mãe, então, responde o recado na parte de baixo da folha: "Dona Julieta, se a senhora encontrar uma solução para esse problema, por favor, me diga qual é, pois tenho o mesmo problema com o pai dele".

O pescador chega em casa e diz para a mulher:
– Oi, meu amor. Ah, hoje não consegui pescar nada!
– Eu sei! – respondeu ela. – Você esqueceu a carteira em casa!

☠

Dois anjos conversando:
– Como será o tempo amanhã?
– Acabo de ouvir na rádio que vai ficar o dia todo nublado.
– Que bom! Assim a gente vai ter lugar pra sentar!

☠

– Pai, é verdade que em algumas partes da África o homem não conhece sua esposa até casar com ela?
E o pai, decepcionado:
– Aqui também é assim, filho.

☠

O gaúcho levou a noiva para um motel e está mandando ver, quando, de repente, ela lhe enfia um dedo no rabo.
– O que é isso, tchê? – pergunta ele, assustado.
– É para te dar mais energia, amor! – explica ela.
– Então enfia mais dois, porque eu sou trifásico!

☠

Um cara da cidade foi até um sítio comprar passarinhos. O caipira lhe oferece um casal de canários. Depois de examinar os bichos, ele pergunta para o caipira:
– Como é que a gente sabe se o passarinho é macho ou fêmea?
E o caipira explica:
– É simples; o senhor tem quintar em casa, num tem?
– Tenho, sim – respondeu o homem.
– Pois intão, vá até o quintar e cavoque um buraco e pegue duas minhoca...
– E daí?
– Daí põe as bicha pros passarinho comê. A passarinha muié soh come minhoca muié. O passarinho home só come minhoco home, uai!

Dois canibais conversando:
– Eu não sei mais o que fazer com a minha mulher!
– Se você quiser, posso lhe emprestar o meu livro de receitas!

☠

Dois amigos estavam conversando:
– Rapaz, ontem fui procurar minha faca e, quando achei, estava enfiada na barriga da minha sogra!
– Caramba! Não acredito!
– Quem não acredita sou eu! Foi a primeira vez que eu consegui achar algo no lugar onde deixei!

☠

Uma moça linda, loira e alta, entrou em uma loja de eletrodomésticos e perguntou ao vendedor:
– Quanto é aquela televisão ali?
E o moço respondeu:
– Não vendemos para loiras.
A moça, sem entender nada, saiu e decidiu colocar uma peruca ruiva, pois assim ele não iria saber que ela era loira.
Voltou à loja e perguntou:
– Quanto é aquela televisão ali?
E ele respondeu:
– Não vendemos para loiras!
A moça, se perguntando como ele adivinhara que ela era loira, colocou uma peruca morena, voltou à loja e pediu novamente:
– Quanto é aquela televisão ali?
E ele respondeu a mesma coisa:
– Não vendemos para loiras.
A moça, muita irritada, perguntou:
– Como você sabe que eu sou loira?
E ele respondeu:
– É que aquilo não é uma televisão. É um micro-ondas!

☠

Depois de bater na traseira de um carro, o motorista se justifica para o guarda que registra a ocorrência:
– A mulher fez sinal de que ia virar à esquerda... E não é que virou mesmo?

Joãozinho voltou da aula de catecismo e perguntou ao pai:
– Pai, por que, quando Jesus ressuscitou, apareceu primeiro para as mulheres e não para os homens?
– Não sei, meu filho! Vai ver que é porque ele queria que a notícia se espalhasse mais depressa!

☠

Um mágico trabalhava num navio. O papagaio do comandante via todos os espetáculos do mágico e contava para a plateia como eram os truques. A cada truque, ele gritava:
– O coelho está na cartola! Todas as cartas são de espada!
O público morria de rir e o mágico ficava nervoso. Um dia, houve uma tempestade e o navio afundou. O mágico e o papagaio sobreviveram e ficaram flutuando em um pedaço de madeira. Depois de dias sem trocar uma palavra, o papagaio disse:
– Está bem, eu desisto. Como você fez o navio desaparecer?

☠

A professora está dando aula e diz para a classe:
– Hoje vamos formar uma frase com a palavra "provavelmente". A Priscila começa.
– Eu procurei minha boneca no quarto mas ela não estava lá. Provavelmente minha irmã estava brincando com ela!
– Muito bom! – diz a professora. – Agora você, Margarida!
– Eu fui brincar com meu quebra-cabeça e ele não estava no armário. Provavelmente a empregada o guardou em outro lugar!
– Parabéns! Agora é sua vez, Ricardinho!
– Meu irmão mais velho pegou uma revista *Playboy* americana e foi ao banheiro. Provavelmente ele vai bater uma punheta, porque ele não sabe nada de inglês.

☠

No escritório, toca o telefone:
– Alô – atende a recepcionista.
– É nessa empresa que estão procurando uma secretária?
E a recepcionista, sussurrando:
– Era, sim, mas já encontraram. Ela estava no motel com o chefe!

☠

– Qual a diferença entre o gaúcho e o pernilongo?
– O pernilongo, quando você dá um tapa, para de chupar.

Um prefeito do interior queria construir uma ponte e chamou três empreiteiros: um alemão, um americano e um brasileiro.
– Faço por 3 milhões de dólares – disse o alemão. – Um milhão pela mão de obra, 1 milhão pelo material e 1 milhão para mim.
– Faço por 6 milhões – propôs o americano. – Dois milhões pela mão de obra, 2 milhões pelo material e 2 milhões para mim.
– Faço por 9 milhões – disse o brasileiro.
– Nove? É demais! – disse o prefeito. – Por que tudo isso?
– É simples! Três milhões para mim, 3 milhões para o senhor e 3 milhões para o alemão fazer a obra...

☠

O sargento chega em casa às 2 horas da manhã e, para não acordar a mulher, nem acende a luz. Tira a roupa e, quando vai se deitar, a mulher pede:
– Amor, tô com dor de cabeça! Você pode ir até a farmácia comprar remédio pra mim?
O sargento veste a roupa no escuro e sai. Na farmácia, o farmacêutico pergunta:
– João, você foi promovido?
– Eu não! Por quê?
O farmacêutico:
– Ué, porque você está usando uniforme de tenente...

☠

Na aula de ciências, o professor pergunta ao aluno:
– O que se deve fazer quando alguém está sentindo dores no coração?
– Apagar a luz!
– Apagar a luz? Você ficou maluco?
– Ora, professor, o senhor nunca ouviu dizer que o que os olhos não veem o coração não sente?

☠

O sujeito abre a porta e dá de cara com a sogra.
– Olá, sogrinha! – cumprimenta ele, fingindo satisfação. – Que bom que a senhora veio nos visitar!
Então, ele percebe que ela está com uma maleta nas mãos.
– Quanto tempo a senhora pretende ficar com a gente? – pergunta, preocupado.
– Ah! Acho que até vocês se cansarem de mim!
– Sério mesmo? Não vai nem tomar um cafezinho?

Um garotinho chega para a avó e pergunta:
– Vovó, o que é amante?
A avó levanta apressada da cadeira de balanço e sai correndo pela casa, gritando:
– Meu Deus! Amante! Que horror! Minha Nossa Senhora!
Ela, então, vai para seu quarto, abre a porta do armário e de lá cai um esqueleto.

☠

Dois caipiras estavam trabalhando na roça já fazia alguns meses e, então, um falou para o outro:
– Zé, nóis tamo aqui sem muié e eu já não aguento mais, tenho que dar uma trepada. O que ocê acha da gente trocá: eu coloco nocê e ocê coloca em mim?
– Não, João, que que os otros vão pensar da gente?
– Qué isso, sô! Ninguém vai ficar sabendo.
– E se arguém descobri?
– Só se ocê contá...
– Então tá bão.
Então, o João foi e meteu no Zé. Só que ele meteu com tanta força que arregaçou as pregas do Zé e eles tiveram que ir para o hospital. Para não contarem o que realmente havia acontecido, tiveram a ideia de falar que ele tinha caído em um toco. O doutor disse:
– Mas isso aqui não parece coisa de toco, parece mais de pinto. Você tem certeza de que foi toco?
– Tenho, uai.
O doutor, curioso para ver se tinha sido toco ou pinto, falou para o Zé:
– Olha aqui, tenho dois remédios: um é para toco e o outro para pinto. Se for pinto e você tomar o de toco, você morre. Se for toco e você tomar o de pinto, você também morre.
Ele não queria morrer, mas também não queria dizer que tinha sido pinto, então, coçou a cabeça e respondeu para o doutor:
– Dotô, faz o seguinte: me dá o de pinto, mas que foi toco, foi.

☠

Um negro alto com quipá – aquela boina característica dos judeus – vem caminhando pela rua, cheio de trejeitos femininos. Um sujeito vê aquela figura se aproximar e diz:
– Pô, meu irmão, você já teve ter sofrido todo tipo de preconceito. Afinal, você é negro, judeu e homossexual...
E o cara responde:
– Usted no sabes lo peor...

O garoto chega da escola e diz:
– Papai! Papai! Hoje um menino me chamou de mariquinha!
– Que folgado! – disse o pai, indignado. – Por que você não bateu nele?
– Ah, papai... É que ele é tão lindo!

☠

Um senhor foi a um laboratório moderno fazer exames de rotina. Pediram que fizesse xixi num orifício de uma máquina. Após alguns segundos, a máquina imprimiu o seguinte relatório:
Nome: João da Silva
Idade: 36 anos
Profissão: engenheiro
Estado civil: casado
Tipo sanguíneo: A+
Diagnóstico: artrite no braço direito

Ele ficou impressionado, não acreditou e pediu para fazer novo exame. Eis que a máquina expeliu mais um relatório:
Informações complementares sobre o Sr. João da Silva:
Idade detalhada: 36 anos, 3 meses e 20 dias
Cor dos olhos: castanhos-escuros
Perda de cabelo: 35%
Diagnóstico: artrite no braço direito

Ele continuava a não acreditar. Foi até em casa, fez xixi numa vasilha e pediu que a mulher e a filha também fizessem. Misturou um pouco de seu esperma e o óleo do carro, juntou tudo e levou ao laboratório. Colocaram a tal mistura na máquina e prontamente saiu outro relatório:
Informações complementares sobre o Sr. João da Silva:
Corno
Filha grávida de três meses
Óleo do carro precisa ser trocado.
ATENÇÃO: quando for se masturbar, use a mão esquerda, porque a direita tem artrite.

☠

Ao ser libertada da prisão, a mulher vira-se para a amiga com quem compartilhara a mesma cela durante vinte anos e diz:
– Depois eu te ligo pra gente continuar aquele assunto!

Um amigo conversa com o outro:
– E a mina que você conheceu na internet?
– Nem me fale! Ontem a conheci pessoalmente!
– E aí? Ela é feia?
– Feia? Quando ela era criança e brincava de médico, fazia o papel de recepcionista!

☠

O casal está viajando de trem em lua de mel, e o sujeito doido pra dar uma rapidinha. A cada túnel que passa, ele põe a mão nos seios da moça. E ela, toda recatada:
– Não, querido! Aqui, não!
Logo o túnel acaba e ele volta a ficar sossegado. No próximo túnel, ele enfia a mão no meio das pernas da moça.
– Ai, querido! Aqui, não!
O túnel acaba e ele volta a ficar sossegado. Outro túnel, ele enfia a mão por dentro da calcinha da moça e começa a boliná-la.
– Ai, querido! Aqui, não!
Logo o túnel acaba e ele sossega. De repente, o trem pega um túnel que não acaba mais e fica tudo escuro. Assim que o túnel acaba, ele cochicha no ouvido dela:
– Se eu soubesse que esse túnel era tão comprido, teria te comido aqui mesmo!
E a moça, apavorada:
– Quer dizer que não foi você?

☠

O português estava dirigindo em uma estrada, quando viu uma placa que dizia: "Curva perigosa à esquerda". Ele não teve dúvidas: virou à direita.

☠

Dois portugueses batem um papo cabeça:
– Manuel, qual o pior defeito: a ignorância ou a indiferença?
E o Manuel:
– Ora, pois... Não sei! E nem me interessa!

☠

Por que o português toma banho com o chuveiro desligado?
Porque ele comprou um xampu para cabelos secos.

O japonês está no shopping, louco de vontade de fazer xixi. Corre pro banheiro e se alivia. Quando acaba, ele percebe que tem um negrão enorme do seu lado, mijando, e diz:
– Grande, né?
– É...
– Como eu faço para o meu ficar igual ao seu?
– Faz o seguinte, japa: amarra três tijolos no pênis e fica pulando a noite inteira.
– Sério?
– Lógico... Pode confiar.
– Tá legal!
O japonês saiu do shopping todo empolgado para aumentar o seu membro. Logo chega em casa e já começa os exercícios. Uma semana depois, o japonês reencontra o negrão, que logo pergunta:
– E aí, japa? Resolveu o seu problema?
– Quase... O tamanho continua o mesmo, mas a cor já tá igual!

☠

Uma moça passeava às margens de um lago quando, de repente, apareceu um sapo dizendo:
– Eu sou um bancário e fui transformado em um sapo por uma bruxa malvada. Se você me beijar eu me transformo, caso com você e seremos felizes para sempre!
A mocinha, toda contente, pegou o sapo, mas apenas o colocou no bolso da jaqueta. Enquanto ela ia caminhando para casa, o sapo começou a ficar impaciente e perguntou:
– Ei, você não vai me beijar?
Ela respondeu:
– De jeito nenhum! Terei mais dinheiro com um sapo falante do que com um marido bancário.

☠

Altas horas da madrugada, dois bêbados filosofavam e, de repente, um deles pergunta:
– Supunhetemos e vaginemos catso um dia o mundo foda-se acabaço, o que fezes tu?
– Nádegas!
– Oh! Que pênis!

☠

Por que o português senta sempre na última fila do cinema?
Porque ele é adepto daquele ditado: quem ri por último ri melhor.

O ceguinho chega ao restaurante e pede o cardápio em braile:
– Perdão, senhor, mas não temos – diz o garçom.
– Não faz mal, vá até a cozinha e me traga uma faca suja para eu provar a comida.
O garçom acha estranho, mas resolve atender ao pedido. Chega com a faca usada e a entrega ao ceguinho.
Ele lambe o talher e dá o veredicto:
– Hmm, ótimo esse tempero, hein? Estrogonofe de camarão, arroz e... Ah, batata palha! Pode me trazer esse prato mesmo. Está perfeito.
No dia seguinte, a mesma coisa:
– Muito bom o cardápio de hoje! Esse frango à fiorentina está maravilhoso. Pode me trazer um também.
Passam-se vários dias, e o ceguinho sempre com seu jeito diferente de escolher o prato. Até que o garçom resolve sacanear. Assim que o cliente pede para saber o prato do dia, o garçom pega uma faca e pede à cozinheira:
– Regina, hoje eu vou aprontar com o ceguinho. Quebra essa pra mim, vai? Pega esta faca e passa aí na perseguida.
A cozinheira obedece e o garçom leva a faca para o ceguinho.
Ele passa a faca na boca, pensa um pouco e diz:
– Ah, não vai me dizer que a Regina está trabalhando aqui!

☠

– Parei de beber café. Não gosto de ser dependente de substâncias químicas.
– E como se sente?
– Um pouco lento para me acostumar ao trabalho, mas já era de esperar numa segunda-feira.
– Mas hoje é quarta!

☠

Após tomar banho com o irmão mais velho, a garotinha pergunta para a mãe loira:
– Mamãe, por que eu não tenho um pipi?
– Calma, minha filha. Quando você crescer, se for comportada, você vai ter um. Mas, se você não se comportar, terá vários.

☠

– Para onde vai esta estrada, menino? – perguntou um velho da capital.
– Ela num vai, não, sinhô. A gente é qui vai nela.
– Ah, é? Que engraçadinho! E como é que você se chama?
– Eu num me chamo não, sinhô. Os otro é qui me chama de Zé.

O rapaz conhece a garota num barzinho e, depois de meia hora de bate-papo, ele a arrasta para um canto mais escuro. Após o primeiro beijo, ele declara:
– A sua boca foi feita para mim!
E ela:
– Puxa, você é tão romântico!
– Não, eu sou dentista!

☠

Um grande produtor de laranjas do interior paulista estava desesperado, pois seus clientes dos Estados Unidos haviam cancelado os pedidos e ele veria a fruta apodrecer nos armazéns. Para relaxar um pouco, resolve ir a um prostíbulo e esquecer os problemas. Ele chega, escolhe uma morena monumental e vai para o quarto com ela.
– Amor, você parece tão estressado – diz a morenaça, com voz sedutora. – O que eu posso fazer para você relaxar? Ajuda se eu chupar um pouco?
– Claro que ajuda, mas são 60 toneladas de laranjas!

☠

Um argentino estava fazendo amor com sua noiva, quando ela exclama, excitada:
– Ai, meu Deus!
E ele responde:
– Na intimidade pode me chamar de Carlos!

☠

No balcão do bar, o bêbado vira-se para a mulher ao lado e diz:
– Quer ouvir uma piada de loira?
A mulher responde:
– Olha, antes de começar, te aviso que sou loira, tenho 1,80 m, peso 70 kg, sou triatleta e faço musculação. A loira aqui ao meu lado mede 1,85 m, pesa 75 kg e é campeã olímpica de luta greco-romana. A outra loira, ao lado dela, mede 1,90 m, tem 80 kg e luta jiu-jítsu. Agora, se ainda assim você quiser contar a sua piada, vá em frente!
O bêbado pensa um pouco e diz:
– Não, não... Se eu tiver que explicar três vezes, prefiro nem contar.

☠

O bom advogado não confia nas aparências. Mesmo quando se olha no espelho!

Duas loiras estão jogando golfe num dia de muito nevoeiro. Dava apenas para ver as bandeirinhas junto aos buracos, mas não o chão. Cada uma dá a sua tacada e ambas se dirigem à bandeirinha para saber o que conseguiram. Uma delas havia feito uma jogada espetacular, colocando a bola a apenas um metro do buraco. A outra foi ainda melhor: bola direto no buraco. O problema é que elas não sabem quem é a autora da proeza, por causa do nevoeiro. Incapazes de resolver o problema, elas vão até a sede do clube e perguntam a um jogador profissional o que fazer. Depois de dar os parabéns pelas jogadas tão primorosas em condições adversas, ele pergunta:
– Ok. Quem estava jogando com a bola amarela?

☠

O executivo chega vinte minutos atrasado a uma conferência e, ao entrar, a recepcionista o alerta:
– Por favor, não faça barulho!
– O quê? – espanta-se ele. – Já tem gente dormindo?

☠

O caipira foi pra São Paulo e ficou completamente perdido. Então, perguntou a um sujeito que estava sentado na praça:
– Dia, moço! O sinhô sabe onde é qui fica o terminar de ônibus da Praça da Arve?
– Praça da Árvore? – corrigiu o paulistano.
– Isso, exatamente. Praça da Arve.
– Fica ali, ó. Na primeira rua à esquerda. Qualquer idiota sabe.
– Mas é por isso memo qui eu perguntei pro sinhô, uai!

☠

Manuel e Joaquim tiveram uma grande ideia: montaram a primeira agência de publicidade de Portugal. Após alguns meses, aparece o primeiro cliente, um renomado fabricante de remédios. Ele queria fazer um anúncio publicitário que seria exibido na TV para o lançamento de uma nova marca de supositórios. Depois de muito pensar, Manuel e Joaquim finalmente terminam o anúncio. Ficou assim:
– *Manuel! Manuel!*
– *Ora, pois... Fale, ó Joaquim!*
– *Manuel, me empreste 30 mil euros para eu te pagar só no ano que vem, com juros de apenas 1%?*
– *Ora, pois, Joaquim! E na bundinha, não vai nada?*
– *Vai, sim... Supositórios Trovão!*

O psiquiatra diz ao novo paciente:
– O senhor parece mal... O que sente?
– Uma profunda depressão...
– E você sabe a causa?
– Preciso de 50 reais, urgente!
– Ah, mas isso é fácil de resolver! – diz o doutor, enquanto preenche um cheque naquele valor e o entrega para o sujeito.
– Puxa, doutor... Nem acredito! Já estou me sentindo bem melhor! Muito obrigado e até logo – diz o paciente, já se preparando para sair do consultório.
O psiquiatra o interrompe:
– Espere aí... Falta pagar a consulta!
– Ah, é mesmo. E quanto é?
– Mil reais!

☠

– Você parece ter mais inteligência que a média dos homens – diz o advogado a uma testemunha, para bajulá-la.
E a testemunha:
– Obrigado. Se não estivesse sob juramento, eu poderia retribuir o elogio.

☠

Um cientista americano sugeriu que os homens deveriam tomar mais cuidado com o consumo de cerveja, pois os resultados de uma recente análise revelaram a presença de hormônios femininos na bebida. A teoria diz que beber cerveja faz com que os homens adquiram características femininas. Para provar a teoria, foram dados a cem homens 5 litros de cerveja (para cada um). Foi observado que:
– 100% dos homens ganharam peso (coisa de mulher).
– Começaram a falar excessivamente e sem sentido (coisa de mulher).
– Tornaram-se altamente emocionais (coisa de mulher).
– Não conseguiam pensar racionalmente (coisa de mulher).
– Discutiam por besteiras (coisa de mulher).
– Recusavam-se a pedir desculpas (coisa de mulher).

☠

Qual a diferença entre a loira e a tábua de passar roupas?
É mais difícil abrir as pernas de uma tábua de passar roupas.

Um argentino está andando no deserto, desesperado por um pouco de água. De repente, ele vê ao longe algo que parece um oásis. Na esperança de encontrar água, ele se arrasta até lá, mas só encontra um camelô brasileiro, sentado perto de uma mesa cheia de gravatas. O argentino implora:
– Por favor, estoy muerto de sede, puede me dar un poco de água?
O brasileiro responde:
– Eu não tenho água, mas por que você não compra uma gravata? Tenho uma aqui que combina muito bem com a sua roupa!
O argentino exclama, furioso:
– Yo no quiero una gravata, seu idiota! Yo quiero água!
– Tá certo, não compre a minha gravata – diz o brasileiro. – Mas sou um sujeito gente boa. Vou lhe dizer onde tem água, assim mesmo: depois daquela colina ali, a cerca de dez quilômetros, existe um ótimo restaurante. Vá até lá e você poderá tomar quanta água quiser.
O argentino sai em direção à colina e desaparece. Cinco horas depois, ele volta, se arrastando, até a mesa do brasileiro, que pergunta:
– Eu disse dez quilômetros depois da colina. Você não encontrou?
E o argentino, num sopro de voz:
– Yo encontré. Pero no es permitido entrar sin gravata!

☠

Um avião cai na floresta com dois executivos. Os dois não têm outra escolha senão pegar suas maletas e sair andando. Eis que surge um leão babando de fome, olhando para os dois executivos. Um deles se abaixa, tira um tênis da mala e começa a calçá-lo. O outro não entende.
– Seu idiota! Você acha que vai correr mais que o leão com esse tênis?
– Eu não quero correr mais que o leão. Eu só quero correr mais que você.

☠

Uma loira estava preocupada, pois achava que seu marido estava tendo um caso. Então, ela foi até uma loja de armas e comprou um revólver. No dia seguinte ela voltou para casa mais cedo e encontrou seu marido na cama com uma ruiva espetacular. Ela apontou a arma para a própria cabeça. O marido pulou da cama, implorou e suplicou para que ela não se matasse.
Aos berros, a loira responde:
– Cala a boca que você é o próximo!

Um homem chega a uma cidadezinha do interior e, ao chegar ao hotel, estranha os preços das diárias: havia uma diária de 100 reais, uma de 50 reais e outra de 10 reais. O caipira atende e explica:
– Na de 100 rear tem TV, vídeo e sauna. Na de 50 rear num tem sauna. Na de 10 rear, tem qui fazê a cama.
O viajante não tem dúvida:
– Fico nessa. Fazer a cama não é problema pra mim.
– Certo. Intão, ocê pode pegá a madeira, os prego e o martelo ali no fundo.

☠

Primeiro dia de aula no jardim de infância. Quinzinho chega todo animado e conta para o pai dele, Manuel:
– Hoje a professora ensinou pra gente qual é a mão direita!
– Muito bem! Diga lá qual é a mão direita.
Quinzinho, então, ergue a mão direita, e o pai exclama:
– Ótimo! Agora, mostre a mão esquerda.
– Ah, isso ela vai ensinar só amanhã.

☠

O sujeito estava tomando banho e, ao lavar a região genital, ficou excitado e começou a se masturbar, sem se dar conta de que havia esquecido a porta destrancada. De repente, sua mulher entra e o pega em flagrante.
– Alfredo! – exclama ela, indignada.
E ele, com ar de cínico, fala:
– Querida... Você não morre tão cedo!

☠

Os motores do avião estavam falhando, e o comandante ordena às comissárias de bordo que preparem os passageiros para uma aterrissagem de emergência. Alguns minutos depois, ele interpela uma comissária:
– E aí, tudo em ordem?
A comissária:
– Quase, comandante! Todos estão preparados, com cinto de segurança e na posição adequada, com exceção de um advogado, especialista em indenizações, que ainda está distribuindo cartões aos passageiros.

Um cantor de rock brasileiro faz show para a exigente plateia de Buenos Aires. No final, já era a décima vez que voltava para atender aos pedidos de bis e o público continuava exigindo mais. Desconfiado e já de saco cheio, o roqueiro se recusa a cantar:
– Chega! Não canto mais!
A gritaria continua. Ele negando. Nisso, levanta-se um brutamontes portenho, na primeira fila, e com um dedo ameaçador em riste grita para o cantor:
– Hay que cantar! Hay que cantar hasta que aprenda!

☠

Cinco bêbados estavam no terminal de trem, se escorando uns nos outros com aquela camaradagem clássica de bebum. Quando o trem apontou, todos ficaram muito agitados, posicionando-se rapidamente nas portas de cada vagão, naquele tumulto para conseguir entrar. Então, quatro deles conseguiram entrar e um ficou de fora. Vendo a cena, o guarda do terminal resolveu perguntar.
– E agora, todos os seus amigos foram e só você ficou?
O bêbado respondeu:
– Pois é, seu guarda, o pior é que só eu ia viajar, eles vieram apenas me acompanhar.

☠

Um índio foi a um bordel e disse:
– Índio qué mulhé, índio tem dinheiro!
A dona do bordel perguntou:
– Índio tem experiência? Já fez antes?
O índio respondeu:
– Não, índio primeira vez...
A dona do bordel ponderou:
– Então, índio vai ao mato, procura um buraco numa árvore, aprende como se faz e depois volta aqui.
Uma semana depois, o índio voltou ao bordel:
– Índio qué mulhé, índio tem dinheiro, índio já aprendeu!
Então, a dona do bordel mandou o índio subir para um quarto, onde já havia uma moça esperando por ele. O índio subiu, entrou no tal quarto e mandou a mocinha tirar a roupa e ficar de quatro.
Depois, pegou um pedaço de pau e começou a bater na bunda da dita-cuja, que, aos gritos, perguntou:
– Índio tá maluco? O que índio tá fazendo?
– Índio tá vendo primeiro se tem abelha no buraco!

Era uma grande festa na casa de um milionário. Dezenas e dezenas de pessoas se deliciavam com a música, com o ambiente, com o clima de alegria. Foi aí que o anfitrião pediu a palavra e falou com os convidados:
– Meus amigos, minhas amigas, muito obrigado pela presença. E, para que todos aproveitem ainda mais esta festa, eu queria comunicar que vocês podem usar minha piscina. Mas tem um detalhe: é uma piscina mágica. Basta vocês pensarem em alguma coisa de que gostem e gritar antes de entrar nela.
A maioria dos convidados não deu muita bola para o que o anfitrião bêbado tinha falado. Mas um cara resolveu arriscar. Saiu correndo e gritando:
– Cerveeejaaa!
Quando caiu na piscina, ela era pura cerveja. Ele atravessou nadando e bebendo, e, quando saiu do outro lado, a piscina tinha voltado ao normal.
Outro convidado ficou animado e se jogou lá dentro gritando:
– Viiinhooo!
A água se transformou em vinho. Ele nada, sai do outro lado e, novamente, a água volta ao normal.
Outros convidados fazem o mesmo.
Um português, todo contente, também sai correndo em direção à piscina. Mas nisso sua mulher grita para ele:
– Manuel, cuidado, estás com a carteira e o celular nos bolsos!
E o português grita:
– Ai, que merda!

☠

Um casal decide passar férias numa praia do Caribe, no mesmo hotel onde haviam passado a lua de mel, vinte anos antes. Como teve de resolver problemas no trabalho, a mulher não pôde viajar com o marido, deixando para ir uns dias depois. Quando o homem chegou e foi para seu quarto do hotel, viu que havia um computador com acesso à internet. Então, ele decidiu enviar um e-mail para sua mulher, mas errou uma letra e, sem perceber, o enviou a outro endereço. O e-mail foi recebido por uma viúva que acabara de chegar do enterro de seu marido e que, ao conferir seus e-mails, desmaiou. O filho, ao entrar em casa, encontrou sua mãe caída, perto do computador, e na tela podia-se ler:
"Querida esposa: cheguei bem. Provavelmente se surpreenda em receber notícias minhas por e-mail, mas agora tem computador aqui e podemos enviar mensagens às pessoas queridas. Acabo de chegar e já me certifiquei de que está tudo preparado para você chegar na sexta que vem. Tenho muita vontade de te ver e espero que sua viagem seja tão tranquila como a minha. P.S: não traga muita roupa, porque aqui faz um calor infernal".

Por que os baianos gostam de enxada de cabo comprido?
Para ficar mais longe do serviço.

☠

Estavam um carioca, um paulista e um baiano num boteco do mercado modelo, quando o carioca diz aos outros:
– Mermão, esse cara que entrou aí é igual a Jesus Cristo.
– Tá brincando! – dizem os outros.
– Tô te falando! A barba, a túnica, o olhar...
O carioca levanta-se, dirige-se ao homem e pergunta:
– Mermão, digo, Senhor, Tu é Jesus Cristo, não é verdade?
– Eu? Que ideia!
– Eu acho que sim. Aí, tu é Jesus Cristo!
– Já disse que não! Mas fale mais baixo.
– Pô, eu sei que tu é Jesus Cristo.
O carioca tanto insiste que o homem lhe diz, baixinho:
– Sou efetivamente Jesus Cristo, mas fale baixo e não digas a ninguém, senão isto aqui vira um pandemônio.
– Tenho uma lesão no joelho desde pequeno. Me cura aí, brother, digo, Senhor!
– Milagres, não. Tu vais contar aos teus amigos e eu vou passar a tarde toda fazendo milagres.
O carioca tanto insiste que Jesus Cristo põe a mão sobre o seu joelho e o cura.
– Pô, valeu! Ficarei eternamente grato! – agradece, emocionado, o carioca.
– Sim, sim! Não grites, vai-te embora e não contes a ninguém.
Logo em seguida, chega o paulista:
– Aí meu, o meu amigo me disse que você é Jesus Cristo e que o curou. Tenho um olho de vidro. O Senhor pode me curar?
– Não sou Jesus Cristo!
O paulista tanto insistiu que Jesus Cristo passou a mão em seus olhos e curou-o.
– Ô loco, meu! Obrigado mesmo! – agradece, emocionado, o paulista, enxergando tudo com os dois olhos.
– Vai-te agora e não contes a ninguém.
Mas Jesus Cristo o viu contando a história aos amigos e ficou à espera de ver o baiano ir ter com ele. O tempo foi passando e nada. Mordido pela curiosidade, dirigiu-se à mesa dos três amigos e, pondo a mão no ombro do baiano, começou a falar:
– E tu, não queres que...
O baiano se levanta de um salto, afastando-se dele:
– Aê, meu rei!... Tira as mãozinhas de mim, que eu ainda tenho seis meses de licença médica! Não atrapalha!

Uma mulher fez plástica de tudo: nariz, pescoço, orelhas, lábios etc. Em visita à paciente, no pós-operatório, o cirurgião pergunta:
– E então, dona Neide? Precisa de mais alguma coisa?
– Sim! Gostaria de ter os olhos maiores e mais expressivos.
– Não seja por isso, minha senhora. Vou lhe trazer a conta!

☠

Um ex-prefeito de São Paulo vai ao Vaticano. Infelizmente, ele é surpreendido por uma manifestação orgânica e precisa fazer xixi. Sem pestanejar, vira-se para seu amigo e diz:
– Me diz, rápido, onde tem um banheiro!
– Ah, faz ali atrás do São Pedro mesmo.
– Atrás do São Pedro? Tá maluco?
– Ué, pra quem cagou em São Paulo, qual o problema de fazer um xixizinho em São Pedro?

☠

– Ai, doutor, acordo todo dia com uma tremenda dor de cabeça.
– Faça o seguinte: tome, todo dia, um destes comprimidos, meia hora antes de acordar.

☠

Na escola, a professora pergunta ao aluno:
– André, se você estivesse num jantar romântico com uma menina e quisesse ir ao banheiro, o que diria?
– Com licença, garota, vou ao banheiro – disse o André.
Responde a professora:
– É falta de educação dizer "banheiro" no jantar! E você, Cleber, o que diria?
– Com licença, senhorita, preciso tirar água do joelho.
Responde a professora:
– É feio dizer dessa maneira, mas você a chamou de senhorita e foi melhor. E você, Luisinho, como diria?
– Com licença, senhorita, preciso me ausentar por uns minutinhos, pois vou dar a mão a um grande amigo que pretendo lhe apresentar depois do jantar.

Duas amigas se encontram:
– Puxa, que linda pulseira de ouro você está usando – comenta a primeira.
– Obrigada, foi presente de aniversário do meu marido, mas não é de ouro!
– Você conhece bem os metais?
– Não, conheço bem o meu marido!

☠

Um professor de matemática envia a sua esposa um fax com a seguinte mensagem:
Querida esposa: você há de compreender que, agora que está com 54 anos, tenho certas necessidades que você já não pode satisfazer. Estou feliz por tê-la como esposa, e sinceramente espero que não se sinta magoada ou ofendida ao saber que quando estiver lendo este fax estarei no Big Dick Motel com minha secretária, que tem 18 anos. Chegarei em casa antes da meia-noite.
Quando o cara chega em casa, vindo do motel, encontra uma carta. Ele a lê:
Querido esposo: obrigada pelo aviso. Aproveito a oportunidade para lembrar que você também tem 54 anos. Ao mesmo tempo comunico que, quando estiver lendo esta carta, estarei no Motel Happy Dust com meu professor de tênis, que também tem 18 anos. Como você é matemático, poderá compreender facilmente que estamos nas mesmas circunstâncias, mas com uma pequena diferença: 18 entra mais vezes em 54 que 54 em 18. Não me espere, porque vou chegar só amanhã. Um beijo da sua esposa que verdadeiramente te compreende.

☠

O Centro Nacional de Controle de Doenças Epidemiológicas emitiu a seguinte lista com os sintomas da gripe aviária:
Se você tiver algum dos sintomas abaixo, procure assistência médica imediatamente:
1. Febre alta
2. Congestão nasal
3. Náusea
4. Fadiga
5. Uma irresistível vontade de cagar no para-brisa dos carros.

☠

Um dos primeiros presidentes do Brasil foi Prudente de Morais; daí pra frente, tivemos uma série de presidentes. Uns imprudentes, outros imorais...

– É da polícia? Tem um gato querendo me matar!
– Como? Desculpe, senhor, mas isso é impossível!
– Impossível? Ele está quase me atacando!
– Quem está falando?
– É o papagaio!

No casamento, o padre diz:
– Se houver alguma pessoa que é contra esse casamento, que fale agora ou cale-se para sempre!
Então, um sujeito levanta a mão. O padre exclama:
– Meu filho, não vale! Você é o noivo!

Num bar, uma cliente que gostou muito da apresentação do pianista vai até ele e faz um elogio:
– Parabéns, o senhor toca muito bem.
O pianista, todo cheio de si, responde:
– Muito obrigado!
Ela, entusiasmada, pergunta:
– O senhor toca por partitura ou de ouvido?
– Não, madame, eu toco por necessidade mesmo...

OS 10 MANDAMENTOS CONTRA O ESTRESSE

1 - Nasça cansado e viva para descansar.

2 - Ame a sua cama como a si mesmo.

3 - Se vir alguém descansando, ajude-o.

4 - Descanse de dia para poder dormir à noite.

5 - O trabalho é sagrado, não toque nele.

6 - Tudo aquilo que puder fazer amanhã, não faça hoje.

7 - Trabalhe o menos possível. O que tiver de fazer, que outra pessoa faça.

8 - Calma, nunca ninguém morreu por descansar.

9 - Quando sentir desejo de trabalhar, sente-se e espere que ele passe.

10 - Se trabalho é saúde, que trabalhem os doentes.

Quando português tirou a roupa para ser examinado, o médico notou que sua cueca estava encardida, fedendo mais do que o rio Tietê.
– Seu Joaquim, há quanto tempo o senhor está com essa cueca?
– Há dois meses, doutoure.
– O senhor precisa trocar de cueca, seu Joaquim!
– Eu tentei, doutoure. Tentei muito... Mas ninguém quer trocaire comigo!

☠

O cara estava visitando o casal de amigos quando uma chuva forte começou a cair. Solícito, o casal convidou o amigo para passar a noite ali. O cara ficou sem jeito.
– Mas onde eu vou dormir?
– Olha, nossa casa é pequena – disse o marido –, mas nós não podemos deixar você sair nesse dilúvio. Você pode dormir com a gente na nossa cama.
E foram dormir. De madrugada, a mulher se ofereceu toda para o sujeito.
– Vem cá, vem!
– Que é isso? – sussurrou o cara. – Seu marido tá dormindo aí do seu lado!
– Ele dorme pesado, não acorda de jeito nenhum! Quer ver? Arranca um pentelho da bunda dele.
O cara arrancou um pentelho da bunda do amigo, que nem se mexeu. Então ele mandou ver na mulher.
Uma hora depois a mulher se chegou de novo, cheia de amor pra dar.
– Tá louca? Isso já é brincar com a sorte – sussurrou o sujeito.
– Não se preocupe, meu marido não acorda de jeito nenhum!
O cara então arrancou outro pentelho da bunda do outro, que nem esboçou reação.
E assim foi a noite inteira: arrancava um pentelho da bunda do marido, o marido não se mexia, e ele mandando ver na mulher.
Na oitava vez em que isso ia acontecer, o marido se virou para o cara e falou:
– Aí, meu irmão, quer comer a minha mulher, pode comer, que eu não ligo. Mas para de usar a minha bunda como placar, porra!

☠

Perdido numa ilha deserta, o portuga avista uma moça agarrada a um barril, a uns duzentos metros da praia. Imediatamente, ele pula na água para ajudá-la. Assim que chegam à ilha e a moça recupera a sua consciência, ela diz:
– Agora, para mostrar a minha gratidão, vou lhe dar uma coisa que acho que você não vê há muito tempo!
E o portuga:
– Não vá me dizer que tem chope dentro do barril?

A professora ralhava com o Joãozinho:
– Joãozinho, a que distância você mora da escola?
– A cinco quarteirões, professora!
– E a que horas você sai de casa?
– Às sete e quinze, professora!
– Então, se você tem quarenta e cinco minutos para percorrer apenas cinco quarteirões, por que é que chega todo dia atrasado?
– É que tá cheio de placas escrito: "Devagar, escola".

☠

Em uma cidade do interior, o casalzinho de namorados está deitado na grama, fazendo sexo. A menina de pernas abertas, e o rapazinho quatro-olhos lá embaixo, caindo de boca na coisinha dela. Entre um gemidinho e outro, ela diz:
– Amor, tira os óculos que tá machucando minhas coxas!
Passa um tempinho, e então ela diz:
– Amor, põe os óculos, que você tá chupando a grama...

☠

A senhora chega toda aflita no hospital:
– Doutor, sou a esposa do Juvenal, aquele que foi atropelado por um caminhão hoje à tarde. O senhor pode me dizer como ele está?
– Bem, da cintura pra baixo ele não sofreu nem um arranhão!
– Puxa, que maravilha, doutor! E da cintura pra cima?
– Sinceramente, não sei... ainda não trouxeram essa parte!

☠

De tardezinha, no manicômio, o louco do João pega um barbante, amarra na escova de dente e sai arrastando a escova. O médico passa e cumprimenta João, dizendo:
– Olá, João, como vão você e seu cachorrinho?
João responde:
– Quem disse que isso é um cachorro? Isso é só um barbante enrolado em uma escova de dente! – E o médico sai pensando: "Nossa, o João parece estar bem melhor; acho que vou dar alta pra ele!".
Quando o médico sai de sua vista, João vira para o barbante enrolado e afirma:
– Enganamos ele direitinho, Totó!

O sujeito entra na sapataria e pede um sapato tamanho 38.
– Mas, senhor, estou vendo que calça 42, 43... – diz o balconista.
– Por favor, 38 – o homem insiste.
Chegam os sapatos, o homem calça-os com enorme dificuldade e se põe de pé, tendo no rosto uma evidente sensação de dor.
– Estou desempregado e fui despejado do apartamento – ele explica. – Minha mulher está transando com o meu melhor amigo e o meu filho é gay. O único prazer que agora posso ter na vida é tirar a droga desses sapatos.

Um explorador americano estava em uma floresta africana e foi capturado por uma tribo de canibais.
Depois de ficar algumas horas preso numa cabana, vem um selvagem perguntar:
– Qual ser o nome de homem branco?
– O meu nome é Joe Ferry. Mas por que vocês querem saber?
– Não ser nada importante! – respondeu o índio. – É só pra escrever no menu!

O Saci-Pererê ganha a prova olímpica de 100 metros rasos e todos ficam muito impressionados.
Assim que a prova termina, um repórter pergunta:
– Como você conseguiu realizar essa façanha com uma perna só?
– Como, uma perna só? – reage o Saci. – Ah, não vem dizer que Viagra também é *doping*!

Na baixa Idade Média, um concurso de tiro ao alvo. Um menino, com uma maçã na cabeça a 25 metros do primeiro concorrente. Tiro certeiro, maçã cortada ao meio. O atirador apresenta-se:
– I'm Robin Hood!
Segundo concorrente, menino a 50 metros, metade da maçã na cabeça, outro tiro certeiro, metade cortada na metade. O atirador apresenta-se:
– I'm William Tell!
Terceiro concorrente, menino a 100 metros, metade da metade da maçã na cabeça, tiro no meio da testa do portador do alvo. O atirador:
– I'm sorry!

A mulher vai visitar a filha recém-casada em sua nova casa. Ao abrir a porta do quarto encontra a moça nua, na cama, e se admira:
– Por que você está nua, minha filha?
– Eu não estou nua, mãe. Estou usando um pijama do amor para quando meu marido chegar...
Passado o susto, a velha acaba gostando da história, achando poética a resposta da filha. Ao voltar para casa, tira a roupa e se deita na cama. Quando o marido chega, dá com ela peladona na cama e estranha:
– O que é isso, velha? Por que você está nua?
Então ela responde:
– Eu não estou nua, meu velho. Estou usando o pijama do amor!
E o marido:
– Bom, você podia pelo menos ter dado uma passadinha...

☠

No restaurante, o cliente chama o garçom:
– Por favor, garçom!
– Pois não, senhor.
– Está vendo o tamanhinho do bife que me trouxe?
– De fato, é pequeno mesmo, mas o senhor vai ver como vai demorar para comer!

☠

Um jovem ginecologista, recém-formado, atende uma garota de fechar o comércio. Ele pede a ela que tire a roupa, e, quando a vê nua sobre a cama ginecológica, abandona a ética profissional. Ele não resiste e passa a mão naquela pele lisa e sensual.
– Você entende o que estou fazendo?
– O senhor está fazendo um teste dermatológico?
– Exatamente – diz o médico. – Então ele acaricia aqueles seios firmes e empinados. E novamente pergunta:
– Você entende o que estou fazendo?
– O senhor está verificando se eu tenho algum tumor no seio?
O médico mente mais uma vez:
– Exato!
Vendo aquelas pernas abertas, ele não resiste: abaixa as calças e enfia o pinto nela.
– E agora, você entende o que estou fazendo?
– Sim, doutor. O senhor está contraindo herpes, que é o motivo pelo qual estou aqui.

O que a sambista foi fazer no banco?
Ela foi movimentar a poupança.

☠

O caipira vai ao médico reclamando de dores no pinto.
– Quantas relações sexuais o senhor tem por semana? – pergunta o doutor, antes de examiná-lo.
– Assim de cabeça não sei contar não, seu dotô!
– Como assim, não sabe contar?
– É que eu saí da escola novinho! Só sei contar até dez!
– Dez? – perguntou, incrédulo, o médico. – Então vou mudar a minha pergunta: quantas relações sexuais o senhor teve ontem?
– Agora facilitô! Ontem eu acordei de madrugada e dei uma; de manhã, antes do café, dei outra; depois do café, mais uma; aí fui trabaiá no cafezar. Lá pelas dez hora a patroa foi me levar um lanchinho e...
– O senhor deu mais uma?
– Não, seu dotô! Aí eu dei duas! Depois, antes do armoço, dei outra, tirei um cochilo, dei outra, vortei pro cafezar. Quando deu de tarde, fui pra casa e dei mais uma antes do jantar... aí fui dormir porque já tava ficando cansado!
– Então o senhor deu sete?
– Se não esqueci nenhuma...
– Então está aí o problema! O seu pinto está doendo porque você está fazendo sexo demais!
E o matuto:
– Ai, que alívio...
– Alívio? Por quê?
– Pensei que fosse as punheta que eu toco quando tô no cafezar!

☠

Sábado pela manhã, um baita sol, o sujeito põe a família no carro e decide ir para a praia. Na estrada, porém, ele é parado por um guarda.
– Vou multar o senhor – diz o guarda. – Está acima da velocidade permitida!
– Pô, seu guarda! Não faz isso comigo! O senhor vai estragar o meu fim de semana!
– Não seja por isso! Eu coloco a data de segunda-feira!

☠

Lançaram na terrinha um novo serviço por telefone. É o Disk-Finados: você telefona e ouve um minuto de silêncio!

A Mariazinha entra em casa, dizendo à mãe:
– Manhê! O pintinho do Bruno parece um amendoinzinho!
A mãe pergunta, um tanto encabulada:
– É?... Por quê? É pequenininho?
– Não! É salgadinho...

☠

O casal leva o filhinho para sua primeira visita ao zoológico. O pai vai comprar pipoca enquanto o garoto e a mãe vão até onde ficam os elefantes. O garoto pergunta:
– Mamãe, o que é essa coisa grande pendurada no elefante?
– Isso é a tromba, meu filho – responde a mãe.
– Não, mãe, aquilo do outro lado!
– Ah, isso é o rabo! – responde a mãe.
– Não, mãe, embaixo...
A mãe fica sem jeito e responde, desconversando:
– Ah, isso não é nada, meu filho.
O pai volta com a pipoca e a mãe pede licença para ir ao banheiro. O garoto aproveita para fazer a mesma pergunta ao pai.
– Isso é a tromba, meu filho.
– Não, pai, do outro lado!
– Ah, é o rabo!
– Não, pai, embaixo!
– Bom, meu filho, isso é o pinto dele.
– Mas a mamãe disse que não é nada!
O pai dá um suspiro e responde:
– É que sua mãe tá mal-acostumada!

☠

Os três amigos tinham acabado de chegar à cidade para esquiar, mas já era muito tarde, quase todos os hotéis estavam lotados e eles só encontraram um lugar vago. Como não tinha outro jeito, os três resolveram dividir a mesma cama por uma noite. No dia seguinte, o homem que dormiu do lado esquerdo falou:
– Gente, eu sonhei que tinha uma mulher muito gostosa segurando o meu pau!
O que dormiu do lado direito falou:
– Sério? Eu tive um sonho igual!
O do meio falou:
– Engraçado, meu sonho foi diferente. Eu sonhei que estava esquiando!

O cenouro estava passeando quando dá de cara com a cenoura e diz:
– Cenoura?
E ela responde, ofendida:
– Cenoura, não! Cenourita.

Qual a punição por bigamia?
Resposta: duas sogras.

Um vendedor precisa pernoitar numa cidadezinha do interior e vai para o único hotel da cidade, mas que, infelizmente, não tem mais vaga.
– Dê um jeito, por favor, eu preciso dormir!
O recepcionista responde:
– Olha, tenho um quarto com duas camas, onde está hospedado um sujeito que me disse que gostaria de rachar as despesas com alguém. Mas devo avisar que ele ronca até não poder mais.
– Sem problema, fico com o quarto, preciso dormir!
No dia seguinte, o vendedor desce ao restaurante para tomar café e, contrariando as expectativas, está bem-disposto.
O recepcionista pergunta:
– O senhor conseguiu dormir?
– Sem problemas!
– Mas os roncos não atrapalharam?
– Nada! Ele não roncou nem por um minuto.
– Como assim?
– Bom, foi simples; o sujeito já estava dormindo quando entrei no quarto, então me aproximei da cama dele e beijei sua bunda, dizendo: "Boa noite, coisinha linda". E o sujeito passou a noite toda sentado na cama me olhando, assustado, com medo de dormir.

De um cruzeiro de luxo, o passageiro avista um homem barbudo acenando e pulando numa ilha, e avisa o comandante:
– Olhe, tem um homem ali fazendo sinais!
– Deixa ele pra lá. Todo ano, quando a gente passa por aqui, é a mesma coisa: ele fica doido desse jeito!

Um rapaz se dirige a uma moça muito sexy:
– Qual é o seu nome?
A moça responde:
– Mercedes!
– Por acaso, Benz?
E ela, com um sorriso sensual:
– Exatamente.
– Lindo nome! Alguma relação com o carro?
E ela, com o mesmo sorriso sensual:
– Mesmo preço...

☠

– Comandante Joaquim! Estou a avistar uma tropa que se encaminha para o forte!
– Ora, pois! São amigos ou inimigos, sentinela Manuel?
– Olha, eu acho que são amigos, porque vêm todos juntos!

☠

O cara chega na farmácia e pede um pote de vaselina. O farmacêutico lhe entrega o produto, o cliente abre, cheira, mete o dedo no pote e comenta:
– Fedida e pouco viscosa. Não tem uma melhor?
O farmacêutico vai lá para dentro e daqui a pouco volta com outro pote:
– Esta é importada da Inglaterra! Mas custa 120 reais!
– Eu não tô perguntando o preço, amigo! Eu quero uma vaselina que presta!
O rapaz examina a vaselina e decide levá-la. Quando ele sai, o farmacêutico comenta com um outro cliente que aguardava a sua vez:
– Esse aí vai impressionar a namorada!
– Que nada – comenta o outro cliente. – Ele vai é queimar a rosca!
– O senhor acha mesmo?
– Ninguém se importa com o cu dos outros assim, não!

☠

O ônibus carregado de turistas para diante de uma igreja famosa.
Enquanto a maioria entra na capela, um deles, desesperadamente apertado, vai para o confessionário.
Vendo aquilo, o vigário coloca os paramentos e entra do outro lado para ouvir a confissão.
– Bom dia, meu filho!
– Bom dia. Me diz uma coisa, aí do seu lado tem papel?

Um sujeito contrata um paraguaio para matar a mulher. Batem à porta e ela vai atender:
– Buenas tardes, señora! Soy paraguaio e su marido me ha contratado para...
– Para quê?!?
– Paraguaio, senõra!

☠

No meio da selva estava um calor terrível e o único bar existente tinha uma fila de quilômetros. Então, o coelho passa correndo ao longo da fila, mas quando chega ao lado do leão, leva uma patada e ouve do rei das selvas:
– Vai para o fim da fila, malandro.
O coelho se recompõe e continua correndo. O tigre dá-lhe outra tremenda patada e manda o coitado para o fim da fila.
Mais uma vez, ele começa a correr e, de repente, leva uma patada do crocodilo. Com o saco cheio de levar patadas e ser mandado para o fim da fila, o coelho grita:
– Cacete! Hoje não vou conseguir abrir essa porcaria de bar!

☠

A garota tinha ido a um aniversário e chegou em casa às seis da manhã. Tirou os sapatos para não fazer barulho, mas deu de cara com a mãe, que a esperava, preocupada.
– Minha filha! – a mãe gritou e abraçou a garota, desesperada. – Onde você esteve? Já liguei para todo mundo, seus amigos e colegas, e estava quase ligando para a polícia! Por que você demorou tanto?
– Ai, mãe, você nem vai acreditar, mas eu estava saindo da festa, quando apareceu um homem lindo, elegante, todo perfumado, que sacou uma arma e disse: "Ou dá ou morre!".
– Meu Deus do céu! – exclamou a mãe enquanto se benzia. – E o que você fez, filha?
– É claro que eu morri!

☠

No Tibete, um monge senta-se no alto de uma montanha para meditar. Vários meses depois, um outro monge senta-se ao seu lado e os dois ficam ali, no mais absoluto silêncio, durante um ano.
Passado esse tempo, um deles observa:
– Esse inverno foi bravo, não?
Aí o outro se levanta e começa a descer a montanha.
– Ei! Aonde você vai?
– Vou embora! Como é que eu vou meditar com essa tagarelice?

Corrigindo velhos ditados

"É dando... que se engravida."
"Quem ri por último... é retardado."
"Alegria de pobre... é impossível."
"Quem com ferro fere... não sabe como dói."
"Em casa de ferreiro... só tem ferro."
"Quem tem boca... Fala. Quem tem grana é que vai a Roma!"
"Os últimos... serão desclassificados."
"Se Maomé não vai à montanha... é porque ele se mandou pra praia."
"A esperança... e a sogra são as últimas que morrem."
"Quem dá aos pobres... cria o filho sozinha."
"Depois da tempestade... vem a gripe."
"Devagar.... nunca se chega."
"Antes tarde... do que mais tarde."
"Quem cedo madruga... fica com sono o dia inteiro."
"Pau que nasce torto... urina no chão."

☠

Era uma vez um casal de idosos que morava numa fazenda. Um dia, estava a velhinha lavando louça na cozinha quando viu o marido sair correndo de trás do galpão, trombar com a vaca, arrastar a roupa do varal, entrar correndo na casa e falar:
– Minha velha, vamos aproveitar! Eu tive uma ereção!
Então a velhinha subiu para o quarto, foi ao banheiro, colocou uma camisola bem sexy, um perfume provocante, uma maquiagem básica e foi para a cama. O marido reclamou:
– Pô, Judite! Você demorou demais! Olha só, minha ereção já era!
Os dois ficaram muito decepcionados com o ocorrido e voltaram aos seus afazeres. Uns dois anos depois, a velha estava na cozinha fazendo um bolo quando viu o marido sair correndo de trás do galpão, trombar com a vaca, arrastar a roupa do varal... Então, ela nem pensou duas vezes: correu para o quarto, tirou a roupa e abriu as pernas. O velho entrou na casa desesperado, subiu as escadas, viu a esposa na cama em posição de combate e falou:
– Pelo amor de Deus, Judite! A casa pegando fogo e você querendo trepar?

O peão comprou um cavalo de um cigano, mas o cavalo se recusava a andar. Então, ele voltou para reclamar e disse ao cigano:
– Esse cavalo não anda!
E o cigano retrucou:
– Anda, sim, mas precisa de duas palavras mágicas; para andar é "Graças a Deus", e para o cavalo parar é "Plim Plim".
O peão agradeceu e foi testar as palavras mágicas. Montou no cavalo e falou: "Graças a Deus!" e o cavalo saiu em disparada. Logo à frente havia uma placa em que estava escrito: "Cuidado! Precipício à frente!". Apavorado, o peão não lembrava a palavra mágica para fazer parar o cavalo. De repente, já na beira do precipício, ele se lembrou e falou:
– Plim Plim!
E o cavalo parou. Aliviado, o peão respirou fundo e disse:
– Graças a Deus.

☠

Um advogado da cidade, culto, inteligente, educado, vai para o interior ensinar ao pessoal da roça os costumes da cidade. Chega numa casa perto da hora do almoço, e é servida aquela feijoada que só interiorano sabe fazer.
Ao sentar no sofá ele sente aquela vontade de soltar uns gases. Então ele vê uns quadros e, para disfarçar, ele se levanta, observa as pinturas e, ao chegar perto do cachorro, manda ver.
– Fido! –, grita a mulher.
"Ufa! A mulher pensou que foi o cão", pensou ele.
Minutos depois, ele sente aquele incômodo de novo, e, como não estava conseguindo segurar, chegou perto do cachorro e soltou outro peido.
– Fido! –, gritou a mulher.
"Ufa! A mulher pensou que foi o cão", pensou ele de novo.
Minutos depois, a cena se repete: ele se levanta, vai rapidinho até o cachorro e solta um belo de um peido.
Dessa vez a mulher grita:
– Sai daí, Fido, cê num tá vendo que o home vai cagá em cima docê?

☠

A mulher entra num restaurante e encontra o marido com outra:
– Pode me explicar o que é isto?
E ele responde:
– Só pode ser azar!

Um francês, um inglês e um brasileiro estão no Museu do Louvre, diante de um quadro retratando Adão e Eva. Diz o francês:
– Olhem como os dois são bonitos! Ela, alta e magra. Ele, másculo e bem cuidado... Devem ser franceses!
O inglês:
– Que nada! Vejam os olhos deles: frios, reservados... Só podem ser ingleses!
E o brasileiro:
– Discordo totalmente. Olhem bem... Não têm roupa, não têm casa, só têm uma maçã para comer e ainda pensam que estão no paraíso. Só podem ser argentinos!

☠

Tarde da noite, o sujeito ia passando perto de um cemitério e escuta: plec, plec, plec... Acelera o passo, mas o barulho parece aumentar: plec, plec, plec...
Curioso e assustado, ele estica o pescoço por sobre o muro e vê um homem com uma talhadeira e um martelo sentado em um dos túmulos, talhando a lápide.
– Puxa – murmura, aliviado. – O senhor me pregou um susto e tanto!
– Desculpe – responde o homem, e continua o trabalho.
– Afinal, o que o senhor está fazendo? – torna a falar o sujeito.
– Estou corrigindo o meu nome... escreveram errado na lápide!

☠

Uma mulher vai se casar, mas o noivo não sabe que ela não é mais virgem.
Então, para não decepcioná-lo na lua de mel, resolve perguntar a uma amiga o que deveria fazer. A amiga lhe dá a ideia de, antes de transar, ir ao banheiro com a desculpa de que vai se arrumar para ele, substituindo o hímen por uma pequena bexiga.
Ela aceita a sugestão, e, na hora H, pede licença ao marido e vai ao banheiro. Volta ao quarto, com uma lingerie muito sensual, toda provocante.
O marido entra com as preliminares e, na hora H, ouve um pequeno estouro. Ele se assusta, interrompe o ato, olha para baixo e fica estático. Ela, mais do que depressa, pergunta:
– O que foi, meu amor? Nunca viu um hímen?
O marido responde:
– Eu já, mas nenhum colorido e escrito "feliz aniversário"!

☠

– Doutor, tenho tendências suicidas. O que faço?
– Em primeiro lugar, pague a consulta.

O funcionário reclama do baixo salário que recebe e resolve reclamar com o patrão:
– Meu salário não está compatível com as minhas aptidões!
– Eu sei, eu sei – responde o chefe. – Mas não podemos deixar você morrer de fome.

☠

Dois pescadores estão na beira do rio tomando uma cerveja geladinha e observando com atenção a boia, quando um deles diz:
– Jorge, eu acho que vou me separar da minha mulher. Já faz três meses que ela não fala comigo!
O outro, após refletir por uns momentos, lhe diz:
– Pense bem, Alberto, hoje em dia é muito difícil encontrar uma mulher boa assim!

☠

Manuel conseguiu um emprego em uma transportadora e, no primeiro dia, seu chefe pergunta:
– Manuel, você escreveu "Este lado para cima" nas caixas que transportam os copos de cristal?
– Sim, senhor! E para ter certeza de que seria lido, eu escrevi de todos os lados!

☠

O sujeito passou meses indo ao psiquiatra com a queixa de que havia um imenso jacaré debaixo de sua cama.
O psiquiatra estava quase convencendo o paciente de que tudo não passava de uma alucinação, quando o sujeito começou a faltar às sessões.
– Eu gostaria de falar com o Jorge – disse o doutor, ligando para a casa do paciente.
– O Jorge faleceu... – responderam do outro lado da linha. – Foi comido por um jacaré no seu próprio quarto!

☠

Em um curso de paraquedismo, o instrutor fala:
– Ao pular do avião, contem até dez e puxem a cordinha do paraquedas.
Em seguida um homem se levanta e fala:
– Pro-pro-fessor, te-tem que co-contar até-té quanto mesmo?
O professor fala para o Gago:
– Pra você, meu amigo, até três.

Um rapaz, ao ser apresentado para uma gata maravilhosa, diz:
– Puxa, sua mão é tão lisinha! – elogia ele.
– É que eu uso luvas há pelo menos cinco anos.
– Então me explica, como é que eu uso cueca há vinte anos e o meu saco é todo enrugado?

☠

O sujeito pede, no boteco:
– Me dá uma cerveja bem gelada, por favor!
– Desculpe, moço, mas acabou a energia...
– Eu vim tomar cerveja, e não choque!

☠

No hospício:
– Quem é você? – pergunta o médico.
– Napoleão! – responde o louco.
– Quem disse isso pra você? – pergunta novamente o médico.
– Foi Deus! – responde o louco.
Nisso, outro vira-se e replica:
– Não falei nada disso...

☠

A juíza pergunta à prostituta:
– Quando você percebeu que tinha sido estuprada?
E a prostituta, secando as lágrimas, diz:
– Quando o cheque voltou!

☠

Nos últimos dias de seu mandato e em uma tentativa desesperada de recuperar a popularidade e se manter no poder, o presidente português decide declarar guerra à China e manda um e-mail ao governo inimigo:
– Senhores chineses, rendam-se, ora pois! Temos doze tanques, cinco aviões e mil soldados bem treinados, a postos para atacar!
– Nós temos vinte mil tanques, cem mil aviões e cinco milhões de soldados prontos para acabar com vocês! – respondem furiosos os chineses, também via e-mail.
– Infelizmente – responde o português – teremos de adiar a guerra para uma outra data. Não temos lugar suficiente para acolher tantos prisioneiros.

A loira foi prestar vestibular e teve as seguintes dúvidas:

– Qual a capital do estado civil?
– Dizer que gato preto dá azar é crime racial?
– Com a nova Lei Ambiental, matar cachorro a grito passou a ser crime?
– Pessoas de má-fé são aquelas que não acreditam em Deus?
– Quem é canhoto pode prestar vestibular pra Direito?

☠

Um padre vê um bêbado na escadaria da igreja e, na hora em que ia mandar o maior sermão, o sujeito fala:
– Fique sabendo, seu padre, que eu tenho devoção a dois santos.
E o padre pergunta:
– Ah, é? E quais são?
O bêbado responde:
– São Duíche quando estou com fome e São Risal quando estou de fogo.

☠

A loira estava sendo entrevistada por um funcionário da Previdência a fim de obter uma pensão.
– Quantos filhos a senhora tem?
– Dez.
– Como eles se chamam?
– Carlos, Carlos, Carlos, Carlos, Carlos, Carlos, Carlos, Carlos, Carlos e Carlos.
– Eles se chamam todos Carlos? E como a senhora faz para chamá-los quando estão brincando?
– É simples. Grito "Carlos" e todos vêm.
– E se quiser que venham jantar?
– Igual. Eles jantam todos na mesma hora.
– Mas e se a senhora quiser dar uma bronca em algum deles em particular?
– Aí eu chamo pelo sobrenome.

☠

Por que a loira não colocou porta no banheiro?
Para ninguém espiar pelo buraco da fechadura.

Por que não convém atropelar um advogado que está andando de bicicleta numa rua do seu bairro?
Porque a bicicleta pode ser a sua.

☠

A filha chega em casa aos prantos e diz à mãe:
– Mãe, mãe, fui violentada por um argentino!
– Mas... como você sabe que era um argentino?
– Ele me fez agradecer!

☠

Depois de uma longa noite tomando todas, dois bêbados entram em um carro para ir para casa e um deles começa a gritar:
– Fomos roubados! Depenaram o carro!
– Nossa! É mesmo! – concorda o amigo. – Roubaram o som, o volante e até o painel!
– Roubaram tudo!
– Socorro, polícia!
Um guarda-noturno que passava pelo local vê o escândalo e vai falar com eles:
– Ei, vocês dois! Por que não param de gritar e sentam no banco da frente?

☠

Um político e um executivo estão pescando no Caribe, quando o político diz:
– Estou aqui porque minha casa pegou fogo e tudo foi destruído. A companhia de seguros pagou tudo, e com o que sobrou eu vim pra cá.
– Que coincidência! – diz o executivo. – Estou aqui porque minha casa e tudo o que estava dentro foi levado por uma enchente. O seguro cobriu tudo.
O político fica calado por alguns instantes. Coça a cabeça, visivelmente incomodado. Não resiste e pergunta:
– Conta só pra mim: como você começou a enchente?

☠

O Manuel sofria de um mal muito estranho. Toda vez que tomava um cafezinho sentia uma forte dor no olho. Mas um dia um amigo conseguiu descobrir a causa do sofrimento:
– Ó Manuel, por que não tiras a colherzinha da xícara antes de tomar o café?

O mineiro vai ao médico e reclama:
– Ai, dotô! Eu num guento mais de dô. Se eu boto o dedo no peito, dói. Boto o dedo na barriga, dói. Boto o dedo na cabeça, dói. Boto o dedo na perna, dói. Boto o dedo no joelho...
O médico o interrompe:
– Chega, chega, eu já sei o que você tem.
– E é grave, dotô?
– Não, você só está com o dedo quebrado.

☠

O sujeito vai ao médico para ver se resolve de vez o seu problema de dependência dos charutos.
– Doutor! Eu não consigo me deitar sem antes fumar um charuto, toda noite!
O médico indica ao paciente a técnica da aversão:
– Já que o senhor adora um charuto, vou fazer com que tenha nojo dele. Toda noite, antes de se deitar, o senhor vai pegar um de seus charutos e enfiá-lo no reto. Em seguida, vai colocá-lo de novo na caixa e vai agitá-la de modo que não consiga distingui-lo dos demais. É evidente que, desse modo, o senhor não ousará mais fumar nenhum, com medo de pegar o charuto errado!
– Obrigado pelo conselho, doutor. Vou tentar essa técnica hoje mesmo!
Foi o que ele fez. Mas, três semanas depois, estava de volta ao consultório.
– Ahn? O senhor outra vez? Não me diga que a tática não funcionou! Esse método sempre deu certo, mesmo nos piores casos de dependência!
– Bem, de fato funcionou. Digamos que, pelo menos, consegui transferir a dependência...
– O que o senhor quer dizer? – pergunta o médico.
– Pois bem, eu não fumo mais charutos. Mas agora não consigo ir para a cama sem antes enfiar um charuto no rabo!

☠

Dois amigos conversam depois do expediente.
– Vou me divorciar – anuncia um deles.
– Eu não posso acreditar – comenta o outro. – Vocês sempre me pareceram tão felizes!
– É que eu não suporto mais. Mês passado fiz quinze anos de casado! Toda noite botando o pinto no mesmo buraco, não há cristo que aguente! Preciso variar!
– Então por que não pede para a sua esposa se virar?
– Pra quê? Pra encher a casa de filhos?

O professor visita uma livraria e lá encontra um jovem advogado que fora seu pupilo e acabara de publicar seu primeiro livro de direito.
– Então o senhor escreveu este livro?
– Sim, mestre – proclama o rapaz, com indisfarçável orgulho –, e inspirado em seus ensinamentos.
– Sabe, esta sua obra faz-me lembrar Beethoven.
– Beethoven? Mas Beethoven não era advogado nem escritor!
– Sim, meu caro! Tampouco você!

☠

Uma professora dava aula a seus alunos sobre as diferenças entre os ricos e os pobres. Júlia levanta o dedo:
– Fessora, meu pai tem tudo: televisão, telescópio, DVD...
– Tudo bem – diz a professora. – Mas será que tem uma lancha?
Júlia pensa e diz:
– Bom, não...
A professora, então, continuou:
– Está vendo? É como eu disse, não podemos ter tudo...
– Professora – diz Artur –, meu pai tem tudo: ele tem televisão, telescópio, DVD e uma lancha...
– Sei – responde a professora –, mas será que tem um jatinho particular?
Depois de refletir, Artur responde:
– Bom, não...
– Estão vendo que não se pode ter tudo na vida? – disse a professora.
Joãozinho levanta o dedo e diz:
– Meu pai agora tem tudo, professora, porque sábado passado, quando minha irmã apresentou seu namorado argentino, papai disse: "Era só o que me faltava!".

☠

O bêbado está levando a maior dura do delegado:
– Quer dizer que o senhor estava envolvido na briga desses pilantras?
– Quem? Eu? De jeito nenhum, dotô delegado. Eu sou da paz!
– Então por que os policiais trouxeram o senhor pra cá?
– Eles não trouxeram não, fui eu que quis vir!
– Não entendi!
– Tava a maior briga no bar! Aí encostou o camburão e um polícia gritou: "É cana pra todo mundo!". Aí eu falei: "Tô dentro!".

O cara acabou de morrer de um modo trágico e foi direto para o céu. Na porta do Paraíso está o próprio Deus, com um formulário, e Ele entrevista o homem:
– Do que você morreu, meu filho?
– Ah, Senhor... Foi por causa de uma enchente.
Um sujeito ao lado de Deus resolve interromper:
– Enchente o cacete! Deve ter sido uma chuvinha bem mixuruca.
– Não! Juro! Foi enchente mesmo. A cidade toda ficou debaixo d'água! – disse o novo candidato a morar no céu, indignado.
– Duvido – disse o outro. Você não sabe o que é uma chuva de verdade!
– Como não? Perdi o carro, a casa e teve mais gente que morreu por causa dessa enchente. Daqui a pouco esse povo todo vai chegar aí.
– Deixa de ser frouxo, rapaz. Chuvinha de nada...
Aí Deus resolve intervir:
– Mas que droga, Noé! Deixa o cara contar a história dele em paz.

☠

Dois amigos de infância se encontram na fila do banco:
– Nicolau! Há quanto tempo!
– É mesmo, cara. Desde o ginásio.
– E aí, o que você tem feito da vida?
– Ah, eu virei vendedor.
– Sério? Que legal. E aí, o que você tem vendido?
– Até agora vendi a TV, o som e o computador. Quer comprar um Gol 88?

☠

Um padre vai pela rua e encontra uma mocinha loira puxando uma vaca pela corda. Ela diz:
– A bênção, seu padre!
– Deus a abençoe, filha. Aonde você vai puxando essa vaca?
– Vou levá-la pra cruzar com o boi.
– Mas seu pai não podia fazer isso?
– Não, seu padre, tem que ser o boi mesmo.

☠

A Maria se vira para o Manuel e fala:
– Ai, Manuel, eu não gosto dessas pílulas anticoncepcionais. Elas caem quando eu ando.

O caipira leva a mulher ao hospital. A médica começa a examiná-la:
– Humm... A sua mulher não está com uma aparência muito boa. Muito magra, barriga inchada, olhos fundos, pele escamosa...
O caipira começa a ficar incomodado com a situação.
– Lábios murchos, rosto sem cor...
E o caipira:
– Óia, dona, se a senhora se oiá no espeio, vai vê que tamém num é lá essas coisa não, viu?

☠

O português arrumou um emprego de ajudante numa oficina mecânica.
O dono o chama para a primeira tarefa:
– Preciso arrumar o pisca-pisca deste carro. Vai lá atrás e me diz se tá funcionando.
Manuel observa a lanterna traseira com a maior atenção:
– Funciona. Não funciona. Funciona. Não funciona.

☠

A mulher chega ao consultório com a filha de 17 anos.
– Doutor! A minha filha perdeu o apetite, não para de vomitar, vive sentindo tonturas... Por favor, veja o que a minha criança tem!
Depois de um rápido exame, o médico conclui:
– Minha senhora, a sua "criança" está esperando outra criança. Ela está grávida de três meses!
– O quê? – grita a mãe, indignada. – A minha menina nunca esteve sozinha com um homem! Né, lindinha?
– Claro que não, mamãe! Eu sou virgem!
O médico vai até a janela e fica calado, olhando para o céu.
– O que o senhor está fazendo? – pergunta a mãe da moça, visivelmente nervosa.
– Sabe o que é, minha senhora? É que da última vez que isso aconteceu, nasceu uma estrela no Oriente e chegaram três reis magos. Desta vez, eu não quero perder o espetáculo!

☠

Na festinha, o garotão conta vantagem para o amigo:
– Eu já papei todas as menininhas desta festa, tirando, claro, minha irmã e minha mãe.
– Engraçado – diz o outro. – Juntando as nossas tropas, então, já comemos todo mundo.

A mãe aflita, no consultório do pediatra:
– Doutor, meu filho comeu um torrão de terra. Isso lhe fará mal?
O médico:
– Fique tranquila, minha senhora. Já vi advogados comerem porções maiores de seus clientes e nem por isso ficaram doentes.

☠

Um casal de jovens chega ao consultório de um terapeuta sexual. O médico pergunta:
– O que posso fazer por vocês?
O rapaz responde:
– Você poderia ver a gente transando?
O médico fica espantado, mas concorda.
– Não há nada errado na maneira como vocês fazem sexo – diz o médico, quando a transa termina, e cobra R$ 70,00 pela consulta. A cena se repete por várias semanas. O casal marca um horário, faz sexo sem nenhum problema, paga o médico e deixa o consultório. Finalmente o terapeuta resolve perguntar:
– Afinal, o que vocês estão tentando descobrir?
E o rapaz diz:
– Nada. O problema é que ela é casada e eu não posso ir à casa dela. Eu também sou casado e ela não pode ir até minha casa. No Motel Dunas, um quarto custa R$ 120,00. No Motel Ebony custa R$ 100,00. Aqui nós transamos por R$ 70,00, tenho acompanhamento médico, descolo um atestado, sou reembolsado em R$ 42,00 pelo plano de saúde e ainda consigo uma restituição do IR de R$ 19,25.

☠

Um político encontra um amigo, também político:
– Sabia que hoje eu decidi tomar uma das mais importantes decisões da minha vida?
– O que foi?
– Vou me separar!
– Acho que é uma boa decisão! A sua mulher é uma vagabunda! Todo mundo aqui da Assembleia já dormiu com ela.
– Eu ia dizer que estava pretendendo me separar do partido...

☠

O velho acaba de morrer. O padre encomenda o corpo e se rasga em elogios:
– O finado era um ótimo marido, um excelente cristão, um pai exemplar!...
A viúva se vira para um dos filhos e lhe diz ao ouvido:
– Vai até o caixão e vê se é mesmo o seu pai que tá lá dentro...

Um avião caiu na floresta. Restaram apenas três sobreviventes: um indiano, um judeu e um argentino. Caminhando entre as árvores, eles encontraram uma pequena casa e pediram abrigo. O dono da casa disse:
– Minha casa é muito pequena, posso acomodar somente duas pessoas; um de vocês vai ter que dormir no curral.
O indiano respondeu:
– Eu dormirei no curral, sou hinduísta, necessito praticar o bem.
Depois de uns 30 minutos alguém bate na porta da casa. Era o indiano, que disse:
– Não posso ficar no curral, lá tem uma vaca, que é um animal sagrado, e eu não posso dormir junto a um animal sagrado.
Então o judeu falou:
– Eu dormirei no curral, somos um povo muito humilde e sem preconceitos.
Após uns 30 minutos alguém bate na porta da casa. Era o judeu, que disse:
– Não posso ficar no curral, lá tem um porco, que é um animal impuro, eu não posso dormir junto a um animal que não seja puro.
Então, o argentino, "muy putón de la vida", aceitou dormir no curral.
Após uns 30 minutos alguém bate na porta da casa. Eram a vaca e o porco...

☠

Recém-casados, os pombinhos vão passar a primeira noite em um motel, mas assim que o rapaz tira a roupa e se deita na cama, a garota corre para o banheiro e fecha a porta.
– O que foi, meu bem? – pergunta ele, preocupado.
– Estou assustada... é a minha primeira vez!
– Deixa de bobagem, você vai ver como vai ser gostoso.
Dez minutos depois, ela ainda estava trancada no banheiro e ele começa a bater na porta.
– Vem, amor, vem aqui!
– Estou assustada!
– Assustada você vai ficar quando vir com o que estou batendo na porta!

☠

Um moleque pede à mãe:
– Mamãe, quero fazer pipi.
– Mamãe vai te levar ao banheiro.
– Não, eu quero fazer pipi com a vovó.
– Por que a vovó?
– Porque a mão dela treme.

Em uma daquelas igrejas que salvam sua alma à base de uma "ajudinha financeira", o pastor olha para a plateia e diz:
– Vamos passar a cesta e, se tiveres como colaborar, dá, irmão. Dá toda a quantia que puderes!
Os fiéis, mesmo os mais pobres, acabam dando o que têm no bolso e os que não têm ficam constrangidos por não dar nada.
Nem bem a sacola caiu nas mãos dos fiéis, o primeiro gritou:
– Eu tenho 10 reais! – e colocou seu dinheiro lá dentro.
Na vez do segundo, ele fala:
– Eu tenho 20 reais! – e lá se foram mais 20 reais.
A cesta ia enchendo, até que ela caiu na mão de um cara que estava lá só pra conhecer. Como ele era um sujeito honesto e estava muito necessitado, gritou:
– Eu não tenho nada!
O pastor retrucou:
– Então pega, irmão! Se realmente precisas, pega tudo pra você!
Emocionado, o rapaz pegou o dinheiro, guardou-o no bolso e disse:
– Poxa, pastor. Sempre achei que essas igrejas só quisessem nosso dinheiro, mas vocês encheram meus bolsos!
– Sim, irmão! – respondeu de pronto o pastor. – Mas agora que tens, coloca tudo aí na cesta!

☠

O sujeito precisava ir ao Exército para se alistar, pois já tinha 18 anos. Ele não estava nem um pouco interressado em fazer o serviço militar, então, na hora de fazer o exame de vista, decidiu se fingir de cego.
Chegando no consultório médico, o rapaz entra e, apertando os olhos, finge não achar a cadeira. O médico diz:
– Bom, para realizarmos este exame você deve sentar-se nesta cadeira e ler o que está escrito naquele cartaz!
O sujeito, ainda apertando os olhos, pergunta:
– Cadeira? Cartaz? Onde?
O médico, vendo que o rapaz não enxergava nada, liberou-o do serviço militar, e o sujeito, feliz da vida, decidiu comemorar assistindo a um filme no cinema. O cara está todo descontraído, vendo o filme, quando olha para o lado e, assustado, depara com o médico que o havia examinado horas atrás. O médico já estava pronto para xingá-lo quando o rapaz, para se safar, diz:
– Moço, por favor! Esse ônibus vai para o centro da cidade?

TOLERÂNCIA ZERO

Namorada loira recebendo flores pergunta:
– São flores?
– Não, são cenouras!

Na fila da padaria, o cara pergunta à mulher:
– Você está na fila?
– Não, pisei em um chiclete e estou grudada aqui!

O cara vê outro fumando e pergunta:
– Puxa! Mas você fuma?
– Não, eu gosto de bronzear os meus pulmões.

O juiz mostra o cartão vermelho para o jogador, que pergunta:
– Você está me expulsando?
– Não, eu quero saber se você é daltônico.

Dentro de um avião para os Estados Unidos, um passageiro pergunta ao outro:
– Está indo para os Estados Unidos?
– Não, eu peguei o avião errado.

O cara vai andando pela rua e leva o maior tombo. O sujeito que o socorre pergunta:
– Caiu?
– Não! Eu me joguei!

O cara está parado no ponto de ônibus. Chega outro cara e pergunta:
– Você vai pegar ônibus?
– Não, eu moro aqui neste ponto!

Um sujeito encontra um amigo na rua e pergunta:
– Cortou o cabelo?
– Não, caiu!

A velhinha pergunta para o neto, que chega em casa todo molhado:
– Tá chovendo lá fora?
– Não, é que o pessoal na rua resolveu cuspir em mim.

Garçom pergunta para o casal na mesa:
– É para dois?
– Não, eu vou comer e ela vai ficar olhando pra mim.

O camarada caminhando com uma vara de pescar. O outro pergunta:
– Vai pescar?
– Não, a vara é para eu palitar os dentes!

Noiva entrando na igreja, escoltada pelas daminhas de honra.
– É casamento?
– Não, é festa junina.

Mulher abre a porta para o convidado e pergunta:
– Você veio?
– Não, não sou eu! É outro, vou vir mais tarde!

Pergunta a uma apostadora de corrida de cavalos:
– A senhorita gosta de corrida de cavalos?
– Imagine! Eu venho aqui pra sofrer!

O sujeito no caixa do cinema. Pergunta:
– Quer uma entrada?
– Não, quero uma saída.

Um menino chega e fala para a mãe:
– Mãe, na escola todo mundo me chama de mentiroso!
E a mãe responde:
– Cala a boca, seu mentiroso, você nem vai pra escola!

☠

Um lagartixo e uma lagartixa iam de mãos dadas atravessar a rua. Ele era alto, moreno, de olhos azuis, lindo como qualquer príncipe. Ela também era alta, loira, olhos verdes, linda como uma princesa, só que tinha um rabo enorme.
Quando estavam quase chegando no outro lado da rua, o lagartixo nota que a roda de uma bicicleta vinha na direção do rabo da namorada, e, num ato de desespero, ele a empurra para cima da calçada e ela se salva.
Mas, por uma ironia do destino, a roda da bicicleta passa bem por cima da sua cabeça e ele morre.
Moral da história: por causa de um bom rabo muitas vezes se perde a cabeça.

Um homem estava sentado no avião, ao lado de uma menina. O cara olhou para a criança e lhe disse:
– Vamos conversar? Tenho certeza de que a viagem parecerá mais rápida. O que você acha?
A menina, que acabava de abrir um livro para ler, fechou-o lentamente e respondeu com voz suave:
– Sobre o que gostaria de conversar?
– Bom, não sei.... – disse o homem. – Que tal física nuclear? – e mostrou um grande sorriso.
– Bom – disse a pequena –, esse parece ser um tema interessante. Mas antes gostaria de lhe fazer uma pergunta: o cavalo, a vaca e a ovelha comem a mesma coisa: capim, não é mesmo? Porém, o excremento da ovelha é um monte de pequenas bolinhas, o da vaca é uma pasta e o do cavalo é um monte de pelotas secas. Por que o senhor acha que isso acontece?
O cara, visivelmente surpreso com a esperteza da menina, pensou durante uns momentos e respondeu:
– Não faço a menor ideia.
Então, a garota disse:
– Sinceramente, como o senhor se sente qualificado para discutir física nuclear, se não sabe de bosta nenhuma?

☠

O cara entrou no bar e ouviu o gago conversando sobre futebol:
– Es... Es... Esse se... se... seu time não t... t... tá com na-nada!
Para sacanear o coitado do gago, o cara faz uma aposta com ele:
– Ô gaguinho! Se você for até o balcão e pedir uma cerveja sem gaguejar eu te dou cem reais!
– Ju... ju... ju... jura? – pergunta o gago.
– Pode ir, tô falando – diz o cara.
O gago respirou fundo, chegou ao balcão e pediu de uma vez:
– Me dá uma cerveja!
O *barman* perguntou:
– Brahma, Antarctica, Kaiser ou Schincariol?
E o gaguinho:
– A... A... A... Agora fo.. fo... deu!

☠

Como você sabe que um fax foi enviado por uma loira?
Quando o fax vem com selo.

Um casal estava casado havia vinte anos e todas as vezes em que faziam sexo o marido insistia em manter as luzes apagadas. Bem, depois de vinte anos, a esposa sentiu que aquilo era idiota e pensou que poderia quebrar esse hábito louco do marido. Então, uma noite, quando eles estavam no meio da transa, ela acendeu as luzes, olhou para baixo e viu que o marido estava segurando um vibrador. A mulher fica completamente enlouquecida:
– Seu filho da puta impotente!! – ela gritou. – Como você teve coragem de mentir para mim todos esses anos? É melhor você se explicar!
O marido a olha nos olhos e calmamente diz:
– Eu explico o vibrador se você me explicar as crianças!

A faculdade virou uma instituição financeira que vende diplomas, o aluno é o consumidor interessado em comprar o diploma e o professor é o cara que quer atrapalhar as negociações.

Uma mulher estava conversando com uma amiga:
– Fui eu que fiz o meu marido milionário.
– E o que seu marido era antes? – pergunta a amiga.
– Bilionário – responde a mulher.

Um sujeito consulta uma médica urologista:
– A senhora jura que não vai rir?
– Imagine! Sou uma profissional da saúde, tenho um código de ética a seguir! Jamais faria uma coisa dessas.
– Tudo bem, então – disse o paciente. E deixou cair as calças, revelando o menor órgão sexual masculino que ela havia visto na vida. Considerados o comprimento e o diâmetro, não era maior do que uma pilha palito. Incapaz de se controlar, a médica começou a dar risadinhas, até que não pôde mais segurar o ataque de riso. Minutos depois, ela se recompõe e diz:
– Sinto muitíssimo. Não sei o que aconteceu comigo. Dou minha palavra de honra de médica e de dama de que isso não vai se repetir. Agora me diga, qual é o problema?
– Não tá vendo como tá inchado?

Ao cair da tarde, uma maravilhosa loira vai ao parque sozinha. Lá ela encontra um sujeito estranho que logo a convida para uma sessão de fotos em um local mais isolado do parque.
Ingenuamente, ela aceita e acompanha o moço em uma trilha que se embrenhava na mata.
Então a loira começa a ficar assustada e diz:
– Moço, está começando a escurecer e eu estou ficando com medo!
– Medo? – pergunta ele, irônico. – Medo tenho eu, que vou ter que voltar sozinho!

☠

Toda inocente e pura, a zebrinha quer conhecer as coisas da vida. Ela sai por esse mundão afora e, ali pertinho do cafundó, encontra uma galinha. Curiosa, ela quer saber que bicho é aquele.
– Sou uma galinha, nunca tinha visto?
– Não, nunca. O que é que você faz? Você serve pra quê?
– Eu boto ovos. Todo santo dia eu boto um ovo.
Mais adiante, ela encontra uma vaca e faz a mesma pergunta. A vaca responde:
– Eu dou leite. Todo santo dia eu dou mais de quinze litros de leite.
"Eita mundo cheio de novidade", a zebrinha vai pensando consigo mesma.
Aí, no meio da estrada, ela encontra um cavalo e faz a mesma pergunta:
– E você, o que faz? Pra que você serve?
E o garanhão:
– Tira esse pijaminha aí que eu te mostro, doçura!

☠

De partida para a guerra, um soldado muito ciumento resolveu colocar um cinto de castidade na esposa, temendo ser traído.
"Não é justo, posso morrer na guerra e minha mulher é muito jovem. Já sei, darei a chave ao meu amigo de confiança, e, se algo acontecer comigo, ele poderá soltá-la."
No dia da partida, mal tinha cavalgado 200 metros, ouviu a voz do amigo, que corria desesperadamente em seu encalço.
– Que aconteceu, amigo? O que houve?
– Companheiro! – disse o outro, sem fôlego. – Você deixou a chave errada!

☠

Duas loiras conversavam a respeito dos homens.
– No começo, o Fernando era todo o meu mundo. Mas, depois dele, já aprendi muita geografia!

Um cara liga para a padaria e pergunta:
– O pãozinho já saiu?
– Sim, senhor!
– E a que horas ele volta?

☠

O paciente foi ao hospital para fazer o exame de próstata. Chegando lá, o médico explica a ele:
– Vou fazer o exame de toque em você, mas pode ficar sossegado que não vai doer nada!
O paciente pergunta:
– Doutor, posso segurar no seu bilau enquanto faz o exame?
O médico, achando meio estranho, responde:
– Pode, sim... Mas por que isso?
O paciente, aliviado:
– Pra eu ter certeza de que o que você vai enfiar vai ser mesmo o dedo!

☠

O mineirim chegou na zona e disse pra mulher:
– Quanto que é?
– 100 reais.
– Muito caro, uai... que que é isso? Muito caro!
– Então, 50 reais.
– Não, não.... eu só tenho 12 reais.
– É muito pouco... por esse valor eu não dou...
– Então, te dou 12 reais e o meu celular.
A mulher pensou, considerou o momento econômico e disse:
– Topo.
Foram para o quarto e deram uma senhora trepada.
O mineirim, então, se levantou, vestiu as calças e deu 12 reais para a menina, que falou:
– E o celular?
– Anota aí, uai: 0976 0022!

☠

As duas amigas chegam ao restaurante e perguntam para o garçom bonitão:
– Tem mamão?
– Mamão só tem inteiro.
– Ah, então pica pra duas.

O médico diz ao paciente:
– Nos próximos meses, o senhor não poderá fumar, não poderá beber, nada de encontros com mulheres, nada de comer em restaurantes caros, e nem pensar em férias ou viagens.
– Até que eu me recupere, doutor?
– Não. Até pagar o que me deve!

☠

– Doutor, o que eu tenho é grave?
– Não se preocupe, meu amigo. Se houver alguma dúvida, vamos esclarecer na autópsia.

☠

Um homem caminhava por uma praia e tropeçou numa velha lâmpada. Ele pegou-a e, ao esfregá-la para tirar a areia, um gênio surgiu e exclamou:
– Ok, você me libertou da lâmpada! Blá, blá, blá... Esta é a quarta vez este mês e eu estou ficando enjoado desses pedidos, então você pode esquecer aquela história de três desejos. Você tem direito a um desejo e ponto final!
O homem sentou-se e pensou por um instante. Por fim, disse:
– Eu sempre quis ir para o Havaí, mas tenho um medo danado de voar e no mar costumo ficar enjoado. Desejo que você construa uma ponte até lá, para que eu possa ir dirigindo.
O gênio, depois de ter um ataque de riso, respondeu:
– Isso é impossível! Pense na logística. Como as colunas de sustentação alcançariam o fundo do Oceano Pacífico? Pense em quanto concreto, quanto aço teria de ser usado numa ponte desse tamanho! Daria uma baita mão de obra! Isso está fora de cogitação! De jeito nenhum! Pense em outro desejo.
O sujeito concordou e tentou pensar em um desejo realmente bom. Depois de um tempo, disse ao gênio:
– Fui casado e já me divorciei quatro vezes. Minhas esposas sempre disseram que eu não me importava com elas e que sou insensível. Então, meu desejo é que eu possa entender as mulheres! Saber como elas se sentem e o que estão pensando quando não falam com a gente. Saber por que ficam emburradas por qualquer bobagem, saber por que choram por qualquer coisa, por que gastam dinheiro com tanta futilidade, o que elas realmente querem quando não dizem nada, enfim, desejo saber como fazer uma mulher realmente feliz.
O gênio retruca:
– Você quer a porcaria da ponte com duas ou quatro pistas?

Um dia um ladrão chega ao banco e diz:
– Me passa a grana.
No outro dia a mesma coisa, mas dessa vez ele pergunta ao caixa:
– Você me viu assaltar este banco?
O caixa responde que sim e o ladrão o mata na hora.
Ao sair, o bandido vê duas pessoas e pergunta se elas o tinham visto assaltar o banco. Uma delas responde:
– Não, mas minha sogra viu!

☠

O sujeito, recém-saído de um divórcio, nutria natural antipatia por advogados. Assim, não pôde evitar a euforia quando soube da boa notícia: um ônibus que seguia para uma convenção de advogados espatifou-se em um barranco. Nenhum dos causídicos sobrevivera. Mas sua alegria não foi completa: três poltronas do coletivo estavam desocupadas.

☠

Um cara teve um filho. A única coisa que o moleque falava era "truco!".
Seu pai perguntava:
– Tudo bem, filho?
E ele dizia:
– TRUCO!
Seu pai falava:
– Como foi na escola?
E ele respondia:
– TRUCO!
Foi então que o pai decidiu levar o filho ao médico.
– Me ajude, doutor, meu filho só sabe falar "truco"!
O médico respondeu:
– Vou ver o que posso fazer.
Uma hora depois, o médico surge. O pai, desesperado, pergunta o que o filho tem.
E o doutor fala:
– Ele tem zap ou copas!

☠

Por que as loiras gostam de relâmpagos?
Porque elas acham que alguém está tirando foto delas.

Na estrada, um motorista trafegava a 150 km/h, até que foi parado por um guarda de trânsito. Muito constrangido, ele quis se justificar:
– Seu guarda, eu trabalho em um circo logo ali e estou atrasado para uma apresentação!
– Ah, é? O senhor é palhaço ou está achando que eu é que sou?
– Não é nada disso, seu guarda... Eu sou malabarista – disse ele, apontando para uns bastões que estavam no banco traseiro.
– Ah, é? – duvidou o policial. – Então faz uma demonstração aí pra mim!
Mais do que depressa, o sujeito pegou os bastões e começou a dar um show. Primeiro com três bastões, depois quatro, cinco, até sete de uma vez. Ele passava os bastões por baixo das pernas, jogava-os de costas, deitava-se no chão, enfim, dava um show particular para o policial, que já estava até pensando em cancelar a multa. Enquanto isso, um outro policial parou o carro de um bêbado, que saiu do carro cambaleando, viu o malabarista com os bastões e disse:
– Caramba, eu preciso parar de beber! Esse tal teste do bafômetro está ficando cada vez mais complicado...

☠

O argentino, incerto de sua opção sexual, vai consultar-se com um médico.
– Doctor, tengo un problema: no sé si soy homosexual y quiero saber si usted me puede hacer un teste.
– Ok, vamos ver.
O médico agarra um testículo do cara e pede:
– Diga noventa e nove.
– Noventa y nueve.
O médico agora agarra o pênis do cara e pede:
– Diga noventa e nove.
– Noventa y nueve.
O médico agora enfia um dos dedos no ânus do argentino e pede:
– Diga noventa e nove.
– Uuuuuno... doooos... treeees... cuaaaatro...

☠

O bêbado entra em um velório e começa a cantar:
– Parabéns pra você, nesta data querida...!
Alguém o adverte:
– Por favor, respeito. O senhor está num velório.
– Bem que eu tava achando o bolo de aniversário muito grande!

Dois caipiras pescando. E um deles, sem se alterar:
– Tonho, jacaré comeu meu pé.
– Quar deles?
– E eu lá sei, Tonho? Jacaré é tudo iguar.

☠

O português entra no avião para sua primeira viagem. Todo feliz da vida, acomoda-se junto à janela. O avião levanta voo. Depois de observar as hélices se movimentando, ele se vira para o passageiro ao lado e comenta:
– Mas como o ser humano pode ser tão imbecil? Um calor desses e esses burros colocam os ventiladores do lado de fora.

☠

Final da consulta. O médico, com expressão preocupada, diz ao paciente:
– Sinto comunicar-lhe, mas você tem uma doença extremamente contagiosa. Vamos colocá-lo numa unidade de isolamento, onde você vai ter de seguir uma dieta à base de panquecas e pizzas.
– Panquecas e pizzas? Mas isso vai me curar?
– Se vai curar eu não sei, mas é o que vai dar pra passar por baixo da porta...

☠

Um repórter do *Jornal Nacional* pergunta a um rapaz na praia de Copacabana:
– Por favor, você pode me dizer o que mais gosta de comer na vida?
– Cu com leite condensado!
– Ei, espere aí! Seja um pouco mais discreto, afinal, estamos numa transmissão ao vivo, para todo o Brasil.
– Eu até que disfarcei, porque na verdade nem gosto de leite condensado.

☠

O professor de direito pergunta ao jovem acadêmico:
– O que é herança?
– Herança – responde o aluno – é aquilo que os mortos deixam para que os vivos se matem.

Em um botequim, de madrugada, dois bêbados conversam:
– Ei, o que a sua mulher fala quando você chega em casa tão tarde?
– Não sou casado, graças a Deus!
– Ué, então por que vai pra casa tão tarde?

O guarda vinha andando pela rua e viu uma briga das boas entre dois homens muito bem vestidos. Era soco para tudo quanto era lado. Perto deles, havia um garotinho gritando:
– Papai! Papai!
O guarda pergunta:
– Qual deles é o seu pai, garoto?
– Sei lá! É por isso que eles estão brigando.

Um caipira chega ao confessionário e diz:
– Sabe, padre, cometi um grande pecado.
– Pecado capital? – perguntou o padre.
– Não, não. Foi aqui no interior memo.

Manuel entra no prédio e vai para o elevador. A ascensorista pergunta:
– Para que andar o senhor vai, por favor?
– Qualquer um. Já entrei no prédio errado mesmo.

– Estou com um grave problema, doutor – diz uma senhora ao seu médico. – Cada vez que meu marido tem um orgasmo, ele começa a gritar feito louco!
– Mas, minha senhora – responde o médico –, isso é perfeitamente natural! É um sinal de que sua vida sexual está indo muito bem!
– Pode até ser, doutor, mas já estou farta de acordar com esses gritos!

Duas freiras estavam indo à cidade quando resolveram pegar um atalho pelo bosque. Num determinado momento elas são atacadas por dois homens que as despem e as estupram. Eles vão embora, e as freiras tentam dar um jeito nos hábitos. Uma delas olha para a outra e diz:
– E agora, irmã, como é que nós vamos fazer?
– Acho que temos que dizer a verdade para a madre superiora: fomos estupradas no bosque duas vezes.
– Duas vezes? Mas, irmã, foi uma vez só!
– Mas nós não vamos ter que passar por aqui na volta?

☠

Antes da audiência, o advogado instrui o cliente para dizer apenas a verdade. No início da sessão, o juiz indaga:
– O senhor é acusado de ter partido uma cadeira na cabeça do seu vizinho. Isso realmente aconteceu?
– Sim, Meritíssimo! Mas a minha intenção era a de partir apenas a cabeça dele, e não a cadeira.

☠

Um argentino morreu e não tinha nada na carteira nem no banco.
Seus amigos, ou melhor, as pessoas que não queriam deixar o defunto ali apodrecendo, resolveram fazer uma coleta para as despesas do funeral.
Um deles interpela um motorista no semáforo:
– Senhor, poderia contribuir com 10 reais para o enterro de um argentino?
O homem, tirando uma nota do bolso:
– Leve 100 reais e enterre uns dez.

☠

Dois bêbados estavam pescando em uma lagoa, quando de repente veem uma garrafa flutuando. Um deles a apanha, abre e aparece um gênio.
– Por ter me libertado, eu vos concedo um desejo!
E o bêbado:
– Quero que você transforme toda a água dessa lagoa em cerveja.
E, num piscar de olhos, a lagoa inteira transformou-se em cerveja.
Nem bem o gênio havia virado as costas, o outro bêbado reclamou:
– Mas que merda de desejo! Agora vamos ter que mijar dentro do bote.

Logo depois que um casal entra no elevador e a porta se fecha, Manuel solta um estrondoso e fedorento peido. O homem reclama na mesma hora:
– O senhor não tem vergonha? Fazer isso na frente da minha mulher?
– Oh, desculpe! Eu não sabia que era a vez dela.

☠

O carro de uma bela mulher atola numa estradinha no meio do nada. Perto, havia apenas uma cabana com dois caipiras, a quem ela pede ajuda.
Ambos se mostram muito eficientes e prestativos. Ela, para agradecer, resolve se oferecer para satisfazer os dois.
– Maravia! Já tem um bucado di tempu qui a gente num vê uma muié.
– Só tem uma coisa – lembra ela, tirando duas camisinhas da bolsa. – Vocês vão ter de usar isto aqui, senão eu fico grávida.
Terminada a transa, a moça vai embora e os caipiras ficam dormindo até o dia seguinte. Um deles acorda, se vira para o outro e pergunta:
– Ocê si importa daquela muié lá engravidá?
– Craro que não.
– Antão, vamo tirá esta porquera aqui do pinto.

☠

Uma loira foi ao zoológico. Ao chegar perto da jaula do leão, ela vê uma placa: "Cuidado com o leão".
Mais à frente, outra jaula, outra placa: "Cuidado com o tigre".
Mais à frente: "Cuidado com o urso".
Então ela chega a uma jaula que está vazia e lê: "Cuidado! Tinta fresca".
Desesperada, a loira sai correndo, aos gritos:
– Gente! Socorro! A tinta fresca fugiu! A tinta fresca fugiu!

☠

Mãe e filha visitavam o túmulo da vovó. No momento em que deixavam o cemitério, a menina apontou para uma lápide:
– Veja, mamãe, enterraram duas pessoas na mesma tumba.
– De onde você tirou essa ideia, minha filha?
– Ora, mãe, olha, ali está escrito: "Aqui jaz um cidadão argentino e um homem humilde".

– Minha vaca tá doente – diz o caipira para o compadre. – Lembra quando a sua ficô doente? O qui foi cocê deu pra ela?
– Eu dei um pasto especiar – responde o compadre. – Si ocê quisé, eu dou o qui sobrou e ocê usa com sua vaca.
O caipira pega o pasto, agradece e vai embora. Uma semana depois, ele reencontra o compadre:
– Ocê num vai creditá, compadi – diz o caipira, triste e cabisbaixo. – Eu dei o pasto pra vaca e ela... ela morreu...
– Óia só qui coincidência. A minha tamém.

☠

O paciente, indignado, fala para o médico:
– Vinte mil reais por uma cirurgia que não dura nem uma hora, doutor? Brincadeira! O senhor deve estar rico, não?
E o médico, distraído:
– Não, até que não. Neste hospital só me pagam pelas cirurgias bem-sucedidas!

☠

A garota toda gostosinha chega à farmácia e diz ao farmacêutico:
– Por favor, me dê uma compressa.
E o farmacêutico, com aquele ar de safado, diz:
– Agora estou ocupado! Volte daqui a uma hora que eu te dou duas bem devagar!

☠

O advogado ao seu cliente:
– Você foi inocentado graças ao meu talento profissional. Mas, cá entre nós, foi mesmo você que roubou o banco?
– Doutor, roubar eu roubei. Mas, depois de ouvi-lo no tribunal, já não estou mais tão certo disso.

☠

O patrão dá uma bronca no caseiro:
– Olha, seu José, não deixe a sua cadela entrar de novo na minha casa. Ela está cheia de pulgas.
No mesmo instante o caseiro vira-se para a sua cadelinha:
– Teimosa, vê se num entra mais na casa do patrão. Lá tá cheio de pulga.

Um homem, que trabalhava havia muitos e muitos anos numa fábrica de conservas, chega um dia para a mulher e confessa que tem uma compulsão terrível: ele sente uma vontade louca de colocar o pinto no cortador de picles.
– Que é isso, querido? Vá logo consultar um psicólogo. Você precisa se tratar.
– Já pensei nisso, amor, mas não temos dinheiro. Além do mais, não sei se conseguiria contar uma coisa dessas para o psicólogo. Quem sabe isso não acaba passando...
Um dia ele chega em casa cabisbaixo, com uma cara de sofrimento. A mulher pensa no pior:
– Fala o que aconteceu!
– Lembra que há algumas semanas eu estava com uma compulsão de enfiar o pinto no cortador de picles?
– Ai, meu Deus! Você não fez isso, fez?
– Fiz, sim.
– E o que aconteceu?
– Fui despedido.
– E o que aconteceu com o cortador de picles?
– Foi despedido também.

☠

Você sabe por que a loira não deu certo no departamento de controle da qualidade da fábrica de M&M?
Porque ela reprovou vários confeitos em que estava escrito W&W.

☠

O caipira comprou um sítio no meio de um matagal e começou a trabalhar sozinho. Capinou, arou, construiu um galinheiro, um pomar, fez uma horta e uma casinha de dar inveja aos vizinhos. Um dia, o padre resolveu aparecer por lá para pedir um donativo e comentou:
– Que belo trabalho vocês fizeram aqui!
– Ocês?
– Sim, você e Deus.
– Ah! Mas o sinhô percisava vê como é qui tava isso aqui na época qui ele cuidava sozinho!

☠

Por que o português, na hora de dormir, bota dois copos, um cheio e um vazio, na cabeceira da cama?
Porque ele pode sentir sede ou não.

Uma mulher vai ao ginecologista pedir uma receita de anticoncepcional. Alguns meses depois, a mulher estava de volta ao consultório. O doutor lhe perguntou se as pílulas estavam funcionando.
– Ah, perfeitamente, doutor, estou dormindo que é uma beleza...
– Ué! Mas essas pílulas são para controle de natalidade, e não tranquilizantes!
– Eu sei, é que na janta eu sempre ponho uma dessas pílulas no suco da minha filha. Depois, durmo tranquila como um bebê...

☠

O Joãozinho pergunta:
– Professora, a senhora casa comigo?
– Joãozinho, eu não gosto de criança – responde a professora.
E o Joãozinho:
– A gente evita, professora.

☠

Em uma convenção de cientistas, um pesquisador confidencia a outro:
– Você sabe que em nossos laboratórios substituímos os ratos por advogados?
– Verdade? – indaga o colega, espantado. – Mas, por que isso?
– Bem... – prossegue o primeiro. – Por três simples razões: hoje em dia, advogados são mais abundantes do que ratos; depois, meus assistentes não criam laços afetivos com eles. E, por fim, há coisas que nem mesmo um rato faria.

☠

Ao chegar mais cedo em casa, o marido encontra a mulher nua na cama, prostrada, respirando de forma ofegante, e pergunta, preocupado:
– O que houve, querida? Você não está passando bem?
– Acho que é um ataque do coração... – responde ela.
Ao ouvir isso, o marido corre feito um louco para o telefone para chamar um médico. Enquanto tentava discar, o filho chega e diz:
– Paiê, tem um homem pelado no banheiro.
O cara vai até o banheiro, abre a porta e dá de cara com seu melhor amigo. Indignado, ele diz:
– Pelo amor de Deus, Ricardo! Minha mulher está tendo um enfarte e você fica por aí assustando as crianças?

Uma delegação da Organização Mundial da Saúde resolve ir a um hospital brasileiro, para fazer o levantamento das enfermidades que mais afligem o nosso povo.
A equipe de pesquisadores escolhe uma enfermaria com cem camas alinhadas. Começam pela cama mais próxima da porta:
– Qual o seu nome?
– Adelmo – responde o enfermo.
– Do que você está sofrendo?
– Hemorroidas.
– Qual o seu tratamento?
– Pinceladas de mercúrio.
– Qual o seu maior desejo?
– Paz para toda a humanidade.
A delegação se dirige para o segundo paciente:
– Qual o seu nome?
– Antônio – responde o enfermo.
– Do que você está sofrendo?
– Hemorroidas.
– Qual o seu tratamento?
– Pinceladas de mercúrio.
– Qual o seu maior desejo?
– Um mundo sem fome.
Para todos os outros na enfermaria são feitas as mesmas perguntas: nome, doença de que sofre, tratamento e o maior desejo.
Com exceção do nome e do que desejam, as respostas coincidem: todos têm hemorroidas e todos são tratados com pinceladas de mercúrio.
Os pesquisadores já estavam cansados de ouvir "hemorroidas", até que na centésima cama descobrem um caso diferente:
– Qual o seu nome?
– Oswaldo.
– Qual o seu problema?
– Inflamação nas amídalas.
– Qual o seu tratamento?
– Pinceladas de mercúrio...
– Qual o seu maior desejo?
– Um pincel só para mim.

☠

Um gaúcho conversa com o Manuel:
– Eu nasci em Pelotas.
– Ah, é? Eu não. Eu nasci inteiro.

Uma loira e uma morena estavam assistindo ao noticiário das 20 horas, quando passava a reportagem de uma mulher que queria pular de um prédio. Nisso entraram os comerciais e a morena disse pra loira:
– Eu aposto 50 reais que ela pula.
A loira logo respondeu:
– Apostado. Eu tenho certeza de que ela não vai pular!
Ao retornar a reportagem, a mulher havia pulado e morrido. A loira diz então à morena:
– Você ganhou!
E a morena respondeu:
– Não, não é justo, pode ficar com seu dinheiro, eu já tinha assistido a essa matéria no noticiário das 19 horas.
E a loira:
– Não, fica você com o dinheiro, é bem justo, sim; eu também assisti a esse noticiário das 19 horas, só não achei que ela fosse ser tão burra assim e pular de novo!

☠

Quartel de uma unidade do Exército Português. Tarde da noite. Um jipe se aproxima. Manuel é o sentinela. Fica aflito. Pega uma arma, aponta para o carro e pergunta:
– Sabes a senha?
– Sei – responde o motorista.
– Ah, então está bem, podes entrar.

☠

Em uma audiência tumultuada, a promotora vira-se para o advogado:
– Doutor, o senhor é tão irritante que, se eu fosse sua mulher, colocaria veneno no seu café!
E o advogado, de pronto:
– E eu, como seu marido, o tomaria de bom grado...

☠

– Quero uma passage para o Esbui.
– Não entendi. O senhor pode repetir?
– Quero uma passage para o Esbui.
– Sinto muito, senhor, não temos passagem para o Esbui.
Aborrecido, o caipira se afasta do guichê, se aproxima do amigo que o aguardava e lamenta:
– Olha, Esbui, o home falô qui pra ocê num tem passage não.

Após uma noite de chuva, um bêbado voltava para casa, e, ao olhar para uma poça d'água, viu o reflexo da Lua e disse:
– Nossa, como eu tô alto!

☠

O marido reclama para a mulher:
– Amor, por que você não me avisa qundo goza?
– Porque você nunca está por perto.

☠

Em um velório, dois bêbados se encontram e um deles pergunta:
– Quem é o defunto?
– Sei não, deve ser aquele que tá deitado no caixão!

☠

No céu, os anjos separavam os recém-chegados conforme a profissão:
– O próximo!
– Marceneiro.
– Por aqui. Próximo!
– Advogado.
– Quem o deixou entrar aqui? Já pro inferno! O próximo!
– Médico.
– Por favor, fornecedor entra pela porta dos fundos!

☠

O bêbado sai do bar e seu amigo diz:
– Vai com Deus!
Ao sair, leva um tropeção, olha para o céu e reclama:
– Se quiser acompanhar, acompanha, mas não precisa empurrar!

☠

A filha do português fala:
– Papai, perdi a virgindade.
– Já olhaste embaixo da cama?

Abraão e Davi não se viam fazia muitos anos. Um dia acabam se encontrando. Quanta coisa para falar, quanta coisa para contar! Depois de alguns minutos, Abraão decide convidar Davi para conhecer sua família:
– Estou casado, tenho três filhos e eu adoraria que você nos visitasse.
– Será um grande prazer. Onde você mora? – pergunta Davi.
– Rua 3, número 10. Tem bastante lugar para você estacionar. Depois é só ir até a porta de entrada, empurrá-la com o pé, ir até o elevador e apertar o botão do sexto andar com o cotovelo esquerdo. No sexto andar, vire à direita e vá até a porta. Aí você aperta a campainha com o cotovelo direito e eu abro pra você.
– Pode deixar. Só me explica uma coisa: por que eu tenho que fazer as coisas desse jeito que você falou? Empurrar a porta com o pé, apertar o botão do elevador e da campainha com o cotovelo?
– Você não está pensando em chegar de mãos vazias, está?

☠

Um caipira moribundo, num esforço supremo, diz à sua mulher:
– Nhá Chica, eu vô morrê com uma grande mágoa no coração.
– Pur quê, Nhô Bento?
– É qui... Eu tô desconfiado que o Zezinho num é meu fio não.
– O Zezinho, o nosso fio?
– Isso memo. Ele é tão diferente dos otro!
– Quar o quê, Nhô Bento, mecê pode morrê sossegado qui o Zezinho é teu filho sim sinhô. Mas os otro eu num garanto...

☠

Quatro enfermeiras resolveram pregar um trote no médico que tinha começado a trabalhar no hospital.
Depois do plantão, elas se encontraram, e a primeira contou o que havia feito:
– Ai, eu coloquei algodão dentro do estetoscópio.
– E eu, então? Escondi algumas fichas dos pacientes dele – disse a segunda.
– Eu fui bem maldosa – falou a terceira. – Encontrei um pacotinho de camisinhas na gaveta dele e furei todas elas com alfinete.
Nesse momento, a quarta enfermeira desmaiou.

☠

Um homem chega à cidade grande e pergunta ao policial:
– Há nesta localidade um advogado especialista em delitos econômicos?
– Sim, claro! Mas ainda não o pusemos na cadeia por falta de provas.

Maria e Manuel vão ao Teatro Municipal assistir ao espetáculo "A morte do cisne". Maria, muito cansada após um longo dia de trabalho, dorme profundamente durante a maior parte da apresentação.
Acorda, sem graça, e pergunta ao marido:
– Manuel, dormi. Será que alguém da plateia notou?
Responde o Manuel:
– Da plateia não sei, mas os artistas sim, pois há horas que caminham na pontinha dos pés para não te acordar...

☠

A loira estava tentando tirar a tampa da garrafa de uma cerveja long neck e não conseguia.
– Que inferno!
O dono do bar explicou:
– Você tem que torcer.
Aí a loira começou a bater palmas:
– Tam-pi-nha! Tam-pi-nha! Tam-pi-nha!

☠

O juiz chama o réu e diz:
– O senhor é acusado de assassinar um professor com uma serra.
Lá do fundo da sala um homem grita:
– Cachorro!
– Silêncio na corte – diz o juiz ao homem que gritara. Volta-se para o réu e continua: – O senhor também é acusado de matar um garoto com um martelo.
– Desgraçado! – diz o mesmo homem no fundo da sala.
– Eu disse "silêncio!" – avisa o juiz.
Ele vira-se novamente para o réu e acrescenta:
– O senhor também é acusado de ter matado um carteiro usando uma furadeira.
– Sem-vergonha! – repete o homem no fundo da sala.
O juiz faz a advertência final:
– Se o senhor não explicar por que está xingando o réu, vou mandar prendê-lo por ofensa ao tribunal.
O homem se levanta e diz:
– Esse sujeito é meu vizinho há dez anos e ele nunca foi capaz de me emprestar uma ferramenta quando precisei!

O camarada vai ao urologista.
– Doutor, eu tenho um amigo que contraiu uma doença venérea e...
– Tudo bem! Tudo bem! – interrompe o médico. – Tire o seu amigo pra fora para eu examiná-lo!

☠

O delegado já vai chegando na cela dando tapas na orelha de um mendigo que havia acabado de ser preso.
– Além de vagabundo é ingrato, né, malandro?
– De jeito nenhum, doutor! – Disse o pobre coitado, protegendo a cabeça com as mãos.
– Como não? Várias pessoas que estavam na rua viram a cena! Você bateu na porta de uma senhora, pediu comida, ela lhe deu um pão e você, em vez de agradecer, esperou ela entrar em casa e quebrou a vidraça da cidadã caridosa com uma pedra!
– Não era pedra! – disse o mendigo, indignado. – Era o pão que eu ganhei daquela muquirana de uma figa!

☠

Manuel está no restaurante, com a mulher e os filhos. Jantam maravilhosamente bem e pedem a sobremesa. O garçom chega com os pedidos:
– *Apple pie*?
– Não. É pra mãe. Pro pai é uma salada de frutas.

☠

Um bêbado pega seu carro, convida três amigos e vão passear.
Na estrada, ele passa por um guarda a 120 km/h. O guarda para o carro e pergunta:
– Você não viu que a placa é de 60 km/h?
O bêbado responde:
– Você acha que a 120 km/h eu vou olhar pra placa?
– Mas você não viu a seta? – pergunta o policial.
– Pra falar a verdade, eu não vi nem os índios!
O guarda olha para dentro do carro e pergunta:
– Quais são os quatros elementos?
– Terra, fogo, água e ar! – responde o bêbado.
– Você tá de gracinha comigo, né? Eu vou tirar a sua carteira de motorista!
– Tira! Faz trinta anos que eu tento, hic, tirar e não consigo!

O que se joga para um argentino quando ele está se afogando?
Resposta: O resto da família.

☠

No meio de uma região de canibais, lá nos confins da África, um homem chega em um restaurante no meio da selva e olha para uma grande placa que exibia o cardápio.
Missionário frito: 7 reais
Guia de safári *al pesto:* 5 reais
Político recheado ao forno: 35 reais
Intrigado com a diferença de preços, o cara pergunta ao dono do lugar por que político era um prato tão caro.
O dono do restaurante deu uma risadinha e disse:
– Poxa, além de demorar um tempão cozinhando – respondeu o dono do restaurante –, o senhor já tentou limpar um deles?

☠

No final da noite, os dois bêbados conversam no boteco:
– Agora é só ir pra casa – um deles comenta – e começar a brincar de exorcista com minha mulher!
– Exorcista? – o outro bêbado se surpreende. – Como é que é brincar de exorcista?
– Muito simples! – o amigo responde. – Ela se faz de padre, fala um sermão e eu vomito!

☠

A mulher foi à igreja e levou o filho. Como o moleque era muito bagunceiro, não entrou na missa e foi subir numa árvore que ficava na frente da janela da igreja. Então, em determinado momento da missa, o padre perguntou:
– Irmãos, o que disseram pra Jesus quando ele estava lá em cima na cruz?
Ao olhar pra janela, a mãe vê seu filho em cima da árvore e solta um grito que ecoa pela igreja:
– Desce daí, seu filho da puta!

☠

O que o pires disse para a xícara?
– Você tem a bundinha quente, hein!

Numa madrugada, um bêbado tentava enfiar uma chave no poste de iluminação, quando chega um guarda noturno e, desconfiado, pergunta:
– Meu senhor, o que está tentando fazer enfiando essa chave no poste?
O bêbado responde:
– Tô tentando entrar em casa.
– Mas parece que não tem ninguém, né? – disse o guarda.
– Tem sim! Tem uma luz acesa no último andar.

☠

O menino de 6 anos estava no parque fazendo aquele xixizão na grama, quando passa o guarda e diz pra ele, brincando:
– Menino, que coisa feia, se você continuar fazendo isso, vou cortar seu pinto fora!
O menino sai correndo assustado. No meio do caminho, vê uma menina da mesma idade, agachada, fazendo xixi na grama e pensa: "Caramba, esse guarda não tá de brincadeira!".

☠

Logo depois da morte de Argos, seu marido grego, a socialite recebe um telefonema da amiga.
– Como vão as coisas? – pergunta a amiga.
– Vão indo, vão indo, querida...
– E o que você está fazendo de bom?
– Neste momento estou na cama... Com artrite!
– Nossa! Você já arranjou outro grego?

☠

Um cara mascarado entra armado num banco de esperma.
– Abre esse cofre! – ele grita para a mulher que está atrás do balcão.
– Mas isso não é um banco normal, nós não temos dinheiro, isso é um banco de esperma – grita a mulher, desesperada.
– Não quero saber, abra esse cofre ou vou explodir sua cabeça!
A mulher obedece ao assaltante. Quando abre a porta do cofre, ele diz:
– Pegue uma dessas garrafas e beba inteira.
Ela chora, implora, mas acaba tendo de abrir o lacre e tomar todo o conteúdo.
– Pegue outra e tome de novo!
Então ela bebe de novo. De repente, o cara tira a máscara e, para surpresa da mulher, era seu próprio marido.
– E então – ele diz –, não é tão difícil assim, né?

Cúmulos

Da inteligência?
Comer sopa de letrinhas e cagar em ordem alfabética.

Da tristeza?
Acordar bem-humorado, lembrar que é casado e que tem de voltar para casa.

Da traição?
Suicidar-se com punhalada nas costas.

Da preguiça?
Casar com mulher grávida de outro.

Da preguiça (2)?
Casar com uma mulher casada.

Da sorte?
Ser atropelado por uma ambulância.

Da sorte no futebol?
Bater pro Gol e acertar no Omega.

Da rapidez?
Ir ao enterro de um parente e ainda encontrá-lo vivo.

Da rapidez (2)?
Dar uma volta numa mesa redonda e pegar você mesmo.

Da rapidez (3)?
Cagar da janela do 14º andar de um edifício, descer correndo pela escada, chegar na calçada, aparar a merda com um jornal, olhar para cima e ver o cu piscando.

Da rapidez (4)?
Dar uma volta no quarteirão e encontrar com suas costas.

Da rapidez (5)?
Fechar uma gaveta e jogar a chave dentro.

Da distração?
Na lua de mel, levantar da cama, deixar 10 reais na mesinha de cabeceira e ir embora.

Da vaidade?
Engolir batom para passar na boca do estômago.

Da ejaculação precoce?
O cara está vestindo o pijama enquanto a mulher ainda está tirando a camisola.

Da ejaculação precoce (2)?
– Vai ser bom, não foi, querida?

Do egoísmo?
Não vou contar, só eu sei.

Da lerdeza?
Apostar corrida sozinho e chegar em 2º lugar.

Da lerdeza (2)?
Assistir corrida de lesma em câmera lenta.

Da lerdeza (3)?
Ver uma flor dente-de-leão cair do alto de um prédio de cem andares e querer *replay*.

Da paciência?
Tirar meleca com luva de boxe.

Da paciência (2)?
Encher uma piscina com conta-gotas.

Da paciência (3)?
Vomitar de canudinho.

Da paciência (4)?
Limpar cu de elefante com cotonete.

Do azar?
Esse bebê era você!

Da precaução?
Bicha tomar pílula.

Da magreza?
Deitar-se em uma agulha e cobrir-se com uma linha.

Da magreza (2)?
Usar *band-aid* em vez de *modess*.

Da rebeldia?
Morar sozinho e fugir de casa.

Da maldade?
Colocar tachinhas na cadeira elétrica.

Da pobreza?
Vender a camisa pra comprar sabão para lavá-la.

Do pão-durismo?
Atravessar a nado um rio com um Sonrisal na mão e chegar do outro lado com ele inteiro.

Da paixão pela música?
Colocar o ouvido na fechadura enquanto uma garota canta ao tomar banho.

Do vegetariano?
Levar a namorada para trás da moita e comer a moita.

Da inutilidade?
Ser reserva de gandula.

Do otimismo?
Jogar-se do 20º andar e ao passar pelo 12º, dizer:
– Oba, até agora não aconteceu nada...

Da concisão?
Escrever sobre um jogo de futebol: "Partida adiada devido ao mau tempo".

Do respeito?
Comer uma viúva com camisinha preta.

Da economia?
Tirar cera do ouvido para passar no chão.

Da economia (2)?
Usar o papel higiênico dos dois lados.

Da ventania?
Espalha até facho de lanterna.

Da nojeira?
Chupar o nariz de um mendigo morto até esvaziar a cabeça dele.

Da chuva?
Nimbo-cúmulo.

Do cúmulo?
É quando o mulo está comendo a mula e ela fala:
– Aí, não! Ai é o cu, mulo.

Da força?
Amarrar o tênis com o cordão da calçada.

Da força (2)?
Dobrar a esquina.

Dos exageros?
Querer passar manteiga no Pão de Açúcar.

Da esperança?
Travesti tomar groselha e aguardar menstruação.

Da ingratidão?
Entregar para o pai um vidrinho de esperma e dizer:
– Pronto, pai, não te devo mais porra nenhuma!

Da aventura?
Fazer sexo oral com uma canibal.

Da ignorância?
Abrir a caneta pra procurar as letrinhas.

Do arrependimento?
O carrasco dizer:
– Sempre que enforco alguém me dá um nó na garganta.

Da dor?
Escorregar num tobogã de gilete e cair numa piscina de álcool.

Da dor (2)?
Escorregar num tobogã de gilete, frear com o saco e cair numa bacia de mertiolate.

Da dor (3)?
Uma velhinha banguela morder uma gilete e puxar.

Do barulho?
Duas caveiras transando em cima de um telhado de zinco.

Do basquete?
Jogar a bola na cesta e acertar no sábado.

Da burrice?
Ser reprovado no exame de fezes.

Da censura?
Proibir uma mulher de abrir as pernas na hora do parto.

Da visão?
Derrubar dez faixas-pretas com um golpe de vista.

Do galo?
Ter uma filha galinha e não poder comer.

Da elasticidade?
Colocar um pé em cima do Pão de Açúcar, o outro no Corcovado e fazer xixi na Baía de Guanabara.

Do engano?
Uma minhoquinha entrar em uma macarronada pensando ser uma suruba.

Da cor berrante?
Corneta.

Da confiança?
Jogar palitinho pelo telefone.

Da coincidência?
Colocar uma meleca embaixo de uma mesa e encontrar outra no lugar.

Da frigidez?
Depois de transar, perguntar para a amante:
– Você gostou?
E ela responder:
– De quê?

Da viadagem?
Dois garotinhos pararem de brincar de médico proctologista porque nenhum quer ser o médico.

Da ironia?
Encontrar seu maior inimigo na sauna gay.

Da inocência?
Uma garotinha espremer o peito pensando que é espinha.

Dos ciúmes?
Brigar com a mulher porque um dos gêmeos não se parece com o pai.

Da falta do que fazer?
Decorar uma lista de cúmulos como esta.

☠

Um advogado e um cachorro foram atropelados na mesma estrada. Como saber qual poça de sangue é a do advogado e qual a do cachorro?
Fácil! Antes da poça de sangue do cachorro, por certo, haverá marcas de freada.

☠

A loira contraiu a doença de Chagas.
– O que é isso, doutor?
– É uma doença do sangue. A senhora foi chupada por um barbeiro.
– Barbeiro? Ele me disse que era engenheiro!

Cantadas para gente feia

Você tem fogo?
– Sim!
– Então cospe, dragão.

Você tem telefone?
– Tenho.
– Então vende e faz uma plástica.

Uma mulher feia passa por você. Quando ela estiver de costas, grite:
– Volta, volta, volta...
Quando ela olhar para trás toda feliz, complete a frase:
– Volta pro inferno, demônio!

Você não é feia, a sua beleza que é rara!

Alguém já disse que você é lindo? Não? Mas, claro, quem conseguiria mentir assim?

Quando três meninas estiverem andando na rua você diz:
– Olha as três graças: a Sem Graça, a Desgraça e a Nem de Graça!

Cuidado! Mulher feia e urubu comigo é na pedrada.

Você é bonita... Pena que está no planeta errado.

– Me dá seu telefone?
– Pra quê?
– Pra eu nunca ligar, nem por engano!

Você não é feia... Apenas nasceu diferente.

Olha que miss... me espanta!

Deus castiga, mas o que ele fez contigo foi muita sacanagem!

☠

Se ferradura desse sorte, burro não carregaria peso.

Um homem sempre debochava de sua mulher, que era loira. Um dia, ele passou na casa de seus amigos para que o acompanhassem até o aeroporto, porque sua esposa ia viajar. Como sempre tirava sarro dela, ele disse, na frente de todo mundo:
– Amor, traz uma francesinha de Paris pra mim?
Ela abaixou a cabeça e embarcou muito chateada.
Depois de quinze dias na França, o marido foi esperá-la no aeroporto e pediu aos amigos que o acompanhassem novamente. Ao chegar, ele perguntou à mulher:
– Amor, você trouxe minha francesinha?
Ela disse:
– Eu fiz o possível. Agora é só rezar para nascer menina!

O manguaceiro, completamente torto, entra na igreja durante a missa, bem na hora da comunhão. Entra na fila e abre o bocão para receber a hóstia. Ao ver o seu estado, o padre evidentemente não lhe dá a comunhão e continua com os outros fiéis. E o pau d'água lá, esperando para receber também. Na hora que o padre termina e se vira para o altar, ouve o bêbado gritar:
– Cumé qui é, meu chapa? Vai ou não vai me dá esse Sonrisal?

O sujeito chega ao escritório de advocacia:
– Por favor, quero falar com o meu advogado.
A secretária responde:
– Sinto dizer, mas o seu advogado morreu.
No dia seguinte, o sujeito volta e faz a mesma pergunta:
– Quero falar com o meu advogado.
– Acho que o senhor se esqueceu, mas já falei que seu advogado morreu – responde a secretária.
No dia seguinte, a cena se repete:
– Por favor, o meu advogado.
A secretária perde a paciência:
– Mas que saco! Quantas vezes vou ter que dizer para o senhor que o seu advogado morreu, hein? Quantas?
– Desculpe, mas é que eu adoro ouvir isso!

A diferença entre o clínico geral e o especialista é que o primeiro sabe um pouco de quase tudo e o especialista sabe tudo de quase nada.

Um cientista, dono da maior empresa nacional, estava a caminho de uma conferência, quando o seu motorista comentou:
– Patrão, já ouvi tantas vezes o seu discurso que, se o senhor ficasse doente, tenho certeza de que poderia fazê-lo no seu lugar.
– Isso é impossível!
– Quer apostar?
E fizeram a aposta. Trocaram de roupa e, quando chegaram ao local da conferência, o motorista foi para o palco, enquanto o dono da empresa instalou-se na última fila para assistir.
Depois da palestra, começou a sessão de perguntas, que o motorista respondeu com precisão, do jeito que o patrão teria feito.
No entanto, em certo momento, levantou-se um sujeito que apresentou uma questão dificílima.
Longe de entrar em pânico, ele tentou se safar:
– Meu jovem, essa pergunta é tão fácil, mas tão fácil, que vou pedir para o meu motorista responder!

☠

Um caipira meio surdo fazia de tudo pra ninguém perceber o seu problema. Disfarçava de tudo quanto era jeito. Um belo dia, o caipira está lá na roça, arrancando mandioca, quando passa um conhecido e pergunta:
– A comadre tá boa, seu Benedito?
– Num tá muito boa não, mas dá pra comê!

☠

O português faz uma ligação telefônica para o João:
– Por favor, eu queria falar com o João!
– Pode falar, é o próprio.
– E aí, Próprio, tudo bom? Chama o João pra mim?

☠

Em uma descontraída festa de debutantes, o sujeito enche a cara e começa a dar o maior vexame, até que um dos convidados resolve tentar ajudar:
– O senhor não quer tomar um táxi e ir para casa?
Abraçando o novo amigo, o bêbado responde:
– Que ótima ideia! Mas tem uma condição!
– Tudo bem. Qual é a condição?
– Depois que a gente tomar esse tal de Taksy, você toma um uísque comigo?

Um respeitável professor de direito, no final do curso, diz aos alunos:
– Lembrem-se de uma coisa: o mais importante, quando se é um advogado, é que uns casos se ganham, outros se perdem, mas em todos se cobra.

☠

Uma senhora de meia-idade chega ao hospital em frangalhos, vítima de atropelamento. O médico a examina, enquanto a enfermeira vai anotando numa ficha:
– Escoriações na cabeça, fratura no braço direito, luxação na clavícula, desarticulação do tornozelo esquerdo, seção longitudinal na coxa esquerda... – e, virando-se para a mulher: – Qual a sua idade, minha senhora?
– Trinta e cinco!
O médico vira-se para a enfermeira:
– Anote aí também: "perda de memória".

☠

Num dia nublado a loira vai passear de carro por São Paulo. De repente, começa a chover muito forte e tudo fica alagado. A loira para o carro e vai andando a pé no meio da enchente. Alguém berra:
– Loira, a enchente vai levar o seu carro!
A loira retruca imediatamente, com um tom esnobe:
– Não, eu estou com as chaves!

☠

O português consegue um emprego de mordomo e lá vai ele para sua primeira tarefa.
– Acorda, patrão, acorda.
– Ahn, ahn, sim, o que foi? O que houve?
– Está na hora do senhor tomar o remédio para dormir.

☠

Um pintor, à procura de semblantes expressivos para um retrato, encontrou um velho caipira que lhe chamou a atenção.
– Eu lhe pago 200 reais, se o senhor me deixar pintar seu rosto – disse o pintor.
O caipira coçou a barbicha, pensou um pouco e respondeu hesitante:
– Sabe, seu moço, num é por causa do dinheiro não. Sabe o qui é? Eu tô pensano aqui com meus botão como é qui vô limpá a cara despois.

Um casal de velhos para o carro em um posto:
– Pode completar? – pergunta o frentista.
– Pode – responde o velho.
A velha surda pergunta:
– O que ele disse?
– PERGUNTOU SE É PARA COMPLETAR – responde o velho aos gritos.
O frentista pergunta:
– Aonde vocês estão indo?
– Vamos passar o fim de semana no sítio de uns amigos.
A velha pergunta:
– O que ele disse?
– PERGUNTOU AONDE A GENTE VAI E EU DISSE QUE VAMOS PRO SÍTIO.
O frentista comenta:
– Vocês estão com sorte. Ouvi no rádio que o tempo vai estar bom.
A velha:
– O que ele disse?
– DISSE QUE VAMOS TER TEMPO BOM.
O frentista:
– E onde vocês moram?
– Em Araçatiba – responde o velho.
O frentista comenta:
– Ah! Uma vez conheci uma garota de Araçatiba. Ela não parava de falar, e era muito ruim de cama. Uma tristeza.
A velha:
– O que ele disse?
– DISSE QUE TE CONHECE!

☠

Por que a loira ficou feliz quando terminou de montar um quebra-cabeça em seis meses?
Porque na caixa dizia: "de 2 a 4 anos".

☠

O casal vinha a 140 km/h na estrada, quando de repente o cara perde o controle e enfia o carro num poste. A moça voa pelo para-brisa, enquanto o motorista fica preso no banco, sem um arranhãozinho.
Começa a juntar aquela multidão.
– Que sorte você teve! Ela se arrebentou toda e você tá aí inteirinho!
– Inteirinho porra nenhuma! Vai lá ver o que tem na boca da garota!

O português acabou de chegar em Nova York e liga desesperado para o amigo:
– Ai, Joaquim, estou perdido. Não sei como me dirigir ao hotel.
– Calma, Manuel, que aí eu conheço tudo. Me digas onde estás agora.
– Estou aqui na esquina da Walk com a Don't Walk.

☠

Em uma maternidade, o jovem advogado filma tudo o que acontece em torno do seu bebê recém-nascido.
Vendo o pai tão empenhado na tomada de imagens, a enfermeira pergunta:
– É seu primeiro filho?
– Não, mas é a minha primeira câmera...

☠

O bêbado chega no McDonald's e pede:
– Me vê aí um sanduíche de mortadela.
O atendente, todo educado, pensando no prêmio de funcionário exemplar, responde:
– Não temos, meu senhor. Só temos o que está ali naquela placa.
– Então me dá um daquele ali, ó.
Sem conseguir adivinhar as intenções do bêbado, o atendente aconselha:
– Por favor, senhor, peça pelo número.
– Pelo número? Então, me dá uma 51.

☠

O cara e a namorada loira vão à final do Campeonato Brasileiro. A loira se produz toda e os dois acabam chegando atrasados, com o jogo já aos vinte minutos do segundo tempo. O cara está puto da vida. A loira pergunta ao namorado:
– Quanto está o jogo?
– Zero a zero.
– Então, por que está tão nervoso? Não viu que a gente chegou a tempo?

☠

– Na minha terra – dizia o camponês –, mulher só diz três frases por dia: "Xô, galinha!", "Cala a boca, criança!", "A comida tá na mesa!".
– Na cidade também é assim – dizia o outro –, só mudam as frases: "Bota o lixo lá fora", "Me dá o cheque" e "Hoje não, estou com dor de cabeça".

Qual a semelhança entre o advogado e um espermatozoide?
— Ambos têm uma chance em três milhões de se tornar um ser humano.

☠

Depois de muito tempo, dois amigos mineiros bem ricos se encontram.
— Estou ultimamente em uma maré de azar. Minha mulher me abandonou, perdi o emprego, tinha investido em derivativos, bati meu carro e descobri que meu filho é gay.
— Poderia ter sido pior.
— O que poderia ter sido pior do que tudo isso?
— Ter acontecido comigo.

☠

A esposa andava muito preocupada com o marido, porque o cara não vinha dando conta do recado nas relações sexuais. Ela resolve, então, levá-lo ao médico. Depois de um estudo completo, o doutor receita meio comprimido de Viagra por dia. A esposa, que sempre estava informada de tudo, pergunta:
— Por que somente meio comprimido, doutor? O normal não é tomar um inteiro?
O médico responde:
— O problema é que seu marido tem o pênis tão pequeno, mas tão pequeno, que se tomar um comprimido inteiro pode ter uma overdose.

☠

O sujeito chega à zona e convida uma garota, mas ela vai logo fazendo exigência:
— Só transo se for com camisinha!
Ele concorda. Sobem para o quarto e, chegando lá, ele tira uma camisinha do bolso da calça e a enfia na cabeça.
— Ei! Não é aí que se usa isso!
— Eu sei, eu sei. Eu só estava lasseando!

☠

O advogado, conhecido por sua extrema objetividade, assiste ao concerto de um pianista, quando se vê abordado por um cavalheiro que acabara de se sentar na poltrona ao lado:
— O senhor entende de música?
— Um pouco — responde o advogado.
— E o que ele está tocando?
— Piano.

O português entra morto de fome na lanchonete:
– Ó, Sousa, desliga a chapa por favor e me prepara um misto-frio.

☠

Chega o moralista para o bebum e dá-lhe uma dura:
– Você não sabe que beber é um crime não só contra você mesmo, mas também contra seus filhos?
– Ah, é? E por quê?
– Ora, seu irresponsável! Os filhos dos alcoólatras nascem idiotas!
– Pode crer! Mas pensa que é mole parar de beber? Pergunta pro seu pai!

☠

Duas loiras estavam conversando no ônibus:
– Ai, amiga! Não posso engravidar de jeito nenhum! Estou tomando todo o cuidado do mundo! Pílulas, DIU, camisinha... Tudo!
– Ué, mas o seu marido não fez vasectomia?
– Por isso mesmo!

☠

O português vai ao chaveiro e diz:
– Estou com um problema. Tranquei o carro com as chaves dentro.
– Só um minuto que eu já vou até lá com o senhor.
– Mas não demore, por favor. Parece que vai chover e o meu carro não tem capota.

☠

A loira chega desesperada para o pai:
– Pai, roubaram nosso carro!
– Filha, você poderia identificar os ladrões?
– Não, pai, mas eu anotei a placa do carro!

☠

No meio de um julgamento conturbado, o juiz que presidia a sessão avisa:
– O próximo que abrir a boca vai para a rua!
Sem perda de tempo, o acusado berra:
– Viva o juiz!

O bêbado entra no bar e pede uma cachaça e uma empada.
O dono do bar pergunta:
– O senhor quer empada de carne ou de camarão?
E o bêbado:
– Qualquer uma. Daqui a pouco, hic, eu vomito ela mesmo!

☠

Após o jantar em que apresentou o namorado ao pai, um conhecido médico da cidade, a moça pergunta, ansiosa:
– E aí, pai, o que você achou do Fábio?
– Eu acho que é um rapaz simpático e educado, mas, infelizmente, creio que o matrimônio entre vocês não daria certo.
– Ai, pai, fico tão aliviada por ouvir isso!
– Tá vendo, minha filha? – diz o pai, satisfeito. – Acho que você também não estava muito certa sobre o relacionamento...
– Não é isso, pai! Agora eu tenho certeza de que vai dar tudo certo! Seus diagnósticos estão sempre errados!

☠

Dois caipiras se encontram.
– Ocê soube que o Belarmino morreu? – pergunta o primeiro.
– Uai, morreu de quê?
– Catarata.
– Catarata? Uai, mas que eu saiba catarata não mata.
– É... Mas empurraram ele.

☠

No departamento de seleção daquela empresa:
– Sexo?
– Três vezes por semana.
– Não, eu quero dizer... homem ou mulher?
– Não importa.

☠

Por que português tem chulé só em um dos pés?
Porque a mãe diz:
– Vê se lava esse pé direito, menino.

Um homem, na mais absoluta miséria, resolve escrever ao primo advogado, que é milionário, nos seguintes termos: "Primo, se não me enviar dez mil dólares eu mato meu filho e me mato em seguida".
Em pouco tempo o desafortunado homem recebe uma carta do primo:
"Envio-lhe, com a presente, cinco mil dólares para que poupe seu filho".

☠

O bêbado está na porta do bar, tomando uma pinga, e de repente passa uma morena deliciosa.
– Hic! Que porcaria! – grita ele, para a gostosa.
Depois de alguns minutos, uma ruiva perfeita.
– Que porcaria! – repete ele.
Depois uma loira fenomenal: bundinha empinada, peitões, barriguinha sarada. E ele:
– Que porcaria! hic!
Aí, o dono do bar não aguenta:
– Qual é o problema, meu amigo? Só passa mulherão aqui na frente e você fica dizendo que é porcaria?
– Que porcaria que eu tenho lá em casa, hic! Isso que eu quis dizer!

☠

– Qual o prato que você não gosta, Nhô Quim?
– Que pergunta mais besta, sô. De prato vazio, ué!

☠

Depois de umas cantadas, o cara consegue levar a loira para o motel e logo eles começam a transar. A certa altura, ele percebe que ela está gemendo muito alto e pergunta:
– Você tá gozando?
– Claro que não! – responde ela. – Eu tô levando muito a sério!

☠

Um mineiro diz a outro:
– Cumpadi, muié é bicho estranho, num é memo? Num gosta de pescá, num gosta de futebor, num sabe contá piada, num toma umas pinguinha...
– Óia, cumpadi, si num tivesse xoxota, eu nem cumprimentava.

Semana Santa, o sujeito no maior porre na porta de um boteco vê a procissão passando, carregando uma santa, e berra:
– Olha a Mangueira aí, gente!
Enfezado, o padre vira-se para o bêbado e esbraveja:
– Mas que falta de respeito, seu excomungado! Sai fora!
Nem bem acabou de falar, a santa bate em um galho de uma mangueira, cai e se espatifa no chão.
E o bêbado:
– Bem que eu avisei!

☠

Uma loira está dirigindo sua Ferrari a toda velocidade quando é parada por uma policial, por acaso, também loira.
A policial pergunta:
– Posso ver a sua carteira de motorista, senhora?
A loira começa a procurar na bolsa e fica cada vez mais estressada, até que pergunta:
– Como é mesmo a carteira de motorista?
A policial responde:
– É retangular e tem uma foto sua.
Após muito procurar, a loira acha na bolsa um objeto retangular: um espelho. Dá uma olhada e o entrega pra policial.
A policial olha pro espelho, devolve pra loira e diz:
– Tudo bem, tá liberada! Mas por que você não me disse antes que era policial?

☠

O ônibus ia praticamente vazio. Além do motorista e do cobrador, havia apenas um passageiro. Chovia muito. Sentado embaixo de uma janela aberta, Manuel era vítima da natureza e já estava todo molhado. O motorista para num semáforo, olha para trás e pergunta ao português:
– Mas por que o senhor não troca de lugar?
– Eu até troco. Mas com quem?

☠

– Padre, ontem eu dormi com meu namorado.
– Mas isso é pecado, e pecado mortal, minha filha. Reze cinco pais-nossos como penitência.
A jovem fica mais algum tempo ajoelhada, pensa um pouco e depois pergunta:
– Padre, se eu rezar dez pais-nossos, será que posso dormir com ele hoje de novo?

O homem entrou no bar com o jacaré preso à coleira. Percebendo o pavor entre os presentes, procura tranquilizá-los:
– Calma, pessoal, o bichinho é manso.
E dirigindo-se ao *barman*:
– Vocês servem advogados?
– Claro, claro! – responde o homem, trêmulo.
– Ótimo! Pois, então, traga dois para o jacaré e uma cerveja para mim.

☠

O sujeito chega ao bar e diz:
– Bota duas aí!
– Duas? Não serve uma dose dupla, não?
– Não! Tem que ser duas!
– Mas por quê?
– É que sempre que eu bebo eu me sinto um outro homem! E hoje eu resolvi pagar uma pra ele, entendeu?

☠

Maria pede ao Manuel que troque a lâmpada queimada. Ao subir na escada e encostar no soquete, a cidade inteira fica às escuras, por causa de um blecaute. Maria sai assustada à janela, olha para o Manuel e dá a bronca:
– Ai, Manuel, olha só o que tu fizeste.

☠

Os profissionais de uma equipe de demolição trabalhavam havia alguns dias para derrubar o que um dia fora uma grande fábrica. Depois da queda de uma parede, repararam que havia um esqueleto. Chegaram perto. No pescoço, uma medalha coberta pelo pó. Um, mais curioso, tirou a poeira e pôde ler: "Manuel Oliveira. Campeão Mundial de esconde-esconde, 1910".

☠

O advogado subia as escadarias da Igreja da Penha, no Rio, quando viu a velhinha despencar degraus abaixo e rolar em sua direção. Imediatamente, encolheu-se enquanto a infeliz passava por ele para se estatelar lá embaixo.
Vendo a cena, um indivíduo protesta:
– Por que o senhor não segurou a velhinha?
– Eu, hein? Sei lá se era promessa!

Uma loira foi ao médico com as duas orelhas queimadas. Chegando lá, o doutor perguntou:
– Como você conseguiu queimar essa orelha?
Ela respondeu:
– É que eu estava passando roupa, aí o telefone tocou e eu coloquei o ferro de passar na orelha, pensando que fosse o telefone!
– Sim, mas isso foi em uma orelha. E a outra, como foi que você queimou?
– A outra foi quando eu fui ligar para o senhor.

☠

Um patrão mandou os dois vaqueiros dele, dos mais preguiçosos, para procurar um burro perdido. Para não desistirem da empreitada, eles decidiram subir a montanha contando piadas. Duas horas depois, quando já estavam no alto da serra, bem pertinho do burro, o compadre falou:
– Ô, cumpadi, é mió agora ocê contá uma bem curtinha, purque senão nem dá tempo pra terminá. Óia só o burrico logo ali, ó!
– Intão tá. Aí vai uma bem curtinha... Cumpadi, esqueci o cabresto lá embaixo na fazenda...

☠

Um dia, o Manuel, um português de 70 anos, estava no bar conversando com uns amigos e ouviu uma notícia bombástica: pão é afrodisíaco! Ele foi correndo para a padaria do conterrâneo Joaquim e pediu:
– Joaquim, por favor, eu quero vinte pães!
– Mas, seu Manuel, o senhor mora só com a dona Maria. Se o senhor comprar vinte pães a metade vai ficar dura.
– Ah, então eu quero quarenta pães!

☠

Dois bêbados estavam discutindo:
– Aquilo lá é a Lua!
– Não! Aquilo lá é o Sol!
– Não, é a Lua!
Ao ver um outro bêbado passando por perto, um deles pergunta:
– Ei, você, por favor, aquilo lá é a Lua ou o Sol?
– Não sei. Não moro por aqui!

Uma loira estava com problemas financeiros. Para tentar melhorar de vida, resolveu sequestrar uma criança e pedir um resgate. Foi a um parque, agarrou o primeiro garoto que viu, levou-o para trás de uma árvore e escreveu um bilhete: "Eu raptei seu filho. Deixe R$ 20.000,00 no saco marrom atrás do grande carvalho do parque amanhã às 7 da manhã. A Loira".
Ela dobrou o bilhete, colocou na jaqueta do garoto e mandou-o direto para casa entregar o bilhete à mãe. Na manhã seguinte, voltou ao parque e encontrou o dinheiro no local marcado, exatamente como ela havia requisitado. Porém, além do dinheiro, dentro do saco havia um bilhete dizendo: "Aqui está seu dinheiro. Mas eu ainda não posso acreditar que uma loira possa fazer isso com outra".

☠

O mineirinho chegou ao Rio e tinha que ir ao médico. Quando disseram o preço da consulta, ele quase caiu da cadeira.
– Como é qui eu vô fazê?
O compadre, que já morava no Rio havia mais tempo, falou para ele que conhecia um médico que cobrava a metade dos outros. E com uma vantagem: na segunda vez que o cliente voltava lá, ele cobrava a metade da metade. O mineirinho não teve dúvidas: foi a esse médico. Chegando lá, disse:
– Bom dia, dotô! Sou eu de novo.

☠

Dois bêbados conversam diante de uma garrafa de cachaça. Um deles, com voz arrastada, fala para o outro:
– Acho que eu vou parar de beber.
– Parar de beber? Você tá maluco?
– É que toda vez que eu bebo eu vejo tudo dobrado!
– E vai parar de beber só por causa disso? Faz isso não, rapaz! É só fechar um olho!

☠

Conversa entre prostitutas:
– O que você vai pedir para o Papai Noel?
– O mesmo que eu peço para os outros: 100 reais!

☠

O Manuelzinho e o Joaquim Júnior estão a brincar:
– Ó, pá, estou cansado de correr atrás de ti. Agora corres tu à minha frente.

Do que você precisa quando se encontra com uma dúzia de advogados enterrados até o pescoço no concreto?
– De mais concreto.

☠

Uma loira entra numa loja de cortinas e diz para o empregado:
– Por favor, eu queria umas cortinas para o monitor do meu computador!
O empregado, espantado, diz:
– Mas, minha senhora, monitores não precisam de cortinas.
A loira responde, com ar de espertalhona:
– Hello! Eu tenho o Windows!

☠

Um caipira esperto entra num bar e pede uma pinga. Antes de tomar, ele pergunta se pode trocar por uma coxinha. O dono do bar troca. O caipira devora a coxinha e sai sem pagar, na maior cara de pau. Então o dono do bar grita:
– E aí, não vai pagar a coxinha?
E o caipira responde:
– Uai, eu troquei pela pinga.
– Sim, mas o senhor também não pagou a pinga.
E o caipira arremata:
– Uai, eu num bebi. Pur que vô pagá uma coisa que num bebi?

☠

O gaúcho faz o pedido de casamento para o pai da moça:
– Mas bá, tchê, tens certeza que queres casar com minha filha?
– Mas bá, tchê, tens alguma dúvida?
– Olha que minha filha gosta de pinto grande e grosso.
– Mas bá, quem não gosta, tchê?

☠

Dois amigos estão sentados diante de um hospital, conversando. Um deles, olhando para o para-raios, diz para o outro:
– Ô, Tonho, tá veno aquele mosquitim bem na ponta do pararrai?
– Quar, Chico, o qui tá de pé ou o qui tá sentado?

Retornando ao escritório depois de um dia de trabalho infernal, o limitadíssimo advogado pede à secretária:
– Dona Lurdes, marque uma consulta médica para sexta-feira.
A secretária, igualmente limitada:
– Doutor, "sexta" se escreve com s ou com c?
O advogado, depois de pensar por alguns segundos:
– Esqueça a sexta e marque para quinta.

☠

Dois bêbados conversavam em um boteco quando, a certa altura da madrugada, o primeiro propõe:
– Que tal irmos para um puteiro?
– Boa ideia! – responde o segundo, e, ao dar um passo na direção do companheiro, tropeça e se esborracha no chão.
O primeiro, ao ver o lamentável estado do amigo, conclui que ele não terá forças para fazer sexo e decide levá-lo para sua própria casa.
Ao bater à porta, são atendidos por uma mulher velha e mal-encarada.
– Que puta mais feia! – comenta o segundo bêbado.
– Essa é a minha mãe!
– Ah! Então eu vou comer só por consideração!

☠

Uma mulher se vira para uma loira no supermercado e comenta:
– Até que enfim o quilo do arroz baixou.
– É verdade? E quantos gramas pesa agora?

☠

O português vem dirigindo pela estrada, mas é parado ao passar num posto da Polícia Rodoviária. O guarda lhe pede a carta e ele diz:
– Carta? Que carta? Eu fiquei de lhe escrever?

☠

– Mestre, como saberei realmente se sou um homem?
– Veja, discípulo, tu saberás realmente se és um homem quando puseres as mãos no meio das pernas e encontrares duas bolas; porém, se tu encontrares quatro bolas, não pense que tu és super-homem. É que na verdade alguém te está enrabando.

O advogado vai à delegacia de polícia para noticiar o desaparecimento da esposa de seu cliente.
– O senhor tem uma foto dessa senhora, para ajudar nas investigações? – pergunta o delegado.
– Sim, claro! – responde o advogado, abrindo sua maleta. – Aqui está.
O delegado põe-se a examinar atentamente a fotografia, e depois de uma longa e embaraçosa pausa, interpela novamente o advogado:
– Doutor, o senhor tem certeza de que o seu cliente quer a mulher de volta?

☠

Dois caipiras se encontram no meio da estrada:
– Oi, cumpadi! Quais são as novidades?
– Ora, cumpadi, nenhuma. Só o Zecão qui se casô.
– Casô, é?
– Casô e tá qui é um tôro.
– De forte?
– Não, com cada chifre dum tamanho!

☠

Uma morena pula de paraquedas, puxa a cordinha e nada acontece. Puxa a corda de emergência e o paraquedas de emergência também falha.
A loira pula em seguida e comenta:
– Tá querendo apostar corrida? Vamos nessa...

☠

Em um julgamento, o advogado da vítima ordena à testemunha:
– Repita, palavra por palavra, o que você ouviu no dia dos fatos.
A testemunha, esquivando-se:
– Desculpe, mas são palavras pesadas, que não podem ser repetidas diante de pessoas decentes.
– Bem – reflete o advogado –, nesse caso, diga-as apenas para o juiz.

☠

Duas mulheres conversam sobre seus maridos:
– Pois é, Solange, imagine que o Brito, meu marido, anda tão viciado em cerveja que, na hora de gozar, ele me inclina pra não fazer espuma!

Um bêbado ia passando e viu uma mulher com os peitos de fora.
– Ei moça, a senhora tá com os peitos de fora!
– Vixe, esqueci o menino dentro do ônibus!

☠

Uma loira entrou numa livraria, foi direto à seção de livros de autoajuda e logo encontrou um livro com um título que lhe agradou muito: *Resolva todos os seus problemas*.
Como ainda estava em dúvida, procurou o balconista:
– Por favor, moço, este livro resolve mesmo todos os meus problemas?
– Todos eu não posso garantir, mas acho que metade ele resolve.
– Bom, se é assim, é bom eu levar dois!

☠

Joaquim e Manuel reúnem todos os apetrechos e se mandam para uma semana de pescaria no Pantanal. A pescaria foi um sucesso. Quilos e mais quilos de peixe. Só que o Manuel se lembra de algo importante, para eles voltarem na próxima vez:
– Ó, Joaquim, tu marcaste o lugar?
– Ó, pá, mas é claro. Fiz uma marca do lado direito do barco, perto do motor. Aquele é o ponto.
– Mas tu é burro, homem. E se na próxima vez a gente não conseguir alugar o mesmo barco?

☠

Um bêbado está cambaleando na rua e pede uma informação para um homem:
– Por favor! Quantos galos têm na minha cabeça?
O homem dá uma olhada e diz:
– Três, por quê?
– Nada não! É que agora, hic, eu sei que só faltam dois postes para eu chegar em casa!

☠

Uma loira encontra sua amiga, também loira, na rua e diz:
– Que blusa linda de lã você está usando!
– Obrigada. Foram necessárias três ovelhas para confeccioná-la!
– Nossa, que chique! Eu nem sabia que já tinham ensinado ovelhas a costurar!

A loira foi até o mercadinho, querendo comprar uma lâmpada. Estava sem dinheiro algum e viu escrito numa placa: "Fiado só amanhã!". Então, disse:
– Ai, que bom, eu espero até amanhã!

☠

A farmácia daquela pacata cidadezinha do interior estava cheia de fregueses. Aí aparece uma menina de 6 anos e grita:
– Moça, me vê duas dúzias de preservativos de todos os tamanhos!
A atendente corre até a menina, ajoelha-se e fala ao ouvido dela:
– Eu vou lhe falar três coisinhas: primeiro, não se deve gritar desse jeito; segundo, preservativos não são para criancinhas como você; terceiro, fala para seu pai dar uma passadinha aqui.
– Eu também vou falar três coisinhas – responde a menina. – Primeiro, na escola me ensinaram que devo falar alto e claro; segundo, eu já sei que preservativos não são para criancinhas, são contra criancinhas; e, terceiro, meu pai não tem nada a ver com isso, os preservativos são para minha mãe, que vai ficar três semanas no Rio de Janeiro, visitando minha tia!

☠

O marido lembrou que era aniversário de casamento e deu de presente para a sua mulher, loira, uma gargantilha de ouro com o nome dela gravado.
Ela coloca e vai ver como ficou:
– Mas, meu amor – diz ela –, as letras estão ao contrário!
– Deixa de ser burra, mulher! – resmunga o marido. – Você tá olhando no espelho!

☠

O bêbado chega em casa e vai logo tomar um banho. De repente ele dá um grito pra esposa:
– Mulher, sabonete fala e canta musiquinha?
A mulher, assustada, responde:
– Não, por quê?
E o bêbado:
– Ih, então eu acho que estou, hic, tomando banho com o teu radinho de pilha.

☠

– Ei, loirinha. Por que você usa almofadas nos ombros?
– Eu não sei – responde ela, balançando a cabeça para um lado e para o outro.

Dois amigos se encontram:
– Ei, como vão as coisas?
– Eu vou levando!
– Puxa... Meus pêsames!
– Por quê?
– Se eu que estou botando estou achando ruim, imagine você que está levando!

☠

Por que Eva comeu a maçã? Não foi tão fácil... No início, Eva não queria comer.
– Come e serás como os anjos! – disse a astuta serpente.
– Não – respondeu Eva, virando a cara para o lado.
– Terás o conhecimento do Bem e do Mal – insistiu a víbora.
Eva cruzou os braços, olhou bem na cara da serpente e respondeu, decidida:
– Não!
– Serás imortal.
– Não! Já disse!
– Serás como Deus!
– Não e não! Já disse que não!
Irritadíssima, já querendo enfiar a fruta na goela de Eva, a serpente, desesperada, não sabia mais o que fazer para que aquela mulher, de princípios tão rígidos e personalidade tão forte, comesse a tal fruta. Até que teve uma ideia, já que nenhum dos argumentos havia funcionado até então. Ofereceu novamente a fruta a Eva e disse, com um sorrisinho maroto:
– Come, boba! Emagrece!
Foi tiro e queda...

☠

Era uma vez um espelho mágico, cuja característica especial era fazer desaparecer qualquer pessoa que dissesse uma mentira na sua frente. Certo dia, três mulheres foram se consultar com ele: uma morena, uma ruiva e uma loira. A morena olhou o espelho e disse:
– Eu penso que sou a mais linda mulher do mundo.
Puf! E a morena sumiu.
A ruiva, por sua vez, parou na frente do espelho e disse:
– Eu penso que sou a mulher mais inteligente do mundo.
Puf! A ruiva também desapareceu.
A loira foi então para a frente do espelho e sem pestanejar disse:
– Eu penso...
Puf! A loira sumiu imediatamente.

O japonês chega desesperado na estação rodoviária de São Paulo:
– Japonês precisa passagem rápido pra São José dos Campos. Negócio urugente pra fechá, né?
– Sinto muito – informou o atendente –, mas o último ônibus para São José acabou de sair. Outro só amanhã.
– Non, non pode esperá, né? Japonês ganhá muito dinheiro. Precisa chegá logo.
– Então o senhor faz o seguinte: o senhor compra esta passagem para o Rio de Janeiro e pede para o motorista avisar quando chegar em São José. É no meio do caminho.
O japonês seguiu a recomendação e foi direto ao motorista:
– Por favoro: japonês precisa descê em São José dos Campos, né? Precisa fechá negócio urugente. Só que tem um porobrema: japonês tem medo de viajá de ônibus. Enton, japonês toma remédio forte e dorme direto. Japonês dá duzentos real para motorista, para motorista acordá japonês em São José.
Manuel, o motorista, tentou evitar a gorjeta.
– Mas não é preciso, eu acordo o senhor.
– Non, japonês faz queston porque senhor non conhece como japonês fica quando toma remédio. Japonês dorme pesado, difícil de acordá. E quando japonês acorda começa a dizê coisa sem sentido. Depois de dez minuto é que japonês melhora e começa a entendê o que aconteceu. Motorista acorda japonês em São José e non importa o que japonês dizer, bota japonês para fora do ônibus. Depois japonês se vira, quando passá efeito do remédio.
E lá se foi o ônibus para o Rio. O japonês tomou dois comprimidos e dormiu imediatamente. Quando abriu os olhos, ficou assustado. Olhou o Cristo Redentor, o Pão de Açúcar e viu que alguma coisa havia dado errado.
– Motorista burro. Japonês precisava descê em São José. Agora japonês tá no Rio e perdeu dinheiro de negócio. Por que fez isso com japonês? Japonês pagô motorista.
E lá se foi o japonês reclamando e choramingando atrás do Manuel por toda a rodoviária carioca. Até que o Manuel encontrou um amigo:
– Nervoso esse japonês atrás de você, não?
– Esse aí até que é calmo – respondeu o Manuel. – Precisavas ver o outro que eu botei para fora do ônibus em São José dos Campos.

☠

Um bêbado chega em um bar com um copo de cerveja e fala:
– Parei de beber! Parei de beber!
O dono do bar fala:
– Que mau, meu chapa. Há quanto tempo você parou?
O bêbado responde:
– Depois de amanhã, hic, vai fazer dois dias!

O Manuel liga desesperado para casa. Atendem.
– Alô?
– Quem está a falar?
– A Maria.
– Maria minha mulher ou Maria minha empregada?
– A Maria sua empregada, seu Manuel. O que o senhor quer?
– Ô Maria, veja se tu podes me ajudar. Acontece que estou aqui no aeroporto prestes a embarcar e não sei se deixei no táxi ou aí no criado-mudo uma pasta de documentos. Por favor, vá até o quarto, veja se a pasta está lá e volte cá no telefone.
Depois de um minuto, retorna a Maria:
– Seu Manuel, não dá para entrar lá porque a dona Maria tá pelada.
– M... mas, mas, ô Maria, deixe de vergonha. Tu estás há tanto tempo conosco. E, além do mais, preciso saber se essa pasta ficou aí. É urgente. Entre no quarto assim mesmo e volte cá no telefone.
Mais um minuto e a Maria está de volta.
– Olha, seu Manuel, não deu para entrar no quarto porque a dona Maria está acompanhada.
– Como assim? Está acompanhada? Mas que filha de uma puta, vagabunda! Nem bem saí de casa e essa mulher já está a aprontar! E quem é o sem-vergonha que está com ela?
– Não deu para ver porque o quarto está às escuras.
– Ah, mas que vaca! Ô Maria, tu vais me fazer um grande favor. Tu sabes que dentro da gaveta da cômoda, no quarto, eu guardo lá um revólver. Tu entras de qualquer jeito no quarto, vai até a cômoda, pega o revólver, dá um tiro em cada um desses sem-vergonha e acaba com a vida deles. Depois, tu voltas cá no telefone para me contar.
Cinco minutos mais tarde, a Maria está de volta:
– Seu Manuel, eu fiz o que o senhor mandou. A dona Maria eu consegui acertar logo no primeiro tiro. Mas o homem saiu correndo, e eu fui atrás, atirando. Só fui acertar ele perto da piscina.
– Piscina? Mas que piscina? De onde estão falando?

☠

– Doutor, estou apaixonada por meu cavalo – diz ao psiquiatra a jovem amazona.
– Isso não é um problema. É muito comum as pessoas se afeiçoarem a animais. Eu e minha mulher, por exemplo, adoramos nossa cadelinha *poodle*...
– O senhor não entendeu doutor, eu me sinto atraída fisicamente por ele.
– Hum, vejamos. E se você trocasse o cavalo por uma égua?
– O quê? O senhor está pensando que eu sou uma depravada sexual?

O marido liga para casa no final da tarde:
– Oi, minha rainha! Como foi o seu dia?
– Tudo ótimo.
– Que bom! E as crianças estão bem?
– Brincando sem parar, não se preocupe.
– Ótimo, que bom! Elas já almoçaram? Se alimentaram bem?
– Sim, comeram muito bem! Já fizeram a lição de casa e agora estão brincando.
– Que bom! E me conta, minha linda, o que vai ter no jantar hoje?
– O seu prato preferido, e já coloquei a cerveja na geladeira...
– Uau! Bife à milanesa e cerveja! Por isso que eu te adoro! Bom... está tudo tranquilo em casa, então?
– Fique tranquilo, está tudo bem.
– Ah, mais uma coisinha: você promete que vai colocar aquele baby-doll preto pra mim hoje à noite?
– Faço tudo pra te agradar... E não vou esquecer o perfume que você mais gosta.
– Mesmo? Obrigado, meu tesão! É por isso te amo tanto...
– Sei, sei...
– Daqui a pouco te vejo, tá, meu amor? Agora me chama a patroa aí, tá?

☠

A loira vai ao cinema. Toda animada, ela pega o bilhete e se dirige à catraca. Alguns segundos depois, a moça da bilheteria olha para a frente e vê a mesma loira de instantes atrás, comprando mais um ingresso. Mais alguns segundos, lá está a loira de volta para a fila, comprando outro ingresso. E assim sucessivamente, durante uns vinte minutos. Curiosa para saber o que está acontecendo, a moça da bilheteria pergunta:
– Desculpe a curiosidade, mas por que você compra tantos ingressos?
– Acontece que há um louco ali ao lado da catraca que, toda vez que entrego o bilhete, ele rasga antes de eu entrar.

☠

Um rapaz estava na praia fazendo flexões, como fazia toda sexta-feira.
De repente, surge um bêbado que começa a gargalhar ao seu lado.
O cara, sem parar seu exercício, pergunta:
– Ô, manguaça, qual é a graça?
O bebum responde:
– Cara, você já pode parar, hic, porque a mulher que tava aí já saiu faz muito tempo

Manuel realiza seu grande sonho: entrar numa escola de paraquedismo. Lá em cima, no avião, o instrutor mostra o que fazer antes do primeiro salto:
– Você pula, conta até dez e puxa este cordãozinho amarelo aqui.
– E se não abrir?
– Vai abrir. Mas se der algum problema, não se preocupe. Logo em seguida é só puxar este cordãozinho azul, que é o paraquedas reserva. Aí fique tranquilo que lá embaixo vai ter um jipe da nossa escola esperando você. Vamos lá.
Manuel se atira, conta até dez e puxa o cordão amarelo. Nada de paraquedas aberto. Ele se lembra do instrutor. Puxa o cordão azul. Também nada acontece.
– Ó raios, agora só me falta não ter jipe nenhum da escola a me esperar.

O dono de um pequeno mercado contrata um funcionário sem experiência:
– O primeiro cliente eu atendo; preste atenção e veja como se faz – orienta o patrão.
– Bom dia! – fala uma cliente ao entrar na loja. – Você tem lustra-móveis?
– Sim, senhora, aqui está. Quer aproveitar e levar também um limpa-vidros?
– Limpa-vidros? Mas pra quê? – pergunta a mulher.
– Se a senhora lustrar os móveis, mas os vidros ficarem sujos, é como se não tivesse limpado nada, não acha?
– Ah, tem razão. Então me dê um limpa-vidros também.
E o patrão, voltando-se para o novato:
– Viu como é? Você tem que oferecer alguma coisa relacionada com aquilo que o cliente está comprando e naturalmente ele vai comprar mais alguma coisa. Entendeu? Muito bem, o próximo cliente quem vai atender é você.
A próxima cliente que entra na loja pergunta:
– Vocês têm absorvente?
– Temos, sim, aqui está. Por que não aproveita e leva também um lustra-móveis e um limpa-vidros? – fala o novo funcionário.
– Ué... Não entendi. O que têm a ver o limpa-vidros e o lustra-móveis com o absorvente? – a moça pergunta, surpresa.
E o funcionário responde:
– Já que você vai ficar cinco dias sem trepar, por que não aproveita e lustra os móveis e limpa os vidros?

Visite nosso site e conheça estes e outros lançamentos
www.matrixeditora.com.br

Mulheres do Parque São Jorge
Autoras: Geiza Martins e Juliana Francini
O futebol é disparado o esporte que mais mobiliza o Brasil. Torcer por um time ou outro já faz parte da identidade do brasileiro. Há muitos anos, o futebol deixou de ser um campo exclusivamente masculino e passou a receber a beleza e a alegria contagiante da mulher. Guerreiras e campeãs que vêm para provar que não têm medo de dividida, elas podem entrar na jogada e ser mais apaixonadas que muitos marmanjos. O futebol é de todos. Salve o Corinthians e as corintianas!

O ano em que só nós tivemos lucro
Autor: Alexandre Camargo
Este é um livro que interessa tanto aos ex-funcionários e àqueles que já voaram pela Varig, pela Rio-Sul ou pela Nordeste quanto àqueles que querem saber mais sobre um importante momento da aviação brasileira. A riqueza de informações e o texto envolvente vão interessar também aos que gostam de um bom case de marketing, de iniciativas empresariais ousadas e de conhecer os bastidores de uma grande corporação.

Animais nas guerras
Autora: Priscila Gorzoni
Não foram só cavalos que tiveram grande participação nas guerras ao longo da história; por incrível que pareça, percevejos, pulgas, cobras, entre outros animais, muitas vezes determinaram a vitória – ou derrota – de um dos lados. Saiba como os percevejos denunciavam a aproximação dos soldados inimigos e a importância das moscas-varejeiras, baratas e vermes nas guerras, entre muitos outros animais.

Botando a casa em ordem
Autor: Max Sussol
Manter a casa em ordem vai muito além de uma simples faxina e colocar as coisas nos armários. Ainda bem que este livro chegou para facilitar a sua vida. Botando a casa em ordem: dicas de organização, limpeza e cuidados reúne centenas de dicas e truques que irão facilitar bastante seu dia a dia em meio a tantas tarefas. Uma obra para ter sempre à mão e consultar a todo momento.

MATRIX